山樵集

郑钦南 著

沈阳出版发行集团
沈阳出版社

图书在版编目（CIP）数据

山樵集 / 郑钦南著 . -- 沈阳 : 沈阳出版社，2023.3

ISBN 978-7-5716-3122-2

Ⅰ . ①山… Ⅱ . ①郑… Ⅲ . ①中国文学 – 当代文学 – 作品综合集 Ⅳ . ① I217.2

中国国家版本馆 CIP 数据核字 (2023) 第 125237 号

出版发行：沈阳出版发行集团 ｜ 沈阳出版社
　　　　　（地址：沈阳市沈河区南翰林路 10 号　邮编：110011）
网　　　址：http://www.sycbs.com
印　　　刷：三河市华晨印务有限公司
幅面尺寸：170mm × 240mm
印　　　张：22.5
字　　　数：290 千字
出版时间：2023 年 3 月第 1 版
印刷时间：2023 年 3 月第 1 次印刷
责任编辑：赵秀霞　周　阳
封面设计：优盛文化
版式设计：优盛文化
责任校对：李　赫
责任监印：杨　旭

书　　　号：ISBN 978-7-5716-3122-2
定　　　价：98.00 元

联系电话：024-24112447
E － mail：sy24112447@163.com

拼将心瓣化春泥

——《山樵集》序

曾传智

2015年时，郑钦南先生送来即将由言实出版社正式出版的《〈脚气集〉点校注释》打印稿，叫我为该书写篇序言。郑先生自退休后，先后出版了民间故事集《荣兴老本》、寓言童话故事集《天有多大》以及《宁溪历代山水诗选注》《台州市区西部历代诗词校注》《台州市区历代诗词选注》，又完成了南宋大儒车若水《脚气集》的点校注释。为古诗词和文化典籍校注，是艰巨的文化工程，需要付出大量的精力。这四本书的校注，只要能完成其中一本，就是了不起的成就。郑先生作为一个退休老人，在十余年的时间里，边搜集整理、点校注释古诗词典籍边打工，为出版这些典籍筹集资金，其艰辛可想而知。正如他自己在诗中所写的"拼将心瓣化春泥"，为挖掘、弘扬台州的历史文化真正地"拼将心瓣"！当时郑先生已75岁了，我想，他的成果足可告慰平生，此后应该安享晚年了。时隔六年的今天，郑先生通过邮箱给我发来了《山樵集》。翻阅后得知，郑先生在这短短的六年里，又完成了《天台集点校》《东山诗选校注》《戚继光诗歌校注》三部典籍。正像他自己在《八十初度》中所写的："老郑从来不服老，满头白发犹挥戈。"令人钦敬！

读郑先生诗文选集，可看出他在50岁以前，基本上是为生存、温饱而苦苦挣扎、奋斗。民办教师每月24元的工资，"五口嗷嘈，饔飧不继"。迫于生计，"不得不充分利用星期天、节假日和寒暑假砍柴卖柴或到邻县仙居的东坑、西坑担炭"。从上郑到仙居西坑往返近200里，且都在崇山峻岭中行走。如此艰辛的生活都没有消磨他心中的文学梦、文化梦，还先后发表童话寓言及其他各类文章500多篇。退休后，更为挖掘和整理台州文化遗产孜孜不倦。这本选集让我们看到，贫瘠的山村，严酷的生活环境，年老多病的身体，都妨碍不了他美丽的精神花朵的绽放。读他，能获得一种鼓舞人、激励人的精神力量。

选集中的散文，大致可分以下几类：一是日常生活用品类，如《灯》《灶》《床》等，通过写日常生活用品的变化，以小见大，反映时代的变迁和社会的发展，讴歌改革开放的新时代。二是生活知识类，如《苯蔗红，磨麦虫》《献新》《说葛》《又是乌饭长脑时》等，包含许多生活知识，反映民俗民风。三是文化考据类，如《文学寻根》《慎用"橙黄橘绿"》《日记一则》《闲话"攻石之玉"》《闲话台州方言》等，这类文章蕴含丰富的文化知识。四是人与自然类，如《我与大自然的心灵感应》等，启发人思考如何处理好人与自然的关系。五是风光览胜类，如《一江碧玉流诗韵》《澄江源头行》《双坑览胜》《寻找黄岩山》《找到黄岩山》《风雪南正顶》等，既描写了澄江两岸及源头的自然美，又介绍了这些地方的人文美。读读这些文章，在当前建设美丽乡村过程中，如何利用历史文化资源丰富建设美丽乡村的内涵，是很有启发意义的。总之，上述散文，既有文化味，又有知识性，且又不乏趣味性。

选集中的诗歌，确如夏矛先生在《宁溪历代山水诗·序》中所说的："清新，通俗，可随口吟诵。"虽有不合平仄，但"兴之所至"，

"直抒胸臆"，故也不乏感人的力量。

选集中的童话寓言，在日常所见的普通事物中，寄寓着深邃的思想，风趣活泼的语言中闪耀睿智的哲理，不仅是对少年儿童进行教育的形象化教材，成年人读后也不无启发和教益。

选集中的序、跋，可以见出郑先生扎实的基本功和丰富的学养，以及严谨的治学态度。张广星先生说："郑钦南——乡土文化的愚公。"读这些序、跋，眼前会浮现出，一个为挖掘台州的历史文化，每天"挖山"不止的愚公形象。

斯为序！

2021年12月17日

目 录

散文随笔

诗歌

童话寓言

序和跋

附录

散文随笔

灯

晚上，新装的日光灯发出柔和而明亮的光，室内一片光明。我坐在灯下沉思。突然，脑际跳出许多灯来，排成一字长蛇阵。

排在最前面的是松明和火篾照。它俩是灯界的老祖宗。我们黄岩上郑乡上郑村地处橘乡西部山区，我小时候——60多年前，用的就是这些灯。

过去，松树、毛竹漫山遍野都是。那些老松树松脂积得多。劈开之后，红色透明，发出特有的香气。劈成细薄狭长的小木片，一点就亮。短的松明条盛在一个碗口大小、用铁丝编的半球形网兜里，点燃之后像个火球，叫作"火篮灯"。火篮灯有柄，使用方便。

火篮灯能发光，发热，更能发出浓烟，熏得人双眼流泪，熏得墙壁、家具黑不溜秋的。但是，几千年来，山里人亮的就是这种灯。这是一种自制的灯，用起来感到亲切。寒夜中给人以光明，给人以温暖。这是一种不花钱的灯。山里人挣钱难，能省一分是一分。平时积十分为一角，积十角为一元……对于夜里照明的支出，也绝不例外。我们祖辈就是这样精打细算勤俭过日子的。

松明的孪生兄弟——火篾，比起松明来要好得多。山里人管它叫"火照""火篾照"或"火照灯"。它不仅亮度大，而且黑烟少。火篾大都是用毛竹制造竹箩、畚箕、菜篮等竹制品之后，剩下来的边角料制成的。此外，也有用淡竹，金竹或石竹中的小竹整株敲熟之后，放在溪水中浸7天，洗干净晒燥而成的。也有用整株老红竹（毛竹）锯成一段一段，劈成一片一片制成的。70多年前，我读小学时，家中用的就是这种"火照灯"。晚上，我们把五六尺长的火篾在两栅之间的木棍与楼板的空隙处一插，就坐下来读书写字。过了个把钟头，灯光渐渐地暗下来，我们不知道怎么回事，父亲及时过来："灯秋（火篾燃烧后的黑炭）长了。"说着，伸出两个指头插进灯焰中将它掐断，灯光复明。父亲说："你们不要以为在火照灯下读书写字，很苦。汉代大学问家刘向在天禄阁校勘古籍，天晚了，字看不清了，一位老人点燃藜杖为他照明。这根燃烧着的藜杖就是古老的火照……"我领会父亲的意思，不等他说完，就说："我们要刻苦学习，长大了，也做一个有学问的人。"

松明和火篾虽不花钱，但是很不安全，刮风天很容易引起火灾，特别是住茅厂的人家。

芯油灯来了，挤到松明和火篾的前面。它是用竹条穿成一个灯架，上面放一个铁制的"灯盏碗"。碗里注入用柏子仁榨的芯油，再放入几根灯芯。此外，还有一根用竹丝制成的灯添。这种灯虽然比较安全，但移动不便。为了防止灯油泼出，总是小心翼翼的。同时，灯焰不大，一灯如豆，昏昏的，能见度很低。但是，为了省油，不读书时，祖母总是只让一根灯芯亮着。就是读书写字的时候，也不准用3根灯芯。农村中有一个谜语："白龙过江，丁零当啷。"谜底就是它。"白蛇过江，头顶一点红火；乌龙挂壁，身披万点金星。"上联写的也是它。可见当时的人们对它还是很喜爱的。

蜡烛来了，挤在芯油灯的前面。它在室内照明的时候不多，一般只用于点灯笼，走夜路。这种用柏子白油制成的蜡烛，更多的是镀上一层红色之后，大量地消耗在寺庙庵堂之中。蜡烛在山村百姓家的灯史上只不过昙花一现，大概是价钱贵，不耐用，一般人家亮不起的缘故吧。

有钱人家则不然。"秉烛夜游，良有以也"。"只恐夜深花睡去，故烧高烛照红妆"。跟穷百姓的舍不得用蜡烛照明，形成了鲜明的对照。于此，亦可见穷富之一斑。

煤油灯来了，取代了蜡烛和芯油灯的位置。我家第一盏煤油灯叫"板壁蟛"，挂在墙壁上像个巨大的蟛子。它是将一个废墨水瓶放在用一条一条白铁皮做成的络子内，配上灯头制成的。用时，在灯头穿上一束棉纱，于瓶内注入煤油。一点就亮。这种灯比芯油灯亮，移动时灯油不会泼出，而且成本低受人欢迎。但是，它有灯烟，亮度也不能调节。稍后，有灯罩的"美孚灯"来了。既没有灯烟，亮度也可以调节。但灯罩要常擦，又易碎，也难以尽如人意。与美孚灯一起来的还有大个子汽灯。灯壳很大，亮度很高。除注入煤油外，还要打气。打气也很费力。但村子里演戏的时候，总少不了它。戏棚头挂着两盏大汽灯，雪亮雪亮的，照耀得如同白昼。松明、火照、煤油灯，谁也替代不了它。但除了演戏和操办婚丧喜事之外，平时很少用到它。

电灯来了，煤油灯自觉地退出历史舞台。这是一个值得纪念的日子，1956年国庆节，黄岩县上郑乡上郑村建成"合丰"水力发电站——台州第一个小水电站。家家户户电灯亮，疑是银河移地上。实现了点灯不用油的愿望。电灯既清洁，又安全，风吹不熄，雨打不灭，大受老百姓欢迎。

电灯虽亮，但光线刺眼。日光灯来了，电灯泡退居林下。日光灯虽然光线柔和，但使用寿命不长，能耗偏高。节能灯来了，它比日光灯更好。我想在不久的将来，那些宾馆里的华丽的吊灯，典雅的水晶灯，以及莲花型的、玉兰花型的……许许多多富丽堂皇的灯具，随着人民生活水平的提高，都会"进入寻常百姓家"的。最近，农村中许多年轻人结婚，用出口的节日灯装饰新房，开关一按，异彩纷呈，大大地增加了欢乐气氛。

汉白玉般的节能灯管发出明亮而柔和的光，室内一片光明，村子里一片光明，山区一片光明，全国一片光明。在这光明的世界里，有多少人在吟诗作画，有多少人在唱歌跳舞，有多少人坐在舒适的沙发上看电视，有多少人为了美好的明天在设计、在绘制新的蓝图……哦，生活是多么美好。

我从沉思中醒来奋笔疾书，写下了山村照明灯的历史、现状和展望。

（本文获第二届全国新作品汇展佳作奖，入编台州地区《小学语文乡土读本》，华东理工大学出版社1993年版）

灶

1998年退休之后在椒江打工，连续十年艰苦奋斗，终于在广场南路有了自己的家，结束了"猫儿搬棄"的局面。房子虽然小得像鸡笼，但是，斗室安居抵海宽。

镬灶间四壁贴着洁白的瓷砖，面积虽没有上郑老家的大，但很精致。黑色花岗岩灶面闪闪发光，灶台上除了电饭煲、煤气灶及炒锅、高压锅、低压锅之外，还有抽油烟机……灶台下有多个小橱，灶横头还立着冰箱，处处透着现代化的气息。望着新灶间新灶具，我不禁想起许多老镬灶来。

祖父打的两眼灶无烟囱。加上近山边，落刀鲜。烧青柴，满间烟。熏得老祖母涕泪横流。这个镬灶烧了几十年，直到1955年鹤驾归西，她都没有烧过有烟囱的三眼灶。

1958年，父亲打起了一座有烟囱的三眼灶，但是不到三天，由于大办农村食堂，"自愿"地将它砸了。母亲噙着泪水将新买的铁镬藏起来，说："今天藏铁镬，他年再筑灶。"

一户人家三个头，最要紧的是镬灶头。十年之后，"而立"之年的我，有了孩子。另起炉灶，自立门户。但是每月只有24元工资的民办小学教师生计艰难，教书之外，一不会赌博，二不会卖树，三不会纳花会。妻笑我百无一用是书生。打镬灶呒手力，只好买四元钱一只的缸灶。妻说我是"小孩子办家家"。我说俭以养德。缸灶上煮着自由，煮着温暖，煮着希望。多么好的缸灶啊！

缸灶扛牢烧也不容易。那时生产队分来的一年口粮不够吃半年。怎么办？星期天我到外洋溪拆地，向溪滩要粮。在园角种起月光花，自制月光花激素，成倍成倍地提高番薯产量。给小麦喷醋、喷硼，使小麦产量不断翻番。这年小麦收了一石，相当于整个生产队的产量。寒暑假到离家四十里外的抱料大湾里砍柴，第二天再挑到10里外的宁溪镇或25里外的长潭水库大坝头去卖。有时还到离住处（坑口小学）八十多里的仙居西坑去担炭，赚点苦力费。雨雪天则在家读书写文章。

艰苦奋斗一年，我就打起了一座有烟囱的三眼灶。筑灶那天亲友们送礼祝贺。上郑郑氏一族的长辈，德高望重的郑继明叔公（他的小儿子就是后来成为著名作家的郑九蝉）也送礼祝贺。妻子笑逐颜开，烧了许多菜，办了一桌丰盛的贺灶酒。席上，继明叔公致祝辞："钦南打万年灶是大喜事，我很高兴。祝钦南丁财两旺……干杯！"说罢，一饮而尽。我一边提壶续酒，一边致答辞："谢叔公金口，托福！祝叔公健康长寿。"

燕子做窝，逐口衔泥。经过十六年的艰苦奋斗，到1984年，我终于筑成了自己的窝——造起了两间新楼房。乔迁之前先筑灶。新镬灶拉风、鼓风两用。三眼灶除了有烟囱之外，灶面上还铺上了一层洁白的瓷砖。我的镬灶比父亲的好。一代好一代，我多么自豪。

镬灶虽好，但烧饭费时，还要砍柴。1990年，我买了一只电饭煲——自熟镬，神仙的法宝。有了电饭煲，烟囱不冒烟。过去"断炊"意味着挨饿，倒灶，大难临头，家破人亡。可是现在却恰恰相反，意味着生活水平的提高，意味着改革开放给人民群众带来的实惠，意味着农村妇女的真正解放。

电饭煲虽好，可有时突然停电，夹生饭令人哭笑不得，却又恼火不得。即使你火冒三丈，也无济于事。除了骂一声短命的电霸电老虎之外，只好重新仰仗灶王爷显灵了。

1996年，我添置了崭新的煤气灶，即使停电也不怕吃夹生饭了。煤气灶没有火烟，没有炉灰，节省时间，清洁卫生。镬灶切实完成了历史使命。双休日，我手挥银锄，笑嘻嘻地把它请进了神圣的历史殿堂。与1958年母亲眼泪倒咽"自愿"砸镬灶相比，真是不啻霄壤。

时代在不断前进，科学在不断发展，人民的生活水平在不断提高，镬灶也必然会越来越好。镬灶是家的象征，力的源泉，厨房的核心，食文化的重要组成部分。镬灶是历史演化的记录，是时代前进的步伐，是人民生活水平的标志。愿镬灶越来越精美。

床

左邻右舍在前几年都买了席梦思，妻子不断地在耳边枕畔嘀咕，我们也买一张吧。我说，生活上应当低标准，不要跟人家攀比。妻说，现在工资高了，有手力买。年纪也大了，生活应当过得好一点……妻说了多次，我也就渐渐地不再固执己见。买一张就买一张吧！妻虽说是家中的"财政部长"，但未经我的许可，她是不敢动用大笔"公款"的。见我答应了，她就像小姑娘似的喜笑颜开，拉着我，上街去。

躺在柔软而富有弹性的席梦思上，盖着又轻又薄又暖和的丝棉被，心里感到非常惬意。妻很快地呼呼入睡，我却心潮激荡，辗转反侧。席梦思，六十多年前，我在黄岩农校读书时，课余在周而复的长篇小说《上海的早晨》中看到过大资本家王少唐睡过它。在现实生活中，从来没有听说过，更没有见识过。三十多年前，我应省作协的邀请，在湖州南浔小莲庄和陆军杭州西湖疗养院开笔会时睡过。那是公家的，不作数。至于自己添置，想都不敢想。托改革开放的福，今宵拥有了自己的席梦思。拥有了过去陈德利地主老爷都没有睡过的席梦思。

我渐渐地合上了眼睛，朦胧中，一张张眠床的影子在眼前闪过。

小时候，睡过多年的硬板床。两头两张高凳，中间几片木板，木板上放一领草席，这就是我们的床。夏天没有蚊帐；冬天为了保暖，在草席下垫一领藁荐。有的人家连藁荐也没有，草席下面是一层稻草，"棉褥花毯，稻秆夹散"。草席上放一条睡了十几年，甚至几十年的棉被，被里被面，补丁加补丁，被絮（棉胎）硬得像砖头。夜里，兄弟三四个挤在一起，你拉来，我扯去……

我家的眠床在村子里虽然比上不足，但比下却绰绰有余。解放前，我家对门有一个叫小荷生的孤儿，夏天，就蜷缩在破屋角落的泥地上过夜；冬天，就在地上放一些稻草。那时，穷人家的夜晚就是这么过的。那时，床上的草席破了，也用布头补起来再睡，直到补了又补，实在不能睡了，也舍不得丢掉，把它从床上撤下来，另派用场——夏天，把它铺在地上，让小孩子在上面滚、爬、小睡。

说到补草席，黄岩溪（横贯上郑乡的河流，永宁江上游）一带还流传着一个笑话：说的是二十世纪六十年代初，一个乡下人路过光明公社（今上郑乡）抱料大队（村），时已中午，他走了很远的路，饥肠辘辘，可是身上没有一分钱。他想出了一个办法：说自己会补草席。刚好，村头一位阿婆家的草席破了，要补。便招待他吃午饭。他吃了两碗番薯丝，喝了一碗盂菜汤，然后对阿婆说："你把草席碎（断了的席草）拿来，我给你补起来。""哎哟，草席碎当时没有捡，都当作垃圾丢了。""没有草席碎，怎么补草席？"说着，拍拍屁股走人。撒谎骗饭，看起来荒唐可笑。

1962年下半年，我在黄岩溪上游的下庙民办小学教书，用了整整一个月的工资，加上一元钱稿费，共计二十五元钱，买了一张新棕绷。棕绷床当然比木板床高级得多。

下庙大队有个叫龙潭篁的自然村，只有四户家，一个孩子上学。一次，我到四百多米高的龙潭篁去家访。了解学生在家中的表现，之后跟学生家长拉家常，说到生计的艰难。学生家长叹了自家的苦经后说，隔壁连晓家比他家更苦。冬天，这个单身老汉为了防寒保暖，将稻桶倒扣在地上，地上先铺上一层稻草和旧草席，晚上，撬起稻桶钻进去，薄薄的旧被上再盖上一领破蓑衣。他就在这样的"床"上度过漫漫寒夜。这样的床，天下少有。也许有人会说，这人是懒汉吧？否则，何至于此呢？其实，他很勤劳，也很能干。那他的生活，为什么会这样呢？只有天晓得！

1965年冬，我结婚，草席下面垫了一条旧被絮（棉胎），但只优待了三天。第四天一早，这条旧被絮就被家慈抽回另派大用。这可是兄弟们盖的棉被啊！我能怪母亲不好吗？我不知道兄弟们这三夜是怎么睡天亮的？

拿起锄头会种地，拿起笔杆子学写文章。星期天、寒暑假等业余时间，我除了耕云、播雨、钓月之外，还卖柴、担炭、投稿，平时省吃俭用，一点一滴地积攒了几十元钱，1969年下半年新添了一条棉被和一条棉毯。结婚后，我把旧棉被垫在草席上面成了棉褥，棉褥上面铺了一条价值六七元钱的棉毯。晚上，从来没有躺在毯上睡过觉的女儿，将毯掀起来盖在身上……

1958年"大跃进"时，父亲的合作商店并入宁溪供销社。年过花甲的店员父亲一下子荣升为供销社职工了。父亲很高兴。谁知第二天，宁溪供销社主任却指派他到离家六七十里远，海拔1200多米高，与永嘉、仙居交界的崇山峻岭荒无人烟的横坑去烧炭。父亲二话不说打起背包就走。母亲虽然心疼却又无可奈何。

父亲在炭窑旁边搭起一座窑厂，用山瓜藤编织成一张藤床，床上铺了一层厚厚的茅草（相当于东北的乌拉草）。他说睡在一经一纬亲手编织的藤床上，比当官的睡在钢丝床上还舒服。半年后，父亲奉调下山。临走时，他对这张藤床实在恋恋不舍。为这事，母亲还多次取笑过他，"黄连树下弹琴——苦中取乐"。父亲说，"夫子厄于陈蔡——"不等父亲说完，母亲就抢过话头，"而弦歌之声不绝。"说完，两人相视大笑。父亲就是这样乐观。

印象最深的床还不是这些，二十世纪七十年代初，我被排挤出民办小学教师队伍靠打柴为生。有一次，我与三弟一起到离家三四十里远，海拔1000多米高的抱料大湾里去砍柴。夜宿友人家。床上的棉被又冷又硬。盖在身上如入冰窖冷彻骨髓，仿佛要吸尽我身上的热量似的。我深刻地体会到杜甫"布衾多年冷似铁"的滋味。被，实在太冰了。我与三弟不得不重新穿上衣服坐在床上。不等鸡鸣林角现晨曦，就穿上草鞋出门去。这床的感受太深了，铭刻肺腑，永志不忘。

捉　蟹

　　我家住在大山脚下。蜿蜒曲折的小溪在我家门前流过。溪水清澈见底，可以数得出水底的鹅卵石。水流转弯的地方，形成一个个一人多深的深潭。潭中倒映着金灿灿的枇杷，毛茸茸的桃子，翠叶欲滴的芭蕉，白花盛开的栀子。

　　我们村里的孩子都爱在这条清凉的溪里捉蟹。说起捉蟹的能手，就要数我的邻居冬青妹妹了。

　　冬青捉蟹的本领非常高明，每次出门，总是满载而归。连我这个非常自负的中学生都对她佩服得五体投地。

　　一个星期天的下午，我干完了妈妈吩咐的家务事，就跟着冬青去捉蟹。我们背着小鱼篓，手里提着半竹筒蚯蚓。每人还折了尺把长，筷子粗细的柳枝，并把树叶捋得光光的。冬青对我说："用小刀将蚯蚓切成一两寸长的小段，用苎丝或头发把它牢牢地扎在柳枝的一端，做成蟹钓。"冬青边说边做给我看，接着又告诉我："蟹洞很好找，只要看洞口有没有泥沙，有泥沙的是蟹洞。泥沙是蟹打洞时扒出来的，叫'蟹扒沙'。洞口没有泥沙的，就是蛇洞，或是其他小动物的洞。"我仔细一看，溪边果真有许多小洞洞，有的有泥沙，有的没泥沙。我平时怎么没注意到呢！

　　"把蟹钓伸进去，"冬青装出大人的样子，一本正经地说。"如果觉得有点儿重，就是蟹的大螯钳住了诱饵。"

　　我把蟹诱出洞外，伸手一把抓住。没想到食指和无名指却被蟹钳钳住了。"哎哟！"我痛得大叫，却不敢松手，怕蟹会就此逃去。蟹吊在我的手指上，两只老虎钳似的大螯，越钳越深。我怎么也没法把它掰开。冬青连忙跑过来，迅速地把两只大螯齐蟹肚折断，把蟹丢进鱼篓里。再把吊在我手指上的蟹钳一一扳开，也都丢进鱼篓里。手指虽然受了点伤，但捉住了一只大肥蟹，心里很高兴，连痛都不觉得怎么痛了。冬青看我手上被钳出了殷红的血，忙摘来几片檵木的嫩叶，嚼烂，给敷在伤处，她说檵木的叶子是止血良药。

"冬青，蟹怎么不钳你？"

"捉蟹也有窍门。"冬青说，"捉的时候不要一把抓，也不要掐住它的身子。要用左手食指、中指和无名指，用力按住蟹背，用右手抓住蟹的四只小蟹脚，迅速地把蟹肚朝上。这样拿着它，不但跑不了，两只大螯也就钳不着你了。"

想不到捉蟹还有这么多学问！冬青做了一遍给我看，我一下子就心领神会了。

蟹捉到不少，蚯蚓也用光了。火红的晚霞在溪里开出大朵大朵的牡丹花。我望着袅袅的炊烟，对冬青说："回家吧。""不！这儿的蟹又大又多，再捉一会儿吧。""蚯蚓用光了，拿什么诱蟹？"冬青扑闪了一下大眼睛，笑着说："用南瓜花。""用南瓜花？"我惊呆了。冬青说："雄南瓜花的花蕊上有许多花粉和花蜜，不仅营养丰富，而且味道香甜。它的颜色像蛋黄，河蟹可爱吃哩。"我仍然有点不大相信。"如果用南瓜花诱不到蟹，就要请你尝一尝我的'爆栗'的滋味。"说着，我把手一扬，学着男生敲"爆栗"的架势。"如果能诱到蟹呢？"冬青侧着头反问"我做小狗爬三圈。""到时候可不要赖。""保证不赖！"我们俩郑重地勾了勾小手指头。

冬青在瓜棚上摘下一朵雄南瓜花，把花冠剥掉，剩下金黄的雄蕊，捏住尺把长的花柄，伸进蟹洞去，很快地牵出一只大螃蟹。我一看，比蚯蚓还好使，赶紧从瓜棚上采来一大把南瓜花。溪边瓜棚多，用完了随时可采。我们用这种新式的武器，又抓住了许多俘虏。

"怎么样？"冬青侧着脑袋问。"真好。""快爬啊！"想不到冬青不论做什么事都这么顶真。"快爬！快爬！""好！你看着。"我一猫腰，一阵风似的溜了。冬青飞也似的追上来，抓住了我。我只好讨饶。

我们蹦蹦跳跳地翻过一道坡，坡下小溪边是一片草地。一群雪白的山羊正在吃草。溪边蟹洞更多。我们又专心致志地捉起蟹来。直到鱼篓满了，太阳也下山了，才高高兴兴地回家去。

进了村，冬青的家到了，她却拐进了另一条路。我连忙喊住她："你昏头了，怎么连自家的门都认不得了？"冬青悄悄地说："你声音低点儿，王爷爷今天退休了。他是村里第一位退休社员。这蟹是特地捉来给他下酒的。"我听了心头一热，赶快往回跑。我知道冬青家今天来客人，小菜当然越多越好。而她却……我到家中取了小鱼篓，跑到冬青家，对婶娘说："阿婶，这蟹是冬青叫我带来的。"不管他信不信，我利索地把篓里的蟹倒进了她家的水桶里。

（原载浙江省《当代少年》1983年第9期，入选浙江少年儿童出版社《浙江中青年作者儿童文学作品选》（1988年版），入选方卫平、孙建江主编的《浙江儿童文学60年作品精选》，浙江出版联合集团、浙江少年儿童出版社2009年版）

护笋小记

　　括苍山奇峰触天，绿竹连云。雨后春笋，纷纷破土，挺拔向上，生机勃勃。竹笋营养丰富，味道鲜美。人喜欢吃，猴子更爱吃。竹林深处，满地狼藉。特别令人心疼和气愤的是，那些一人多高的大竹笋，也常被猴子扳断吃掉。

　　猴子是怎样扳笋的呢？为了护笋养竹，有一次，我伏在承包山的柴蓬里看得清清楚楚。扳小竹笋时，它们用一只手捏住笋头，很快地向身边一拉，"卟！"的一声，笋就断了。大一些的竹笋，它们用手捧住，来回扳几下，也就扳断了。对于一些又大又肥，双手扳不断的竹笋，猴子们就找来一些细长柔韧的青藤或黄藤之类的东西，将一只猴子的腰部与竹笋紧紧地绑缚在一起，他便使劲地前俯后仰，其他猴子在旁边配合着将它前推后搡，帮着出力。直到"嘎！"的一声，把大竹笋扳断了，大家便一边争着吃，一边互相追逐嬉闹……

　　掌握了猴子的扳笋规律，我们就定下了一个活捉猴子的妙计。

　　第二天，我和叔父踏着晶莹的露珠上山。乘着猴子还没来，我们忍痛扳断了一株最大的竹笋，将一根两米左右的硬木桩打进笋里去，足足有两三尺打入地下。再小心翼翼地将上半截竹笋接回原处，将笋壳的纹路都上下对准，搞得跟原来一模一样。之后，我们就钻进柴蓬里，耐心地等待起来。

　　柴蓬里，红的、白的、粉的、黄的、紫的，各种各样的杜鹃花争妍斗艳。左前方不远处，一株高大的木兰花含苞欲放。柴蓬前面的峭壁上，草绿色的金丝绒般的苔藓上缀满了独叶兰风姿绰约的红花。峭壁下，开满了野蔷薇、野茉莉、野玫瑰、金樱子等红的、白的、粉红的各种娇艳的鲜花。春风拂煦，异香扑鼻；凤尾森森，龙吟细细，竹林里幽静极了。远处不时地传来黄鹂清脆的鸣叫声，与附近的山泉发出的七弦琴般的丁冬声互相应和。春阳透过竹林，在地上投下了许多斑驳的图案。坐在湿漉漉的草地上，等了好长一阵子，还是没有一点儿动静。突然，屁股像被什么东西顶了起来，用手一摸，原来是又一株大竹笋出上来了。

等了老半天，肚子咕噜咕噜地叫起来。我们正打算钻出柴蓬回家去。突然，听到一阵"叽哩叽哩"的叫声，我们顿时屏住了呼吸，从茂密的枝叶缝隙中，紧紧地盯住那株最大的竹笋。看清楚了，一共来了5只猴子，三只大的，两只小的。正如所预料的那样，这群猴子一来，就看上了那株大竹笋。它们扳了几下，扳不动。就找来一梗很长的黄藤，把一只大猴子绑在竹笋上……正当他们扳得非常起劲的时候，我们挥动柴刀，呐喊着冲出柴蓬。四只猴子吓得四散逃窜。被绑着的猴子愤怒地龇牙咧嘴，一边发出"英英盎盎"的叫声，一边拼命挣扎。可是，由于绑得相当结实，无论怎样挣扎，也跑不了。我拿出麻绳将它五花大绑起来，叔叔用刀头挑断黄藤，我牵着猴子下山。一路上，猴子发出"呜呜"的哀鸣。我们却按捺不住内心的喜悦。心花与野花竞相开放，山歌共竹韵响成一片。

捉住了猴子，我们的心里高兴得语言难以形容。叔叔说："猴脑是名菜！过去从来没吃过。这下我们不但可以尝尝新，而且还可大饱口福了。""猴子是国家保护动物，不能杀害。我们把它送给动物园吧。"我说。

峰回路转。突然，前面几十只猴子拦住去路。只只龇牙咧嘴，横眉怒目。一看到我们，就"英英益益"地狂叫着扑过来。我和叔叔顿时吓得魂飞天外，魄散九霄。等我们清醒过来时，猴群早已无影无踪了。

捉住的猴子虽然被抢了回去。但是，从此之后，猴群却远走高飞，再也不敢光临我们这一带的竹林了。

（原载《钱江晚报·晚潮》）

黄岩溪上钓黄鳇

　　仲夏的一天午后，雷声隆隆，大雨倾盆。不一会儿，清澈的黄岩溪变成了一条黄龙。黄泥大水来了。我赶紧收拾好钓具和一只小木桶，头戴斗笠，身穿蓑衣，一手提着鱼饵（曲蟮）筒，一手持钓竿，快步向溪边奔去。

　　溪的南岸是重崖叠嶂的"雄龙"下平岗。溪的北岸是峰峦起伏的"雌龙"南峰山。溪的中间有一块高出水面，长、宽、高各一丈多的近似圆形的大石头——龙珠岩。来到溪边，脱了胶鞋，脱下蓑衣夹在腋下，几个起落，便纵跳到离岸十几丈远的"两龙抢珠"的龙珠岩上。浊流宛转，惊涛澎湃，喧嚣奔涌的激流绕过龙珠岩，再汇拢来在岩下形成深潭。这里涟漪荡漾波澜不惊，显得出奇的宁静。潭中黄鳇鱼（俗称黄刺头）很多。

　　黄刺头的胸鳍和背鳍为了自卫的需要，变成坚硬的尖刺，这就是它名字的来历；它肉质细嫩，味道鲜美，高蛋白、低脂肪。其营养价值和口味都可与河鳗相媲美。黄泥大水一来，一群一群的黄刺头便从下游逆流而上，游到龙珠岩下来避难，这里便成了我的天然鱼仓。

　　我朝东蹲在砥柱中流的龙珠岩上，从旧蓑衣中抽出一根棕榈毛，将曲蟮系在一根三尺来长、笔杆粗细的小竹棒棒端，伸入水中。不一会儿，我感到钓竿晃动，估计黄刺头上钩，一把将钓竿拔上来，只见一条尺把长的大黄刺头，大嘴巴紧咬住钓竿的下端，身子不住地扭动挣扎，我小心翼翼地把它往盛有碗把水的小木桶里一放，又立即将钓竿放回水中。这样接二连三，不停地将刺头鱼从水中抽到我的小木桶里来，真是其乐无穷。这刺儿头别看它挺凶，有时会把你的手指戳出血来，可它是鱼类中的傻瓜蛋，发大水时，它把系有曲蟮的钓竿咬得很牢，抽上水面之后仍紧咬不放，生怕自己不咬住，掉下去会摔死似的。可是，一放到有水的小木桶里，它便立刻张开大口，欢快地沿着桶壁打圈子转悠起来，仿佛回到了自己的家。

水大两岸阔，岩高一钓垂。我专心致志地蹲在龙珠岩上临溪独钓。听不到天边隆隆的雷声，听不到身边轰轰的水声，更听不到岸上亲人的呼唤声。四周静极了。不知不觉间，桶里的鱼渐渐地满上来了……又抽上来一条，桶里的鱼有八分满了。我站起来伸了个懒腰，这才发现水已漫上了龙珠岩。一个小时，水位竟升高了一丈。放眼一望，洪水滔滔。蓦然回首，不好！上游万马奔腾般的洪峰排山倒海而来，危急关头，当机立断：生命要紧！我毫不犹豫地将满桶的刺头鱼连同小木桶用力一甩，说道："去吧，放你生！"又赶紧脱掉蓑衣，丢入水中、头一摇，斗笠不翼而飞。双脚在龙珠岩上用力一蹬，纵身跳入洪流，斜着向河岸游去。我扭动身子挥动双臂，劈波斩浪，奋勇前进，与洪峰争时间、抢速度。拼命地游啊，游啊，终于抢在洪峰到来之前游回岸上。岸上早已站着许多望大水看热闹的人。他们有的为我脱险归来而欢呼，有的为我没有到冯夷那里去报到而深感意外，焦急万分的妻拉着我急急忙忙地回到家中。妻为我煎了一大碗浓浓的大艾汁，还加了红糖老酒作引子。"喝！""遵命。"我捧起来一饮而尽。

虽然满桶的鱼连同小木桶都丢了，但一条一条地从水中抽上鱼来的乐滋滋的快感，却久久地洋溢在我的心头。钓鱼，真比吃鱼的滋味更美妙啊！

秘密武器

得到爸爸在全市钓鱼比赛中荣获冠军的消息，我立即从外婆家动身回家。虽然外公、外婆、舅父、舅母、表兄弟、表姐妹们一再热忱地挽留我；虽然乡下宁静的环境，幽美的田园风光，以前是怎样地使我流连忘返，但是这次我却归心似箭，恨不得一步跨到家中，与爸爸一见高低。因为，我在暑假中意外地得到一件秘密武器，自信可以战胜爸爸。汽车在马路上风驰电掣，行道树飞快地向后掠去。可我总觉得今天的车子跑得特别慢。

一进门，爸爸那张"市首届钓鱼比赛冠军"的奖状赫然入目。我心中说："别神气。我肯定比你这个冠军还要冠军。"

在我暑假中的最后一个星期天。吃中饭时，我主动向爸爸进攻，"爸爸，我要跟您比一比。""比什么？""钓鱼！""哈哈，我还以为比什么呢？"还没等爸爸开口，妈妈插话道，"你爸爸昨天在全市钓鱼比赛时，击败了多少强手。你黄毛未褪，胆敢跟爸爸较量，真是不知天高地厚。不用比，输赢早成定局。"一向爱我的妈妈，这回竟向着爸爸。"不一定。让事实说话。"我不服气地说道，"事实最有说服力，结论还是慢点下的好。""好，初生之犊不畏虎。比就比。""不行，如果你输了怎么办？""我给你发奖。""什么奖？""父子钓鱼赛冠军。""还有呢？"我侧着脑袋问。"我在报上给你发一条消息，配发照片。"在报社当记者的妈妈又插进来说道。"好！"我大声地说。"如果你输了呢？"爸爸问。"我不会输的。"我信心百倍地说。"万一输了呢？"妈妈问。"'三年不窥园'。"我毫不犹豫地回答。"好，我给你们当裁判。"妈妈一本正经地说。

我们带着鱼饵和钓竿来到江湾。江中白帆点点，岸上绿柳成荫，隔岸青山隐隐。我和爸爸各自找了一个僻静的地方下钩。妈妈坐在树下的石头上看一本外国杂志。

我不声不响，接二连三地抽上鱼来。鱼在小铅桶里欢快地游着，有时还蹦跳着，发出"泼剌泼剌"的响声，把水花泼出桶外来。

时间过得真快。妈妈宣布："时间到，停止。"我一看腕上的表，时针已指向正六点。夕阳衔山，飞鸟归林。哎哟，怎么这么快就过了半天？爸爸当然钓了不少鱼。但是，无论是总数，还是单条鱼的重量，都远远不及我钓得多。不必用秤称，我一眼就看得出。"要称一称吗？"我故意问。"不必了。"爸爸笑着说。妈妈大公无私地宣布："钓鱼比赛结束，军军荣获冠军。"爸爸高兴得一下子把我抱起来，说："军军真行！我画一幅《江湾垂钓》的国画给你。"爸爸是全国美协理事，在本市一家画报社当主编。"谢谢爸爸。"我在他"络腮胡"的脸上亲了一下。"我明天给你发一条'花边新闻'，这是你刚才钓鱼时的照片。"妈妈不愧是一个优秀的新闻记者，连照片都早已拍好了。

"阿军，你是怎么钓到这么多鱼的？""这是秘密，我不告诉你。"我说。

"不过，你一定得把钓竿给我看看。"爸爸说。我一下子溜到地上，把钓竿递给爸爸。他接过一看，钓竿仍旧是老钓竿。再仔细一看，"啊，秘密就在这儿。"爸爸惊讶地叫起来。我微笑着眨眨眼，不说话。妈妈凑过来看。"这根钓线是哪来的？"爸爸问："我怎么从来没看到过？"妈妈也用目光询问我。"这是我在外婆家特制的。"我说：

"我就是依靠这件秘密武器战胜钓鱼冠军爸爸的。"

在父母的再三追问下，我终于说出这件"秘密武器"的由来。

暑假，我在外婆家玩。一天，邻居的女儿青青背着一个空饭盒邀我一道上山放牛。路上，她说："告诉你一个秘密。你可不要告诉别人。""保证不告诉别人。"我们边走边说。山上，锦峰拔地，绣岭排天。山花烂漫，佳木葱茏。百鸟争鸣，山泉淙淙。我们把牛赶到林间草地上吃青草。青青就带我走到一棵两人合抱的枫杨树下，树上掉下许多黄绿色的虫子，大小跟松毛虫差不多，浑身长满刺毛，样子怪吓人的。"这是什么虫？"我问。"你猜。"青青说。"我不认识。你告诉我。""这是溪罗虫。听说，书上管它叫枫杨蚕。"我抬头细看，枫杨树的繁枝茂叶间爬满了密密麻麻、大大小小的虫子，有些叶已被吃光了。"你别看它的样子难看，可它的肚里藏着好东西。"青青说。"什么东西？"我好奇地问。"这是秘密。不过，等下你就知道了。"说着，她捉来一条虫子，放在一块很平的大青石上，掏出小刀，在它的背上轻轻一划，挑出丝头，拉出一根很长的丝来。"这算什么秘密？"我说，"虫肚里有丝囊。谁个不知？哪个不晓？""可是，你知道这丝有什么用处吗？""不知道。"我轻轻地说。"秘密就在这里。"青青笑着说。"有啥用处？"我着急地问。"做钓鱼线。"青青不紧不慢地说。"钓鱼线，街上多的是。""不，市上的，怎能跟它比？用它制成的钓鱼线无色透明，放到水里，鱼儿看不见。上钩率就高了。市场上卖的钓鱼线，放到水里，鱼儿看得见。灵活的鱼心中有数，把饵啃光，就是不上钩。""哦，秘密就在这里。"我恍然大悟。"你怎么知道的？"我刨根究底。"我爷爷是钓鱼能手。"青青自豪地说。"他一天钓十几斤，几十斤。用的就是这种线。"我用手一试，丝就粘在手上了。一扯，扯不断，挺韧的。"太黏了。不行！""我们可以叫它不粘。"青青认真地说。"用啥办法？"我又着急起来。"甭慌。这又是个秘密。"青青故意卖关子，看了我一眼，说道，"把丝放在醋里面抽过，就不黏了。你要粗丝，抽得慢；你要细丝，抽得快。"这天，我们捉了一饭盒溪罗虫。回来，在青青家抽了很多丝，做了很多钓鱼线。青青说溪罗虫还会吃樟树叶。

我说完了。妈妈点点头说："哦，会吃樟树叶。我想起来了。前不久，日本报刊报道过日本的樟蚕丝号称'钻石蚕丝'。强度、拉力、染色性能等各项技术经济指标都比蚕丝高得多，价钱也比蚕丝贵好几倍。在国际市场竞争能力很强。是日本丝绸工业的一张王牌。对了，就是这东西。溪罗树，也叫枫杨树。溪罗虫就是枫杨蚕，也就是樟蚕。想不到我们国内也有。有些人还寄钱到日本去买样品呢。""你又可以写一篇报道了。"爸爸说。"不，我还要深入了解一下。谢谢军军提供了报道线索。"妈妈笑着抚摸着我的头说。

我们提着两小桶鱼回家。晚饭，妈妈烧了一桌丰盛的鱼宴，你看饭桌上摆满了清蒸鱼、红烧鱼、糖醋鱼，还有鱼排、鱼块、鱼片、鱼圆……真香啊！

（原载浙江《当代少年》1985年7月）

苿蔗红，磨麦虫

初夏，麦子即将黄熟的时候，山野间的苿蔗（果）也渐渐地红起来了。我的耳畔不禁响起了小时候听到的老奶奶唱过的民谣：苿蔗青，磨麦轻；苿蔗红，磨麦重。磨麦为啥轻？磨麦为啥重？苿蔗青时磨陈麦，陈麦干燥磨就轻。苿蔗红时磨"麦虫"，"麦虫"袅袅动，脚酸手软心窝痛，麦磨千斤重……

苿蔗（黄岩方言），植物学上叫胡颓子，野生木本植物，秋天开花，冬天结果，初夏果实成熟。浆果呈长圆形，红色，味道酸酸的，甜甜的，无毒，可以吃。我小时候上山放牛砍柴时，常常摘来吃。苿蔗是一种物候象征植物——苿蔗红了，夏天就到了，地里的麦子就要黄了。（旧社会）劳动人民就不会挨饿了。

旧社会，生产力低下。广大劳动人民衣不蔽体，食不果腹。忍饥挨饿是家常便饭。"田垟黄呵呵，饿倒田坎下。"山区老百姓"三月荒"（特别是闰三月）青黄不接——去年的陈粮已吃光，今年的新粮还未收成。吃了上顿没下顿，怎么办？挨到实在没有办法的时候，就只好忍痛采摘尚未黄熟的麦头（穗），磨"麦虫"充饥。具体的做法是，将半青半黄的麦头摘下。反复揉搓，褪尽麦芒和麦壳，再用团箕扬尽垃圾，将青黄色的麦粒放在石磨中磨，麦粒中的麦浆和淀粉，在石磨中被加工成一条条形状似虫子的"麦虫"，纷纷在麦磨的磨道中钻出来。为了填饱肚子，往往连麦皮都不去掉，放在锅里煮成糊，叫"麦虫糊"。那时的

"麦虫糊"，由于水分太多，"麦虫"本身的鲜味和香味被稀释到接近于零。虽说清淡无味，但却可以用于疗饥救荒。

据长辈们说，磨"麦虫"非常讲究，要严肃认真，千万不能嬉笑。因为"麦虫"刚从麦皮里钻出来，赤裸裸的，很怕羞。你一笑，它就躲在磨道里不敢出来了。大麦，小麦和裸麦都可以磨制"麦虫"。我的家乡，黄岩西乡的黄岩溪一带（即今上郑乡），一般都采用裸麦为原料来磨制"麦虫"的

新旧社会两重天。解放后，生产力有了很大发展，人民生活水平有了很大提高，很少有人吃"麦虫糊"了。改革开放以后，鸡鸭鱼肉都吃不出啥个味道了，"麦虫糊"成了很有地方特色的风味小吃。"麦虫"磨好后，将洋芋、青豌豆粒、笋丁或笋干（预先浸胀），蘑菇蒂头或香菇蒂头，再加上山区特有的腊肉（不是咸肉）等和料放锅里炒好后，加水适量烧开，滚数分钟，将"麦虫"缓缓加入，边加边搅拌，务使均匀。再次烧开，煮数分钟即成。这样的"麦虫糊"吃过之后，齿颊留香。那个香鲜劲，叫你永远忘不了。这是由于"麦虫"中的浓郁的鲜味来自麦浆中的丰富的天然氨基酸（麦子成熟后，氨基酸都聚合成蛋白质，鲜味消失）的缘故。太香太鲜的东西不宜多吃，只能少量品尝。老话讲，"少吃多滋味，多吃坏肚皮"。麦虫糊吃多了，会使你的肚皮发胀，难受。

山区各旅游景点的"农家乐"，如果能给游客们上一道既能当羹，又能当饭的特色食品"麦虫糊"，我敢断言，游客吃了之后，一定会乐上加乐，乐得合不拢嘴的，无形之中提高了经济效益。

献　新

我小时候，家中每年都要举行两次献新活动。一次是上半年麦熟，另一次是下半年稻熟。献新，献什么新？怎样献新？给谁献新？为什么献新？且听我慢慢道来。

四月南风大麦黄。新麦登场，家家户户喜气洋洋。这倒不仅仅是可以填饱肚子了，不必再担心挨饿了。最主要的还是，半年多来的翻地、下种、施肥、除草、治虫、割麦、打麦、晒麦……一系列的辛勤劳动终于有了结果，汗水没有白流，气力没有白费，劳动成果没有被绿壳强盗抢走，也没有被小偷偷走，付出终于有了回报。看着一箩一箩黄澄澄的裸麦、小麦和大麦，丰产而又丰收的喜悦，从心底溢上眉梢，干活时的疲惫和劳累，早已烟消云散了。

为了庆祝麦子丰收，母亲决定搞一次献新活动。她轻松地推动石磨，把金黄的小麦磨成雪白的面粉。然后加水揉搓成面团，再擀成薄片，折叠起来，再用菜刀飞快地切成又细又长又匀的面条。面条盛满了一扁桶，但很松散，并不互相粘连，这就是母亲的手段。

面条做好后，母亲又忙着做浇头。她用腊肉丝、鸡子丝（用鸡蛋摊成薄饼，再切成丝）、豆腐干丝和小鱼干等烧成许多喷香的美味佳肴。祖母在灶前烧火，母亲在灶头忙碌。祖母吃素，她先用香菇丝、豆腐干丝和金针（黄花菜）等特地用素油为她老人家烧好一碗素浇头。我和妹妹蹦进蹦出，高兴极了。中央镬里的水开了，母亲高兴地下着手打面。

我那时踮起脚尖，刚好能看到灶头上的东西。看到一大碗喷香的小鱼干，抓了两条就跑。一条塞进嘴里，另一条递给追上来的妹妹。母亲边下面，边喊："别跑，别跑，小心跌倒。"我们早已跑到父亲的店间去了。我们吃完后，又跑到灶前依偎在老祖母的膝下。灶间洋溢着浇头和麦面的香气，洋溢着三代同堂的欢乐。

当中央镬重新揭起时，香气四溢。玉色丝状的面条浮上来，母亲用漏勺将煮熟的面条撩上来，盛在三口碗里，盖上浇头。用盘子端上二楼后，在佛龛前恭恭敬敬地点上香烛，然后将新麦面端放在供桌上献给社神（奉祀在家中的土地神）。代表全家衷心感谢大地的化育之恩，感谢土地公公保佑今年麦子大丰收。之后，母亲又盛了一碗，盖上浇头献给灶神。感谢他调和五味，护佑康宁（祖母早已点上香烛）。之后，母亲又盛了一碗新麦面，盖上素浇头，献给年高德劭的老祖母。老祖母的脸上绽开了一朵大菊花。这时已近中午，我和妹妹扶老祖母入席。她要我俩一起吃，母亲使了一个眼色，示意我们不要。我说："娘娘（仰上声），请您先尝新。"妹妹说："我们不吃素。"我们边说边蹦跳到母亲身边。接着，母亲又盛了一大碗新麦面，盖上许多荤浇头，用盘子捧到店间，请父亲尝新。真是举案齐眉，相敬如宾。父亲是家中的强劳力，顶梁柱，不仅种三四亩田地，还开着一家小店。经营南北货、香烟、老酒、四书五经和文房四宝。这时店中生意正忙，母亲为他舀了一碗老酒，放在面碗旁，对正在忙活的父亲点了一下头，走了。真是灵犀一点通，尽在不言中。

最后，母亲盛了好几碗面，端到桌子上，分别盖上浇头。招呼我们兄弟姊妹吃饭。我们挨着祖母和母亲坐下，一人一碗，吃得津津有味。一家怡怡，像过年过节似的。这新的面条透着新麦特有的香鲜气，仔细品尝还有点儿甜哩。饭后，母亲将镬里还冒着热气的面条盛了三四碗，盖上浇头，分赠左邻右舍，请他们尝新。因他们家的麦子虽已收割，但有的还没有打下来；有的虽已打下来，但还没有晒燥。今年我们家献新，全村最早。

献新，不仅洋溢着丰收的喜悦，还体现了人们对神（大自然）的敬畏之情，感恩之情；体现了农村中家庭主妇对长辈的尊敬，对丈夫的关心体贴，对子女的呵护；体现了邻里之间的和谐，体现了人际关系的文明，体现了民风的淳厚。现在的许多年轻人，根本不知道什么叫"献新"，也体会不到稼穑之艰难，体会不到五谷丰登的喜悦。人际之间的关系显得冷漠。

说　蕨

　　黄岩西部，群山连绵，峰峦起伏。山上野生植物资源丰富，其中有一种野生植物，既可作蔬菜，又可当粮食，它就是蕨类植物中的真蕨。

　　真蕨，简称蕨，是真蕨纲的代表植物。俗名吉萁、乌糯，也有人称之为蕨萁。它是多年生草本植物，喜欢生长于向阳山坡或疏林之下。没有地上茎，地下根茎横生，很长，多分枝，纵横交错，密密麻麻，形成了一个个地下粮库。根茎的横断面扁圆形，筷子般或铅笔般粗细，表皮密生黑褐色绒毛。暮春，着生于根茎上的叶芽破土而出，叶柄顶端的嫩叶紧缩，并盘成拳状，很像绿色的玉如意，很美。长到一尺左右高时，将它采下，就是大名鼎鼎的蕨菜。蕨菜味道鲜美，营养丰富，以握拳未放者（嫩叶未舒展开）者为最佳。可鲜食，也可以将它放在滚汤中焯过，晒干备用。也可浸泡在盐水中，制成咸菜。二十世纪五六十年代，黄岩西乡蕨菜曾出口日本等国，深受欢迎。真蕨的叶子绿色，很大，三回至四回羽状分裂。叶柄比筷子略小些，圆柱形，基部褐色。跟有些诗人、作家、画家把荷叶的叶柄当作茎一样，有许多人也把真蕨的叶柄当作茎，这是缺乏植物学常识所造成的结果。

　　蕨的地下根茎横生，表面上看，黑不溜秋的，很丑。透过表象看本质，里面的淀粉却非常洁白，像白玉似的，不但好看，而且好吃；不但好吃，而且还可入药，治病救人哩。蕨粉秋冬两季均可采集，方法也很简便。将蕨的根茎从地下掘出后，洗干净，用练槌搭将它捶烂，再经水洗，过滤，去渣，沉淀，弃去废水，即得湿淀粉，晒干，捣碎，研细，收藏备用。蕨粉是真正的山粉。过去，黄岩溪两岸传唱的山歌中，就有"山头人，三件宝：柴头当棉袄，乌糯当晚稻，孟菜吃到老。"近年来，有人将番薯粉称为山粉，真是地无黄金铜为贵，他们根本不知道，蕨粉才是真正的山粉呢。蕨粉渣的成分跟番薯渣、葛粉渣的成分一样，都是纤维素、半纤维素和残留的小量淀粉。这些东西都是由许多单糖聚合而成的多糖。因此，可以将它们水解，制成味道甘甜的果（糖）葡（葡萄糖）糖浆。蕨叶除嫩时作蔬菜外，平时可作牛羊等的饲料。也可作绿肥，施于水稻、番薯和芋头等农作物，肥效很高。

我国对蕨的开发利用历史悠久。《诗经·召南·草虫》诗云："陟彼南山，言采其蕨。"记载了早在三千多年前的周代，就有不少人采蕨为食了。蕨除了可作蔬菜和粮食之外，还可入药。有除暴热，利水等功效，可治热病和水肿等病症。

蕨不会开花结果，没有种子。因此，它在植物分类学上属于低等植物。蕨没有种子，它靠什么传宗接代呢？它靠叶子背面的孢子囊群中的孢子繁殖后代。蕨具有根、茎、叶，因此，它又是低等植物中的高等植物。上世纪末，有一次，我与台州某著名女作家闲聊时，讲到野菜。她说："狼萁（嫩叶）也可以吃。"我说："狼萁（嫩叶）不能吃，紫萁、吉萁和水萁（嫩叶）才可以吃。"她不信。过了几天，我带了一株狼萁到她的办公室，问她："这东西能吃吗？"她说："我说的狼萁，不是这种，而是另一种。"我说："狼萁，就只有这一种。植物学上叫芒萁，也叫芒萁骨，蕨类植物，里白科。你说的，可以吃的，也许是吉萁。"她说："天台人说是狼萁，是软梗狼萁。不是这种硬梗狼萁。"其实，吉萁、狼萁，还有铁芒萁，三者虽都是蕨类植物，但是不难区分。吉萁的叶柄青绿色，木质素含量很少，质地较软；狼萁的叶柄棕色，木质素含量较高，质地较硬；铁芒萁，又叫铁狼萁、吊麂狼（它的得名，据老年人说，麂或狼进入铁芒萁丛中之后，无论怎样挣扎，都无济于事，都被铁芒萁吊牢，跑不了。因此叫吊麂狼），叶柄高大，乌黑发亮，木质素含量很高。《辞海》中也说："狼萁也叫铁芒萁。"不对！铁芒萁比芒萁和吉萁高两倍以上，叶柄横断面的直径也比它俩大两三倍。认知野生植物，辨似很重要。如虎掌与天南星，莎草与真三棱等形态都很相似，很容易混淆。

"登彼西山兮，采其薇矣。以暴易暴兮，不知其非矣……"商末周初，不食周粟，隐居首阳山，一边采薇充饥，一边唱着山歌的高士伯夷和叔齐兄弟俩所采的薇菜，究竟是什么东西？以前许多人都认为是蕨菜（紫萁），其实不是，后经考证，薇菜乃是大巢菜。

说　葛

　　黄岩西部多山，山上多葛。大部分为野葛，也有小量人工种植的真葛。葛属豆科蔓生藤本攀缘植物。葛藤长达几丈，十几丈，甚至几十丈。圆柱形，中间有髓。嫩藤青绿色，密生黄褐色绒毛；老藤灰褐色，较粗大，密生点状突起。它的叶子是复叶，一个叶柄上长有三片小叶，叶面绿色，叶背有白色粉末。顶端小叶呈菱形，两片托叶呈盾形；叶柄长达数寸，青绿色，圆柱形。枝繁叶茂的葛藤，攀附在竹林树林之间，蒙络摇缀，形成巨大的密密的网络，为无忧无虑的小鸟们唱歌跳舞提供了天然大舞台。葛，夏秋间开花，蝶形花冠紫色，总状花序。葛花很美，花开时，像一群群紫蝴蝶在山野间飞舞。堪与朱藤、紫藤的花媲美。花谢后，结出长而扁的带状荚果，荚壳外密生黄褐色粗毛。种子扁圆形。野葛的根呈块状，外皮灰黄色至黑褐色，富含淀粉。

　　葛全身是宝。它的嫩茎叶富含营养，是牛、羊和兔子等的优质饲料，也可作农田绿肥。藤蔓富含纤维素，葛纤维可以织布，织成的布叫葛布，俗称夏布。最早的葛布，是夏朝初年海南岛少数民族越族人试织成功的，叫葛越。除了当地人用于做衣服之外，还作为贡品献给夏禹。《书经·禹贡》记载："岛夷卉服"。汉代学者孔安国解释说，"南海岛夷，草服葛越。"用葛藤纤维织造夏布的技术，春秋战国时传到浙江。《越绝书》记载，"勾践罢吴（被夫差释放后，回到越国）种葛，使越女织治葛布，献于吴王夫差。"夫差用葛布制成夏衣，穿在身上感到特别凉爽，特别舒服，非常高兴。认为勾践对他忠心耿耿，从而放松了对勾践的警惕。葛布在外交上取得了意想不到的效果。精细的葛布叫葛绨。道家庄周《庄子·让王》："（舜让天下于善卷，善卷曰）余立于宇宙之中，冬日衣皮毛，夏日衣葛绨……"《庄子》虽不是史书，但庄周所处的战国时代，富贵人家用精细的葛布——葛绨制夏衣是不容置疑的。到东汉末年，葛布的质量越来越好，精品的价值可与珠宝并重。《三国志·魏书·刘晔传》记载："（吴侯孙策为了拉拢庐江太守刘勋，请刘出兵攻打上缭，特地送了一份厚礼给他。）得策珠宝、葛越，喜悦……兴兵伐上缭"。葛布又一次成功地应用于外交活动。

葛布还可以制头巾，叫葛巾。东晋大诗人陶渊明夏天很喜欢戴葛巾。《宋书·陶潜传》记载，"郡将候潜（兼军分区司令的市长等候他）开宴，值其酒熟，取头上葛巾漉（滤）酒，毕，还复着之。"陶潜不像那些马屁精，一听到市长有请，就高兴得不得了，换上像样的礼服，急急忙忙地应召。宋代大诗人苏东坡《犍为王氏书楼》诗云："书生古亦有战阵，葛巾羽扇挥三军。"葛巾和羽扇一样，都是风流儒将的标志。

葛藤还可制鞋，制成的鞋叫葛屦。夏天穿着很爽脚。是我国历史上最早的一种凉鞋。《诗经·魏风·葛屦》："纠纠葛屦，可以履霜。"记载了贫苦百姓无力添置暖鞋，冷天还穿着价钱很便宜的凉鞋葛屦。这种葛屦的样子，跟现代的蒲鞋差不多。

葛花除了可供观赏外，还是一味良药。被后人尊为医圣的东汉名医张仲景，在他的权威著作《金匮要略》中，就载有"葛花解醒（酒喝醉了，神志不清）汤"。内容是，用葛花水煎，服之，解酒毒，治酒醉，效果很好。老葛藤中含有大量的葛藤素，治疗心脏病显效。

从葛根中提取的淀粉叫葛粉。除了供食用之外，还可入药，治盗汗

（俗称流冷汗）疗效特别好。残渣含纤维素、半纤维素和小量淀粉等。可用作造纸或制造柠檬酸钙（还可进一步提取柠檬酸）等的原料。葛根提取淀粉的方法很简单。将葛根洗干净，斫成小块（约3立方厘米），放薯粉机中打烂，用清水搅拌均匀，过滤，静置沉淀，弃去废水，即得湿淀粉，晒干，碾细，收藏备用。

葛根也可直接入药。方法是将葛根洗净，切成火柴盒大小，厚约半厘米的葛根片，晒干即可。葛根为什么能入药？因为它性平，味甘辛，具有解饥退热，生津止渴，透疹等功能。葛根能治什么毛病？它能治外感发热、头痛项强、消渴、热病口渴、麻疹初起和泄泻等多种疾病。据科学家研究，葛根中的有效成分为黄酮类有机化合物，可用于治疗高血压、冠心病和心绞痛等病症。不管治什么病，野葛的疗效都比真葛高。

葛的生命力顽强，对生长环境要求不高，苦竹林，杂木林，荒山野坡都能适应。但它给予人类的却很多很多。葛根小者几斤十几斤，大者几十斤几百斤。饥荒时，山区人民靠它充饥救命，渡过难关。

葛与人类的关系非常密切。我国对葛的开发利用的历史非常悠久。如果从禹时算起，已有4100多年，如果从舜时算起，则更加久远。

传说在伏羲氏之前，有一个叫葛天氏的部落。东晋诗人陶潜对"葛天氏"时代的自由闲适生活十分向往。自称是"葛天氏之民"。其实，闲适自由的生活，谁不喜欢？岂止陶渊明！

豆棚瓜架皆诗料

一天，我从椒江动身返回阔别多年的老家黄岩西乡上郑村，左邻右舍都前来问讯，一边嘘寒问暖，一边将自种的茄子、南瓜、羹（茶）豆等送给我。我一边说谢谢，一边打开随身携带的行李包。他们看到包内很多的茄子、南瓜、丝瓜和羹豆等东西时，问我，从宁溪买的？我说，不，从椒江带来的。买的？不，自己种的！他们都感到非常惊讶！椒江城区寸地寸金，哪有空地可种啊。其实，我在椒江种地，从2009年在报社打工时就开始了。在我的椒江居所东南角，仅隔一条马路，就有大片荒地。

好地都被人家捷足先得，只有荒坡没人要。我就找来石头和废旧砖头砌坎，把五六十度的荒坡开垦成梯地，种上青菜、萝卜、胡萝卜、小葱、大蒜、韭菜、蚕豆和豌豆等。第二年就在菜地里种上南瓜、冬瓜、大豆、玉米、番薯、洋芋、芋头、茄子、西红柿、羹（茶）豆、大刀豆和荔枝瓜等。此后，循环往复，随收随种。一年四季，新鲜蔬菜源源不断。不但节省了开支，还能有效地防止残余农药的摄入。同时，还能强身健体，减少疾病，延缓衰老。另外，还能保持山头人勤俭过日子的优良传统，抵制城市香风毒雾的侵扰。

"晨兴理荒秽，带月荷锄归。"劳动，不再是迫于生计，而是一种乐趣。经常看到自己种的蔬菜一片绿油油，生机勃勃，心里就有一种说不出的高兴。春天，看紫红色的豌豆花把灿烂的春光凝聚在枝头，看蜜蜂和彩蝶在花间穿梭，菜花金黄，蚕豆花黑白分明……简直是群芳争艳。劳碌的我，忽然有一丝闲适之感油然而生。夏天，深黄色的小茴香花馥郁芬芳，令人陶醉。一排排的羹（茶）豆花争相绽放，像一阵阵紫色的小蝶飞落在翠绿的藤蔓上。芋头黄绿色的佛焰花，散发出特有的清香。羊角豆（其实它不属豆科，属锦葵科，植物学上叫黄秋葵。它的种子是制造伟哥的原料）的花也很美，淡黄色的花冠像美玉雕琢而成，基部呈紫红色。花蕊的柱头呈淡黄色，顶部和基部也都是紫红色。花的形状与木槿花相似。紫色的茄花复射而对称。秋天，番茹花与牵牛花媲美……真是美不胜收。

菜地里，不但花美，果实也很美。一行一行的羹（茶）豆角果从绳子上垂下来，简直是许许多多帝王的冕旒。金红色的荔枝瓜成熟了，从瓜棚上荡下来，像一个个红玉雕琢而成的小小的红灯笼，给人以美感，有时真舍不得摘下来吃掉……（以前吃荔枝瓜，都吃它的红瓤，而把它的皮丢了。现在才知道它的皮也可以吃，味苦，但很清口，能除烦降火。）茄地里，一个个又长又圆像紫玉雕成的茄子，闪耀着亮紫色的光辉，令人喜爱。一个个番茄红艳艳的，像一个个小太阳，令人心醉。一荚荚长一尺多，宽二寸的大刀豆从豆棚上挂下来，像一把把青玉制成的宝刀可爱极了。最有趣的要数南瓜，也许，有人会说南瓜是常见之物，何趣之有？一般的南瓜，都是雌花结果，瓜柄短而粗，有五棱，瓜蒂隆起。我家的南瓜，除了雌花会结果之外，雄花也会结果，瓜柄圆形，有尺把长，像箸小头般粗细，前端结着一个鸽蛋般大小的南瓜，很像庵堂里师太用的木鱼棰。瓜蒂平平。木鱼棰会长大，长到小碗大小时摘下来，剖开一看，是无籽南瓜，煮熟一尝，味道好极了。瓜棚上，雄花结的南瓜很多，有的比木鱼棰大，有的比木鱼棰小。雄花会结瓜，你说有趣不？番茹、芋头、洋芋和花生等的果实更美，它们从不炫耀自己，它们把果实藏在地下，若不加以发掘就发现不了它们的美，多么谦虚啊！

　　有时，我看书或写作累了，就到近在咫尺的自己的菜园里去赏花。一会儿就消除疲劳，恢复精神。今春，我特地在菜地东边的篱笆下扦插了许多菊花（菊的嫩梢嫩叶都可以吃）。度过炎夏酷暑之后，现在长势良好。不久，我就可以仔细体会五柳先生陶渊明"采菊东篱下，悠然见南山"的感受了。菜园，不仅是菜园，还是我的花园哩。

　　菜园，不仅仅是菜园和花园，还是氧吧。清晨，我踏着晶莹的露珠，到自己的氧吧里吸几口清新的空气，就会心情舒畅，精神一振。我穿行在阡陌之间，仿佛远离了城市的尘嚣。一边呼吸新鲜的空气，一边搜索暗藏的坏蛋。发现一条害虫，就将它就地正法。发现一株野草，就将它连根拔掉。地里的庄稼都是我用心血浇灌的孩子，可爱极了。回来时，还顺便带些瓜菜回家，随时都能享受到丰收的欢乐，生活真好。种瓜得瓜，种豆得豆。天道酬勤，有付出就有回报。

　　可惜我不是画家和诗人，否则的话，就可以把菜园里的诗情画意写出来，画出来与大家共享。我虽然不是画家和诗人，但在挑水抗旱时，却触动了我的灵感。想到了干旱其实是巨额财富，再扩大到台风、洪水、蝗虫等各种自然灾害，挥毫写成了数千言的《灾说》一文，本地报刊都不给发表，投寄北京《防灾博览》，全文发表，令人欣慰。

（入选《2013年浙江儿童文学作品精选》）

枫山情思

　　每当我在工作上遇到困难，或在生活上碰到不顺心的事情时，我就上枫山去玩。"去玩"，是对别人询问时的随口回答，实际上，我是到烈士陵园去加磁，去充电，去汲取强大的精神力量。

　　枫山之上长眠着454位为解放一江山岛而英勇牺牲的革命烈士。他们生为人杰，死为鬼雄。令我无限崇敬和景仰。我每次上山去瞻仰他们的陵墓，凭吊他们的英灵，就仿佛看到这些生龙活虎的年轻战士在硝烟弥漫杀声惊天的一江山岛战场上，冒着枪林弹雨前仆后继、奋勇杀敌的雄姿。他们矫健的身影，大无畏的精神，令人感动。我想，烈士们为了一江山岛的解放，连死都不怕，我们这些活着的人，难道还怕工作上、生活上的些小困难吗？每次从烈士山回来，我都精神振奋，浑身是劲。我上烈士陵园补足了磁，充足了电，铆足了劲。就会把工作上、生活上的困难通通踩在脚下。

　　我徘徊在墓道间，读着一个个亲切的名字、他们所在部队的番号、他们的籍贯、他们的年龄……读着，读着，就不禁意气风发，热血沸腾，仿佛自己也加入了他们的行列，拿着枪和他们一起冲锋陷阵，与他们一起收缴敌人的武器，和他们一起把红旗插上一江山岛的最高峰……

　　我徘徊在赭红色花岗岩的烈士墙下，凝望着墙上一个个烈士的头像。这些头像轮廓分明，神情坚毅，目光炯炯。望着，望着，突然，一眨眼，这些头像都变成了一个个活泼可爱，英姿飒爽的年轻战士。他们从墙上款步走下，走到我的面前。我和他们一见如故，热烈拥抱，和他们一起欢呼胜利，和他们一起歌舞，一起欢唱……

"不怕艰险，智勇坚定，团结奋斗，不胜不休"的一江山精神在我的心田里生根开花，结出硕果。

岁月不饶人。1998年，我退休了。我老了！但我不服老。我仍然退而不休，忙，并快乐着。除了发挥文字功底有点硬的专长，在报社、杂志社打工之外，我还荷锄种菜、读书、写文章。从2004年4月到2013年6月的9年多时间内，我自费出版了《宁溪历代山水诗选注》《荣兴老本——黄岩民间故事选》《台州市区西部历代诗词校注》《台州市区历代诗词选注》和《天有多大——郑钦南寓言、童话、故事选》等5本近120万字的著作。平均不到两年出版一本，5本书中，有3本是社会文化工程，有两本获得台州市政府哲学社会科学优秀成果三等奖。如今自由撰稿人都会遇到的困难，我也不例外。写书难，出书更难，书的发行销售难上加难。但每当想起"不怕艰险、智勇坚定、团结奋斗、不胜不休"等二十个大字组成的"一江山精神"，年近八十的我，就会信心倍增，浑身充满力量。"一江山精神"是我在从事社会文化工程活动中攻坚克难的法宝，"一江山精神"使我越活越年青。经过最近六年来的苦战，又一项艰巨的社会文化工程——一部三十万字的《〈脚气集〉点校注释》最近已画上句号，并出版发行。"一江山精神"真是无往而不胜的法宝。

除了漫步墓园，凭吊烈士英灵之外，我还喜欢枫山的碑林。张爱萍将军、许世友将军等人的诗词大气磅礴，碑刻笔力遒劲。字里行间，洋溢着强劲的阳刚之美。文以载道诗言志，这是"一江山精神"在文学和书法艺术上的体现。句句金玉，字字珠玑。读之令人荡气回肠，一唱三叹，给人以美的感受。仔细咀嚼这些诗词，是非常高雅的精神享受。在每块诗碑前，我吟哦再三，流连忘返。

在"一江山精神"的鼓舞下，台州面貌日新月异。椒江大桥、椒江二桥、台州高速、台州铁路、台州博物馆、台州图书馆、台州机场（在建），台州丛书甲乙集的出版……台州的经济建设和文化建设高潮迭起，硕果累累。

解放一江山岛烈士陵园使枫山变得更美丽，更庄严，更神圣，更令人心驰神往。枫山巍巍，椒水泱泱。烈士遗风，山高水长。

（入选《2015年浙江儿童文学作品精选》）

风雪南正顶

日前，朋友邀请我去南正顶登临览胜，我满口答应。早上朝霞满天。车到黄岩区富山乡政府驻地马鞍山村时，已是下午两点多。气温骤降，天上彤云密布，北风呼啸，大雪纷飞。询问一位年轻的女老板："有没有去南正岙头的车？"她答："这天气谁敢出车？开车的都围着火堆喝酒聊天，惬意着哩。你还是快走吧。"

我一路小跑，跑过杨府庙，跑过北山，跑到庙下堂时，我不禁放慢了脚步。这里往西南方向到下嘉山有一条樵径，比走大路近5里，但崎岖难走。天气好的时候，我肯定选这条路。可今天，我不敢冒险。纷纷扬扬的大雪将窟窿都填平了，看不出哪是路哪是陷阱。万一踏落空，在这"千山鸟飞绝，万径人踪灭"的深山老林里，叫天天不应，叫地地不灵，即使有手机也无济于事，因为山高林密，没有信号。为了防止"一失足成千古恨"，我迎着风雪沿着大路（公路路坯）继续奔跑。大路上到处坑坑洼洼，水窟表面都结了冰，脚踩下去，发出"咔嚓！""咔嚓！"的响声。有时踩进五六寸甚至尺把深的水窟里寒彻骨髓。可是，当我看到路旁的垂柳和桃树都已趵芽，心底就升起一股暖意。心想，残冬的余威不过是难以穿透鲁缟的强弩之末罢了。我仿佛看到了柳垂金线桃吐丹霞的灿烂春光。

我踩着碎琼乱玉小跑，不禁想起了东晋谢安与子侄辈赏雪的情景。谢安问："大雪纷纷何所似？"侄儿谢朗抢答："撒盐空中差可拟。"

侄女谢道韫不慌不忙地说："未若柳絮因风起。"谢安频频点首鼓掌大笑高兴极了。北风挟着雪霰直往衣领里灌，直往耳孔里钻，我在六百米高的山上一口气跑了五六里山路，跑得内衣湿透，头上直冒热气，脚步便渐渐地慢了下来。路上是雪，地上是雪，树上是雪，山上是雪，空中是雪，放眼望去，到处是雪的世界。不禁想起了古人的咏雪诗："战罢玉龙三百万，败鳞残甲满天飞。"裤脚上不知几时缀满了长的短的方的圆的白色的珠玉。跑累了，脑袋热烘烘的，身上一点儿都不觉得冷，只有踩在泥水里的双脚才有冰冷的感觉。我机械地迈动双脚前进，真想睡觉，就是站着睡一会儿也好。脑海中忽然闪过红军长征途中爬雪山的镜头。红军一往无前的精神鼓舞我继续前进。我在心中警告自己：千万不能停下来。一停下来就会睡着，就会倒下，就会冻僵，就会被大雪掩埋……学习红军爬雪山，我强迫自己快走！

走到田岙，遥见南天一柱——南正顶巍然屹立在天地之间，精神为之一振。经过横跨在田岙溪上的大桥时，我又一次警告自己：小心！千万别滑倒摔下去。平时苍翠欲滴的连绵群山，今天都银装素裹，只有这富山水库依然跟平时一样，荡漾着层层涟漪。不管多大的雪，飞入水库就不见，眼前为之一亮。据说乾隆皇帝对着漫天飞舞的大雪诗兴大发，随口吟出："一片两片三四片，五片六片七八片，九片十片十一片……"正当他搜索枯肠，竟无一字的节骨眼上，随驾的大学士刘墉帮了他一个忙："飞入江河都不见。"传为千古笑谈。如果没有刘大学士殿后，乾隆皇帝的这首《咏雪》诗就不成其诗了。大路在水库边蜿蜒向前，好几辆汽车冻僵在路旁。开车的坐车的都不知去向。大概也像我一样，改乘专用的"11"号汽车前往南正顶吧。山上万花纷谢，寒气逼人，但苦竹和毛竹却一点儿都不怕冷，在风雪严寒的恶劣环境中却仍坚强地挺立着。枝叶上虽然堆满了积雪，凝结着冰凌，仍绿得可爱。劲节高风，令人钦佩。

从栅下起要爬坡。大路像一条玉龙在山腰上左盘右绕。双脚像拖着沉重的铅块，速度越来越慢，干脆驻足小憩。群山飞舞，漫天皆白。平时像青龙似的十里牛头冈。今天更像一条腾空欲飞的玉龙。不禁信口吟出毛泽东《念奴娇·昆仑》："飞起玉龙三百万，搅得周天寒彻。"峰回路转，蓦见悬崖峭壁上青松挺立，在皑皑白雪的映衬下愈显精神。"大雪压青松，青松挺且直。"陈毅的诗不禁脱口而出。走近悬崖，只见崖上挂下许多大大小小长长短短的冰棍和冰锥。大的若手臂，小的如手指；长的好几丈，短的只有五六寸。无一不晶莹透明。崖下有一大群晶莹透明的冰塔和冰宫。大自然的神功令人惊讶。可惜没带相机，无法摄下这难得一见的奇景。全靠没坐车，否则是绝对观赏不到这么好的景致的。越过大盘头，下嘉山越来越近。我不觉精神大振，加快了登高的步伐，半个小时后，我终于登上了海拔八百米高的下嘉山。前面道路和缓，我又一路小跑起来。一步一个脚印，越过坑头。花了近3个钟头跑了20里山路，我终于在天黑前到达目的地——海拔一千米的永嘉南正广福寺。雪拥云横奈我何，蓝关秦岭脚下踩。山门外风更大，雪也更大。

这次爬雪山，一路上虽然没有看到雪里红梅的英姿，但翠竹凌寒的气节和青松傲雪的精神以及冰宫冰塔群都在心中留下了不可磨灭的印象。

（注：南正顶在台州市西南，原属黄岩区富山乡坑头村，与温
州交界）

双坑览胜

金桂飘香时节，我应黄岩区旅游局之约，前往黄岩西部新开发的风景区双坑观赏奇特的冰川石瀑。

二十世纪八十年代，我在富山中学执教多年，这次故地重游，倍感亲切。我向村党支部书记张仲解说明来意后，他便热忱地向我介绍双坑冰川石瀑一期工程的开发情况，并作导游，带我去景区参观游览。

踏着新砌成的游览道石阶，从海拔600米的双坑村步步登高。游览道在无边的毛竹林中斗折蛇行，向高处延伸。群山连绵，层峦叠嶂，空气特别清新。路上，一队娘子军挑着黄沙、水泥、小石子等建筑材料，登高山如履平地。她们的艰苦奋斗精神使我深受鼓舞。到达水竿坑头，路断处是一座新建的索桥。登上索桥，只见桥下山涧又深又宽，全石为底，流水潺潺，轻盈灵动，犹如绝妙的琴声，使人心旷神怡。如果说，双坑美景是藏在深闺人未识的美人，那么这坑水就是美人手中抚弄的七弦琴。自古高山流水少知音，现在，随着景区的开发，知音将越来越多。涧底屈曲，水流形成多折瀑布，有的如珠帘，有的如茧纸……落差虽然不高，但河床曲折有致，两岸参差如鳞，山坑蜿蜒似龙，林中寂静如梦，宛若仙境。

过了索桥，沿着许多Z字形连接而成的游步道再往上走，就看到了冰川遗址。这是一块长7.8米、宽4米、高2米的紫灰色岩石，岩上沟壑像芋田里芋垄的垄沟。这些垄沟清晰、整齐、均匀、平行，是当年冰群移动时刻下的痕迹。据省地质专家郑人来教授考证，双坑冰川遗址形成于中生代的白垩纪到侏罗纪之间，距今已有6000万年的历史。二十世纪五十年代，我读初中时，听地理教师李志平先生说，三十年代，我国著名地质学家李四光在庐山发现冰川遗址。想不到罕见的冰川遗址，我们台州也有。冰川景区的开发，对我国东南沿海地区古地质学、古气象学、古生物学的研究都具有十分重大的意义。张书记说，我们要把它建成科普教育基地。

再往上走就到了萧仙师洞。传说萧仙师是春秋时代的仙人萧史，常跨凤吹箫遨游天下。萧仙师待过的石洞高二三米，洞深10米多。洞口朝南，东面有出口。洞中景致奇特，我们边走边看。张书记还给我们讲了一个《萧仙师瓯江救美》的神奇传说。现在，洞中还供着一个古代的石香炉。

从萧仙师洞出来再往上走，浓荫夹道，古木参天，野花烂漫。青树翠蔓，蒙络摇缀。竹海无边，凤尾森森，龙吟细细。黄鹂、山雀、长尾巴鸟在林中和鸣飞舞。走着，走着，同行的一个女中学生走累了，不愿再向上攀登了，打算下山。我说："无限风光在险峰，山愈高景致愈美。登山要有'不到长城非好汉'的精神。"鼓励他们继续前进。峰回路转，突然，一位额头凸出的高大老人挡住去路。近前一看，方知是一座高十几米的天然石像。张书记说，这是三叠岩，随步换景。从正面看，由三块石头叠在一起，中间一块像福娃；从侧面看，像老寿星；从背面看，又像一个大元宝。我们照他的话转换角度仔细观察，果然如他所说的那样。这时，那个原本想下山的女学生看着这驼背凸额一脸慈祥的老寿星，不禁笑靥如花。这时，张书记又给我们讲了一个《豺狗公主偷元宝》的故事，我们拍手大笑，游兴大增。再往上走，一把举世无匹的石头梳子映入眼帘，传说这是七仙女下凡后在此梳头时遗落在这里的。这把梳子又好像天台石梁，因规模比天台石梁小，人们就叫它"小石梁"。小石梁下面有问泉，澄明的泉水形成了一汪碧潭，犹如美人凤目。

再往西走，就到了大仙师洞。大仙师洞高3米，深8米，宽20多米。石洞中间有一块石头，形状很像一部翻开的经书，石洞后面有两条石龙。传说东汉桓灵年间，中散大夫王方平因不满官场黑暗，弃官学道，在中岳嵩山修炼。由于中原杀气太重，南下至黄岩山修真炼丹。双坑与黄岩山仅一山之隔。王方平常来这里研读《道德真经》。一次，双坑的两条坑（洞）中的两条龙深夜来听他诵经。天亮后王方平返回黄岩山，经书和龙都变成了石头。王方平后来修成大道位列仙班，被玉皇大帝封为西极真人，这两条龙经常为他驾车。为了纪念王大仙，人们称这洞为大仙师洞。洞中景点称为"双龙听经"。张书记将石经和石龙指给我们看，我们都觉得确实惟妙惟肖。大仙师洞中有一泓甘泉，冬夏不竭。泉水能清心明目，除烦止渴，还能治牙痛、咽喉痛。

从大仙师洞往西走不多远，就看到了气势磅礴的冰川大石瀑（又叫崩塌景观，冰缘地貌）。石瀑长约500米，高约100米，面积约5万平方米。几乎与地面垂直的峭壁突兀凌云，硬生生地撑起一片蓝天。我们惊叹江山如此多娇。这峭壁又像一座巨大的石屏风，屹立在山冈上，挡住暖湿气流北上，挡住滚滚寒潮南下，改善了双坑村的环境小气候。我们在峭壁前驻足，仰起头来细细观赏这盘古氏开天辟地时用巨斧劈削而成的杰作。看鹰击长空、鹤翔九霄在石壁上的投影，看流云飞霞在崖畔前轻拂而过，看斜阳给灰黑的石壁镀上金色，看秋风摇动竹树时石壁上不断变化的倩影……顿感烦恼全消，宠辱皆忘。巨大的峭壁是凝固了的黑色瀑布，是无声的诗，是立体的画，大自然的鬼斧神工，令人叹为观止。

文学寻根

　　前几年，海外华裔纷纷来中国大陆寻根，形成了一股"寻根热"。日本影星山口百惠到浙江三门寻到了她的根。报载《三门杨氏宗谱》白纸黑字记载着，她的祖宗是三门人东渡扶桑，后来定居日本成家立业……成为一段佳话。

　　文学作品中有没有"根子"可寻呢？似乎也有。

　　"京口瓜洲一水间，钟山只隔数重山。春风又绿江南岸，明月何时照我还？"唐宋八大家之一王安石写的七绝《泊船瓜洲》一诗中的"春风又绿江南岸"中的"绿"字被历代诗评家称为"用得绝妙"。传说王安石为用好这个字，改动了十几次。最初是用"到"，后改作"过"，又改作"入"，再改作"满"，均不大满意。最后只好将形容词"绿"用作动词。这是因为别的动词只表达春天的到来，却不能表现春天到来后千里江南一片新绿的景物变化，而这个"绿"字则能把春风给江南披上绿装这一变化生动地形象地体现出来。王安石成了历史上练字的典范。

　　但是，我敢断言"春风又绿"这个短语并非王安石所首创。因为在王安石之前已有人写过极为类似的诗句。例如，比王安石早300多年的唐代大诗人李白写的《侍从宜春苑奉诏赋龙池柳色初青听新莺百啭歌》："东风已绿瀛洲草，紫殿红楼觉春好。"我们不妨将李白的"东风已绿"与王安石的"春风又绿"作一比较，四个字中不仅有两个字相同，就连整个短语乃至整句诗的意思都很相似。"绿"字的用法相同，都是形容词活用做动词。同时，"东风"与"春风"的意思也一样。这样一比较，就可明显地看出王安石的"春风又绿江南岸"是从李白的"东风已绿瀛洲草"脱胎而来。王安石博学多才，著有《临川集》，编有《唐百家诗选》，不可能没有读过大诗人李白的《侍从宜春苑奉诏赋》。当然，我的意思并非说王安石抄李白的，但说一连改了十几个字才选定"绿"字，就似乎未免有作秀之嫌了。

"大江东去，浪淘尽千古风流人物。故垒西边，人道是三国周郎赤壁……"北宋文学家苏东坡的《念奴娇·赤壁怀古》及其前后《赤壁赋》所写的真的是诸葛亮借东风、周瑜火烧赤壁大破曹操八十三万大军的古战场赤壁吗？非也！"赤壁大战"的古战场在蒲圻县长江南岸（北岸为乌林，其地石山高耸如长垣，突入江滨，上刻"赤壁"二字），并非苏轼被贬为团练副使（相当于后代地区军分区的副司令，但无实权，仅为虚衔）的黄州（今黄冈）赤鼻矶。蒲圻与黄州虽同在湖北，但两地相距几百里。那么苏轼为什么会将黄冈县的赤鼻矶当作东汉建安十三年的赤壁大战的古战场呢？问题出在"人道是"，是听别人说的。加上苏轼是四川人，对湖北的情况不大了解，以及黄冈赤鼻矶山形截然如壁，而又有赤色的缘故。"乱石穿空，惊涛裂岸，卷起千堆雪。"黄州赤壁果真如此壮观吗？不一定。南宋大诗人陆游在孝宗乾道六年（1170）入蜀任夔州（今奉节）通判途中，特地对黄州赤壁作了考察，所看到的竟是一座极为普通的茅草山。他在《入蜀记》中说赤鼻矶"亦茅冈尔，略无草木。"南宋另一诗人范成大在《吴船录》中说"黄州赤壁是小赤山也，未见'乱石穿空''蒙茸巉岩'之境，东坡辞赋微夸焉。"辞赋是文学作品允许夸张。

由于苏东坡《水调歌头·赤壁怀古》以及前后《赤壁赋》的震撼人心的艺术力量，加上苏东坡在历史上的地位和名望，致使"黄州赤壁"

声名鹊起。后人为了纪念苏东坡，建造了"两赋堂""酹江亭"等，使黄州赤壁成了一处旅游胜地，从而可与蒲圻赤壁相媲美。真是地以文奇，境因语丽。

"落霞与孤鹜齐飞，秋水共长天一色。"是初唐四杰之一王勃《滕王阁序》中的千古绝唱。但是，"××与××齐飞，××共××一色"的句式并非王勃所首创。凡读过南北朝诗人庾信《马射赋》的人，都会记得这篇描写驰马射箭之乐的小赋中"落花与紫盖同飞，杨柳共春旗一色"的佳句。读过《滕王阁序》之后，再读一读《马射赋》，就约略可知"落霞"两句的根子在哪里了。王勃比庾信迟100多年，即在王勃写作《滕王阁序》100多年之前，"清新"庾开府就已经创造了这种句式。当然，王勃《滕王阁序》比庾信《马射赋》的艺术成就更高。

"台州地阔海冥冥，云水长和岛屿青。"杜甫《题郑十八著作虔》中的这两句诗，改革开放以来交了好运，被台州的许多报刊和广告牌经常引用，以台州被伟大的诗人描写过而自豪。杜甫在这首诗中歌颂台州吗？说台州好吗？没有。"诗书画三绝"的广文馆博士郑虔被贬为台州司户参军的中唐时期，台州是蛮荒之地。杜甫在这首诗中表达了对诗朋酒友郑虔遭贬的同情。杜甫在另一首写到台州的诗中说台州"蝮蛇大如臂"。可见杜甫笔下的台州，不仅荒凉而且可怕。哪里还有丝毫"台州好"的味道！那么，为什么有些人会多次引用杜甫的这两句诗呢？这也许有两方面的原因：一是经济的发展需要文化的支撑和精神的寄托。二是"形象大于思想"，即杜甫在写这首诗的时候没有歌颂台州的思想，但他笔下的台州形象却能使读者感到自豪。这跟曹雪芹写《红楼梦》时没有反封建思想，而他笔下的贾宝玉、林黛玉却具有反抗封建礼教，要求婚姻自由的思想异曲同工。

文学史上悬案甚多，刨根问底，非常有趣。以余读书之一得，聊供同好者茶余酒后之谈资。

慎用"橙黄橘绿"

秋天一到，橘子熟了。橘林里金光闪闪，黄澄澄的橘子惹人喜爱。喜欢舞文弄墨的才子才女们总喜欢引用宋代苏东坡的"一年好景君须记，最是橙黄橘绿时"，来为自己的文章生色。

愚以为，苏东坡《赠刘景文》诗中用"橙黄橘绿"所标明的"一年好景"，并非橘子金黄的秋天。现实生活中，秋天橘黄，苏诗中却是"橘绿"。那么，是不是苏东坡看朱成碧，指鹿为马了呢？非也。那么，是当代许多文人引用错了？谁说不是！苏东坡诗中的"橘绿"，是指橘子采摘过后，橘林里呈现的一片绿色。说得直白一点，"橘绿"是指橘叶而言，而不是指黄澄澄的橘果的颜色。橙子采收迟于橘子。"橙黄橘绿"，指的是橘子已经采收完毕，而黄澄澄的橙子尚未开始采摘，或正在采摘。这个时节已经不是秋天，而是秋天已经过去了的初冬。另外，秋天菊花盛开，万紫千红，争妍斗艳。而苏东坡诗中的菊花，却是已经枯萎的"菊残"，表明菊花已经开过了，只剩下傲霜而立的菊枝了。"菊残"二字也点明时节正初冬。

为什么苏轼不说"橘子金黄"的秋天是"一年好景"，却偏说"橙黄橘绿"的初冬是"一年好景"（按说"橘子金黄"的秋天景色美于"橙黄橘绿"的初冬）？"诗言志"，诗歌是抒情的工具。在诗（或其他文学体裁）中，客观事物无不被作者涂上一层感情的色彩。高兴的时候，欢天喜地；悲哀的时候，天愁地惨。那么，苏轼在这首诗中究竟抒发了他的什么样的情感呢？

　　这首七绝写于苏轼任杭州知府的第二年（元祐五年，1090）初冬，刘景文（字季孙，北宋名将刘立之后）时任两浙兵马都监（掌本路禁军的屯戍、训练、器甲和差使等），由于两人都有多次被人打击排挤的共同遭遇，因此一见如故，成了非常要好的朋友。诗的标题是《赠刘景文》，但诗中没有一个字写刘的文武兼备治军有方，也没有写刘的道德文章自成一家。所写的却是初冬景物。从字面上看是写景议景，实际上却并不这么简单，而是另有深意。"橙黄"，硕果累累；"橘绿"，生机勃勃。冬为岁暮，喻年近花甲的刘景文（58岁）和作者自己（55岁）。最美不过夕阳红。作者以初冬的"橙黄橘绿"与好友共勉：我们虽都已进入老年行列，但老年是人生的成熟季节、丰收季节。老当益壮，壮心不已。老有所为，老有所乐。这是人生最美好的黄金阶段，犹如"橙黄橘绿"的初冬是一年当中最美好的季节，千万不要有英雄迟暮之感。苏轼将这层涵义融化在诗的字里行间，使整首诗显得既形象生动、含蓄深沉，又不露斧凿痕迹。真是不着形相，寄意遥深。如果连这首诗的皮相都不甚了了，却要想正确地引用它，岂不奇哉怪也？

　　引用古诗，必须仔细地品味诗中的含意。千万不要再用苏轼诗中的"橘绿"来形容现实中的"橘黄"，须知"黄"与"绿"是两种不同的颜色，否则，牛头不对马嘴，不但自己成了色盲，还会造成误导读者的不良后果。也不要用苏诗中的"橙黄"来形容现实中"橘黄"。橘和橙虽然都属于芸香科水果，但毕竟是两种不同的东西。如果将"橘橙"混为一谈，岂不造成语言混乱？

　　最后说一句，苏轼诗中的"橘绿"指的是橘子的叶子，非为黄澄澄的橘果。先生们，女士们，在描写橘子成熟的秋景的文章中引用苏轼"一年好景君须记，最是橙黄橘绿时"，不仅不能为大作增光添彩，反而会逊色不小哩。

日记一则

——校对与奥运精神

时间:×年×月×日

天气:晴

主要话语:校对与奥运精神

上午，打字员蒋圣红将小样和原稿送到校对室交给我，我一看，是本报记者郑××采写天台县蔬菜专家"菜神"胡×的长篇通讯，便逐字逐句地校阅起来。看至中间，发现有"菜与兰花同科同属"的话，觉得不对。便立即向责任编辑于鹏提出："兰花与菜既不同科，更不同属。说菜与兰花同科同属，是严重的常识性错误，应当修改。"她也不知道或对或错，便立即打电话叫记者郑××过来核实。郑记者说："采访时，天台菜神胡×确实这么说的。"并反问我："你怎么知道它错了？"于鹏看了我一眼，似乎也在说你怎么知道它错了？你有依据吗？"我在二十世纪五十年代毕业于台州农校，专门学过《植物学》，知道兰花属兰科，青菜、白菜、芥菜、黄芽菜、萝卜等属十字花科……"责编于鹏让记者郑××打长途电话找天台"菜神"胡×重新核实，说我们报社的校对老师指出，你说的"菜与兰花同科同属"的说法是错误的。"菜神"胡×回电说他找资料核实。过了个把钟头，菜神胡×来电说："兰花与菜确实不同科不同属。"责编于鹏就让我将这句错话删去。虽然报社有规定，内容差错不属校对职责范围，校对只负责挑出错别字，并给予改正。但我想，办好报纸，人人有责。此文经我校对，我就要对它负责到底。我为报纸减少了差错，心中很高兴。

中午，收到台州公安报编辑部转来中国散文学会主办的《"绿色·人文·科技——奥运新理念"精美日记大赛征稿启事》一件。

下午，广告部送来校对的《两岁半孩子向国家奥委会捐款30000元》大样，不由回想起去年7月23日我国申奥成功的消息一传开，全国人民感到无比的高兴和自豪。神州大地成了一片欢腾的海洋。申奥成功，标志着我们中华民族在以江泽民总书记为核心的党中央领导下创建的一个新的里程碑，每一个中国人无不为此感到欢欣鼓舞和无比自豪。大街小巷锣鼓喧天，广场上舞龙、滚狮子欢声动地，千万只气球升空，千万串鞭炮齐鸣，比过年还热闹……

申办奥运，不仅仅是运动员的事，也不仅仅是体育界的事，而是一个国家综合实力的体现。这次我国申奥成功，是改革开放以来我国综合国力大大增强和国际威望大大提高的充分体现，也是中国人民团结一致，齐心合力，顽强拼搏，奋勇进取精神的充分体现。小区里的许多人举杯同庆，高唱《难忘今宵》……

我将样张与原稿逐字逐句对照校勘，不让一个错别字在我的眼皮子底下蒙混过关。通过三校三改，我将最后一张大样送交清样室清样。运动员在赛场上发扬拼搏精神，我们校对员在岗位上也要发拼搏精神，努力做好本职工作，将原稿差错和样张差错全部彻底消灭。奥运精神与各行各业的艰苦奋斗精神是一脉相通的。

（本文曾获中国散文学会举办的"绿色·人文·科技——奥运新理念"精美日记大赛佳作奖）

我与大自然的心灵感应（系列散文）

人与大自然之间有没有心灵感应？别的人我不知道，我自己是有过多次亲身体验的。

我与青蛙

2007年春，我在著名女作家钱国丹女士主编的《台州少儿文苑》文学季刊上发表童话体寓言《青蛙老师与狼校长》。这年"五一"过后，我结束了长达十年的打工生涯，离开椒江回到生我养我的家乡黄岩西乡上郑村。

当我打开大门时，突然，一阵阵"呱呱呱呱……""呱呱呱呱……"的蛙鸣声响了起来，仿佛青蛙们高唱《迎宾曲》，热烈欢迎我这个天涯游子终于归来似的。进门一看，只见地上、桌子上、凳子上、扶梯上、屋角稻臼里和稻臼沿……到处都是大大小小边唱边跳的青蛙。走过前厅，走到扶梯后面的镬灶间一看，只见镬灶头、水缸头和柴栏里、柴栏凳上……也到处都是大大小小边唱边跳的青蛙。特别是它们此起彼落地一跃而起，在空中伸着舌头捕捉苍蝇、蚊子的情景，在我心中留下了永不磨灭的深刻印象。可惜当时没有照相机，把这些难得一见的场景拍摄下来。打开上间的门，也是许许多多边唱边跳的青蛙。我一眼看到自行车栏里蹲着一只大虾蟆，我走过去，把它捧起来，足足有一斤多重。不由赞叹："多么肥大的青蛙啊！"它知道我没有歹意，伏在我的掌上一动不动地瞪着两只明亮而美丽的大眼睛盯着我看。我在《青蛙老师与狼校长》一文中，称它为老师，歌颂它用智慧战胜恶狼……今天，它是带着整个家族到我家中来拜谢我的吧。家中一下子来了百把只青蛙，这是从来没有过的事，是开天辟地第一次。

我把青蛙王放回车篮里，打开后门，只见洗衣服的平台上和干涸的水槽上，还有当初种着慈菇，养着黄鳝和泥鳅的现已干涸的小池塘上，也有许许多多大大小小边唱边跳的青蛙。突然，干涸的小水沟上，一条不知从何处冒出来的小青蛇张开大口正在追逐一只小青蛙。我急忙从地上捡起一根竹枝轻轻地打了它一下。今天我心情好，不下重手打它的头部和三寸，只是把它赶走，不准它欺侮我的客人。否则，它就死定了。

过了一会儿，家中大大小小100多只青蛙一下子消失得无影无踪，不知道它们从何处来，也不知道它们到何处去？真是一个神秘的谜。蛙群的来去无踪，使我忽然想起二十世纪八九十年代，我在《浙江日报》上发表的《鹰入深潭被蛙欺》《山蛙斗蛇》等文章盛赞山蛙运用智慧以弱胜强战胜老鹰和五步蛇。之后，又在省《少年儿童故事报》上发表寓言《捕虫能手的悲哀》，文中写青蛙老师由于捕虫出色而获得"能手"的光荣称号，后遭狼校长迫害的故事。对善良、勤劳而又能干的青蛙老师寄以深切的同情，对凶恶的狼校长作了严厉的鞭笞。省儿童文学雁荡山笔会归来，家里发生了一件令人感到奇怪的事，屋后水沟里不时发出山蛙非常响亮的鸣叫声。山蛙只生活在人迹罕至的深山老林的山涧里，房前屋后是从来没有的。可是，只闻其声而不见其形。邻人想捕捉它，找来找去，却总是找不到，仿佛它有隐身法似的。人与野生动物的心意是相通的。你对它友善，它才现形见你；你对他不善，它们是不会冒被捉被杀的危险的。年轻时，读北朝齐代文学家刘昼《刘子·黄帝·鸥鹭忘机》，说的是住在海边的人喜欢鸥鸟，每天早上到海边，鸥鸟百多只与他一起玩得很尽兴。后来，他的父亲要他捉一只来家中玩玩。第二天，他来到海边，成群的鸥鸟只在空中飞舞，就是不肯下来……有点不相信，现在，才知道人与大自然之间确实是有心灵感应的。

我与小鸟

二十世纪九十年代初，我从四十里外的富山中学调回到家乡的上郑中学执教。家里离学校只有四百多米，非常方便。

1995年春。一天，我从凤山北麓新居动身，步行到学校里去，经过上郑三队灰寮附近时，看见村里一个五六岁的女孩拿着一只小鸟玩得很痛快。这只小鸟红嘴红脚，羽毛闪耀着鲜艳的金属光泽，肚下毛色雪白，非常可爱。形状和大小都跟黄莺差不多。小女孩的爷爷捉住它之后，在它的脚上系上一根两三尺长的红绳子。小女孩抓住红绳子，一纵一收，看着小鸟振翅欲飞，却又飞不了，小女孩发出咯咯的笑声。我走过去俯下身子诚恳地对她说："小朋友，你好！你很美，你的小鸟儿也很美。小鸟儿不但很美，还会帮我们捕捉害虫，保护庄稼呢。它是我们的好朋友啊！"小女孩听了点点头，"现在你把它抓在手里玩玩，它怎么帮你爷爷捉虫子啊？快把它放了吧！""爷爷会骂我的。"小鸟不住地转动着灵巧的头，聪慧的双眼看看我又看看小女孩。"放心，有我哩。你爷爷如果骂你，你就说是我把它放的。让他骂我吧！"说得小女孩笑了。蓓蕾初绽，红扑扑的苹果脸儿上开出了两朵鲜艳的花。她把小鸟递给我。我迅速地解开红绳子，又把小鸟递还给她。小女孩把小鸟捧在手里，有点舍不得的样子，我说："放吧！放吧！你刚才不是同意放它吗？"小女孩把小鸟往上一送，两手一松开，小鸟鸣叫了一声，立即展翅高飞。我和小女孩目送它飞上蓝天，直到看不见。可是，不到两分钟，小鸟又飞回来了，它在我们头上打了一个盘旋，然后唱着欢乐的歌自由自在地向不远处的山上飞去。

第二天凌晨，东方刚泛出鱼肚白。突然，朝东的窗玻璃上发出一阵阵"笃笃笃""笃笃笃"的敲击声。我感到奇怪，起来开窗一看，原来是昨天放飞的那只美丽的小鸟站在窗台上，用它那尖尖的小嘴击打窗玻璃，唤我早起。它看我把窗子开了，就飞到窗外的小树上，一边唱着清脆悦耳的歌，一边快乐地在树枝上跳来跳去。我真不知道它是怎么知道我住在这里的？这真是一只通灵的小鸟！原来是它在呼唤我早起，不要赖床。我受到很大的触动，精神为之一振。仿佛内心深处开启了某一扇门，打开了某一道闸，心里非常愉快。人逢喜事精神爽。走起路来脚下生风，干起活来得心应手。看到顽皮学生，也不觉得他讨厌而是觉得他可爱了。看到同事，似乎更加友善了。看到校长，也不觉得他摆官架子了……那时，我担任两个班的语文，并兼任一个班的班主任。每天120多本作业本，隔周120多本作文簿堆起来各有两三尺高。还要备课写教案，每晚都要忙到10点钟。双休日和节假日，家里山林、田、地上的农活早就等着我。业余创作只好安排在下半夜两点到四点钟。工作很忙，但很快乐。那时，我身强体壮，挑两百斤重的担子能走十里。工作忙也不觉得累。做人就是要做，要苦。看到学生从无知到有知，从知之甚少到知之甚多，心里就感到莫大的欣慰。

凌晨四点钟上床休息，很容易睡过头。幸亏这只美丽的小鸟天天给我敲起床钟，帮了我大忙。使我天天都在四点半钟起床，风雨无阻。这年真是交了好运，不仅获得校里的教学成果二等奖，还在《文学故事报》《幼儿故事大王》《童话世界》和《生物报》等省内外报刊上发表寓言，故事，散文和科学小品等各类文章共十一篇，获得黄岩市文学创作二等奖。2016—2017年，发表的文章更好更多，获得黄岩区委、区政府四项成果奖。

这个美丽的空中精灵，我的异类朋友，天天敲窗叫早，天天催我奋进。直到1998年我退休离开上郑中学，赴椒江任台州公安报副刊和月末版编辑。

我现在还经常怀念这只美丽的小鸟，我的另类好朋友。

我与山风

年轻时，我读过唐代李贤注《后汉书》所引的南朝宋代孔灵符的《会稽记》和宋代郑樵《通志》中有关《郑公风》的传说。说的是，东汉太尉郑弘少年时家贫，经常到若耶溪畔白鹤山上砍柴。有一次拾还山神丢失的神箭，山神就早上刮南风，帮助他所坐的小船很快地渡过若耶溪上山砍柴；傍晚刮北风，帮助他满载毛柴的小船很快地渡过若耶溪回家……我不信，因为我相信科学。

我也读过《醒世恒言》等书中《马当神风送滕王阁》的传说。说的是，初唐诗人王勃在唐高宗上元二年（公元675年）九月去交趾（越南北部）看望父亲，九月初八傍晚到马当山下，中元水君助他神风，一帆风送七百里，一夜工夫从马当到达南昌（应邀出席洪州都督阎伯屿的盛宴，写下了流传千古的《滕王阁序》）。我不信，因为我只相信科学。

但是，这一回我却信了。因为，这是我的亲身经历。

二十世纪七十年代，我每月工资二十四元（全公社民办小学教师中工资最高）。五口嗷嘈，饔飧不继。怎么办？求人不如求己，艰苦奋斗！迫于生计，我不得不充分利用星期天、节假日和寒暑假砍柴卖柴或到邻县仙居东坑、西坑担炭。一次，西坑炭窑窑主，兼坑人王曰标对我说："你担炭不如扛柴段，扛柴段还有点儿利润，担炭完全是苦力钱。"他把可以制作棕棚架或骨牌凳脚用的木回（荷）段低价卖给我，让我扛到宁溪镇上出售，挣点小钱贴补家用。

从黄岩县上郑村到仙居县西坑往返近两百里。一天，我从半夜动身，走到仙居桂家坑前面的山冈上。我迷路了，走来走去，总是走不出去，都在原地打转。茅洋冈头，没有过往行人。举目四望，一片苍茫。关山难越，谁悲失路之人？"天行健，君子以自强不息！"我定了定神，就在山冈头的石头上坐下来，高声背诵《诗经》《易经》《老子》和《庄子》等古籍。后来，站着背诵。后来边走边背诵。不知不觉间走出了困境。赶到西坑炭窑时已是午后两三点钟。宁溪大碶头陈大歌正准备动身返家。看见我来了，便热情地说道，我先走，在前面等你。窑长王曰标迅速地帮我把柴段捆好，扛上肩，迈开大步，直追陈大歌。仙居县群山连绵，峰峦起伏。我一个人在海拔千多米高的崇山峻岭、丰草长林间负重赶路。这山上去，那山下来，也记不起翻过了多少山梁，穿过了多少深谷。几度汗湿衣衫，一直马不停蹄。渴了喝清泉，饥了摘野果。路边没有野果，那就只好挺着，忍着。当我扛着百五六重的柴段，从北坡登上海拔1200多米高的大寺基冈头时日已衔山。

夕阳给群山镀上一层金色。空中倦鸟归林，天上晚霞卷舒。这时我已精疲力尽，大口大口地喘气，心脏几乎要从胸膛里跳出来。沉重的柴段，几乎要把肩膀压塌，犹如坠着铅块的两只脚本能地机械地向前移动。山野茫茫，深林寂寂。路上见不到人影。山路两边齐小腿高的狼萁蓬里响起"叮叮咚咚"的响声，传说这是山神们在说悄悄话的声音。我只走了一小段路，夜幕就降临大地。星星发出微弱的光，樵径依稀可辨。高山上没有虫声、鸟声，更没有人声，大山入睡了。怎么办？真的要在这荒山野岭露宿过夜？又累又饿的我不知道怎么办才好？心发出了本能的呼唤：老天啊帮帮我！山神啊帮帮我！这时，完全意想不到的事情发生了。一阵阵不大不小、不轻不重、不冷不热的山风从我身后吹来，使我精神大振，浑身舒畅，仿佛增添了无穷的力气。这风吹在我的头上，吹在我的项上，吹在我的背上，吹在我的腰上，吹在我的大腿和小腿上，吹得我一路小跑起来，肩上的柴段几乎一下子失去了重量……我偷偷地瞥了一眼，路两旁小树上的枝叶一动不动，心中暗自欣喜：天助我也。

我一路小跑着来到大寺基林场总部——开田。这时已是华灯初上。老同学周宇德招待我吃了一顿喷香的鲜红薯。这本来是用作生猪育肥的薯块啊，我这时吃起来却仿佛享用太牢似的。宇德兄要留我在林场过夜，我婉言谢绝了他的好意。我有困难，谁没有困难啊！他把我送出林场总部，又帮我将放在地上的柴段抬起来放到肩上，我说了声"再见！"就踏着星光迈开大步重上征途。

林场前面是一段少见的三四尺宽的平直的横路，约有两三百米。我就闭上眼睛假睡，右手紧紧挽住柴杠，迈开双脚走啊，走啊……有时睁开眼睛看了一下，然后又闭上，双脚从不停下，直到走完这段可爱的横路。

这一夜，我扛着百五六重的柴段，一个人在海拔千多米高的山冈上走啊，走啊，没有感到丝毫的空虚、寂寞、恐惧和悲哀。神奇的山风时时吹拂在我的身上。星光中依稀认出望海尖，黄坦后门山冈……山冈犹如鲤鱼背，两边都是深渊。我心无旁骛，目不斜视，只紧紧盯着弯弯曲曲的崎岖山路向东南走。突然，一脚踩空，从两三米高的坎上跌下，却仿佛有人扶住似的。不但肩上的柴段没有甩掉，就是人也没有跌倒在地，更不要说负伤了。心中隐隐感到似有神助。一路上，既没有碰到妖魔鬼怪，也没有碰到豺狼虎豹，更没有踩到蛇，也没有听到猫头鹰的凄厉的叫声⋯⋯

走着，走着，看到了人家（麻狸礴自然村），心中非常高兴。就把柴段搁在他家门前的墙冈上。并高声地对这户人家说："大叔，我是上郑×××，扛柴段扛了一夜了，实在扛不动了，暂时放在你家门前墙冈头。"屋里的人应声道："你放心，不会丢的。"走着，走着，东方有点儿发白。站在冈头（直坑）看山下，好像走到了蒋东岙坑似的。越往下走，天越亮，走到村口（乌丝坑），看到斗潭殿，看到桥头的许多大溪罗树，看到对岸的山根村，这才确认：是乌丝坑口。我平平安安地回到家里时，家里人正在吃早饭。我平生第一次，也是最后一次在茫茫大山里走了整整一夜，竟然路线正确，没有走错，也没有发生意外。到家后，恍如隔世，不禁百感交集。

四十多年来，我时时刻刻铭记着那天傍晚及夜里一路护送我回家的大寺基冈的山风。有朝一日重登大寺基冈，我一定要深致谢忱。

人对大自然应当有敬畏之心。

一江碧玉流诗韵

——澄江诗话

　　澄江原名永宁江，因南宋丞相杜范出世时江水澄清三天，黄岩人便亲切地称她为澄江。澄江是黄岩人民的母亲河，母亲甘甜的乳汁哺育着一代又一代的黄岩人，母亲甘甜的乳汁滋养得温黄平原蜜橘芳香谷浪金黄。黄岩人民喜欢母亲河，热爱母亲河，许多文人在诗中写到母亲河时一片深情灌注笔端。

　　澄江夜月，极富诗情画意。秋夜泛舟澄江，月明如昼，波光接天，金风送爽，小船就好像在洞庭湖上遨游似的。诗人站在船头，远远地望见两只白鸥在江涂上交颈而眠。明代黄岩徐庆亨七绝《澄江夜泛》诗云："万丈波光湛素秋，小舟如在洞庭游。满天明月夜如昼，远见眠沙双白鸥。"徐庆亨，字世泰，黄岩西浦人，弘治十八年乙丑（1505）进士，颖敏善属文，尤工于诗。官礼部主事，因反对大宦官刘瑾擅权，愤懑而卒。著有《西浦存槁》《公余录》等。

　　清兵入关，明朝大势已去；报国无门，唯有借酒浇愁。中秋之夜，诗人与好友在澄江驾一叶扁舟，赏月赋诗。把酒临风，横吹玉笛，众人皆醉，诗人吹出了满腔忧愁幽思。笛声如怨如慕，如泣如诉，破空而去，袅袅不绝，回荡在静谧的澄江夜空。明朝末年，黄岩诗人汪滢五律《中秋同友人泛月澄江》诗云："半壁河山旧，生涯此浪游。月临红蓼岸，人醉木兰舟。潮到江声合，樽开海色浮。乘风横玉笛，吹落楚天秋。"汪淲，字白水，黄岩人，顺治五年（1648）拔贡，授灵璧（安徽）知县，以峭直罢归。淲小游著名学者应兴胤之门，诗喜咏物，才华横溢。林居与柯夏卿、徐光旭等成立敦古会。著有《南游草》《则社偶吟》，又有《焚余稿》。

康熙年间，清代进入太平盛世。诗人月夜泛舟于澄江之上。这天晚上，秋雨初霁，晚潮刚落，空气特别清新。诗人从城北江亭渡下船，小心翼翼地扶住竹篙，走过摇摇晃晃的跳板。老大解开吊船的缆索，小船顺流而下。老大迎着阵阵秋风，紧握船桨任其漂荡，月光穿过船篷照进舱中。夜深了，诗人斜倚枕头倾听江水的汩汩声，仿佛在倾听澄江对他说的悄悄话。蔡元镕五律《澄江晚棹》诗云："雨歇潮初落，城隈古渡头。扶竿危度板，解缆快行舟。棹打西风急，篷穿夜月幽。更阑还不寐，倚枕听江流。"蔡元镕，字季迪，号陶山，黄岩人，意度清旷，工诗画。康熙南巡尝献赋，获赐锦缎，寻以拔贡入太学，留京师数年卒。

春风又绿江南。澄江两岸，江花争艳，碧草芊芊。和风撩衣，波光潋滟。春江水暖，锦鳞喋浪。诗人怀着闲适的心情站在桥头，目送江上帆船乘长风破万里浪。阮培元七绝《澄江春晓》诗云："潋滟波光二月天，岸花灼灼草芊芊。和风拂袂春江暖，人在桥头看放船。"阮培元，字廷材，号笃庵，黄岩城关人。学问渊博，为文根柢经史，为窦光鼐、齐召南所赏识。乾隆举人，任湖州、嘉兴训导。一身正气，两袖清风，与诸生讲学论文孜孜不倦。修撰汪如宪、总宪史致光皆其高弟。嘉郡大饥，奉命赈灾，设厂给粥，全活甚众。偶病归署，民为谣曰："官在粥糜，官病粥稀。速疗速疗，免我担忧。"历任二十余年，以老乞休。门人祖道三十余里。归后授徒著书。

培元初年才思英发，既而潜心经典，益征纯实。诗学杜，古文学韩，时文在震川、思泉间，为桑梓数十年名宿。嘉庆四年卒，年七十余。著有《天文纪要》《河洛图考》及诗文集。祀嘉兴名宦祠。

风平浪静，澄江如练。江天寥廓，星斗满天。晚风习习，波平如镜。天上的星星倒映在江水中，多么像闪闪烁烁的灯光倒映在镜子里。

江水倒映着岸上盛开的木芙蓉，九峰山像九个含翠的螺钿排列得整整齐齐。诗人拄着藜茎做成的手杖独立江岸，游目骋怀，遐思无限。落木萧萧，秋风将许多黄叶刮来擦身而过。张泰七绝《澄江晚眺》（二首）诗云："芦花不飞晚风定，江水平铺如练净。秋高天阔夜气清，烁烁疏灯照明镜。""镜里芙蓉四面低，九螺含翠峰峰齐。杖藜独立思无限，萧萧落叶打人衣。"张泰，字玉铉，号芍田，黄岩仁和人。才不为世用，布衣终老。

小船驾着上涨的潮水乘风破浪，迎着夕阳的余晖向上游驰去。轻轻摇动的双桨不断地绽开美丽的浪花，澄江两岸群山连绵枫叶如丹。连天衰草，缠绕着我的离愁别恨；暮云飞驶，驮载着我的痛苦心情。船老大唱起了悠扬的《航船曲》，我想起了雄才大略的汉武帝刘彻横渡汾水时所作的《秋风辞》："秋风起兮白云飞，草木摇落兮雁南归。兰有秀兮菊有芳，怀佳人兮不能忘。泛楼船兮济汾河，横中流兮扬素波。箫鼓鸣兮发棹歌，欢乐极兮哀情多，少壮几时兮奈老何？"夏雯五律《澄江晚棹》诗云："小艇乘风发，中流泝夕曛。浪花双桨丽，山色一江分。别恨萦衰草，愁心寄暮云。棹歌无限意，秋思逸横汾。"夏雯，字秋野，黄岩中巷人。学问渊博，不屑事举子业。

澄江发源于与仙居交界的苍山岭（大寺基冈）南侧，全长73公里。1958年以前，乌岩以下有灵湖渡、永宁渡、江亭渡等许多渡口，有专人摆渡。

渡口空旷寂静，注入澄江的小溪两岸芳草鲜美。我登上渡船，叫声"老大开船"。这一叫，惊飞了两只正在梳理羽毛的白鸥，"嚯"地冲上云霄，一下子就飞得无影无踪。张英元五绝《永宁渡》诗云："野渡寂无人，溪流绿一片。惊飞双白鸥，冲烟不可见。"张英元，字梅谱，黄岩人，道光拔贡。著有《江南游草》《一叶斋诗存》。

九峰山上的宝塔高耸入云，黄岩城女墙凹凸有致。桃柳的浓荫遮住了城里的高楼大厦，大清早，我喜气洋洋地扬帆溯流去与心上人幽会，我在翠屏山下的江心沙洲上茂密的芦苇丛中等啊，等啊，从日出等到日落，望穿秋水，就是不见她的踪影。过尽千帆皆不是，辜负了春光一刻值千金。令人心碎，令人肠断。王承弼七绝《泛舟澄江溯葭渚而归》诗云："浮屠高揭女墙低，桃柳荫荫殿阁迷。我自轻帆溯葭渚，断肠春色翠屏西。"王承弼，字云卿，号莘农，黄岩人，副贡。

澄江上白鸥与风帆竞飞，橘林中芳香共笑声灿烂。澄江的每一朵浪花都是诗，澄江的每一道涟漪都是诗，澄江的每一片风帆都是诗，澄江的每一座江亭、每一个渡口也都是诗。江水悠悠，澄江是诗之江。一江碧玉流诗韵，给人以无限遐思，给人以美的享受。

又是乌饭长脑时

　　暮春时节，山上野花争艳。乌饭树虽尚未开花，但"乌饭脑"（脑，台州方言，即嫩梢）却莹润如玉，欣欣向荣，真是美极了。它的嫩叶如红玉，嫩茎、嫩枝又如黄玉，比山花更美丽。

　　乌饭（杜鹃科）又名南烛、青精、琪树。常绿乔木或灌木。乌饭脑不仅可供观赏，而且还可以吃。摘取乌饭脑捣汁煮饭，煮成的饭呈黑色。这也许是"乌饭"名称的由来吧。普通老百姓把用乌饭汁煮成的饭叫乌饭。但道家、佛家却称它为"青精饭"。并认为，常食能令人延年益寿，长生不老。南朝梁代的"山中宰相"，著名文学家、药物学家陶弘景（452–536）在《登真隐诀》一书中介绍了当时"青精饭"的做法："以南烛草木（即乌饭树的茎叶）煮汁渍米为之"。唐代陆龟蒙《道室书事》诗云："乌饭新炊笔醴香，道家斋日以为常"。可见道士们是经常吃的，明代传灯和尚在《天台山方外志》一书中，记载了"道士王玄甫与吴人邓伯元在天台山学道吃青精饭"的故事。我们台州山区过去每年农历四月初八（也叫四月八日），有吃乌饭麻糍的风俗，并用它供祭牛魔王，求他保佑耕牛健壮，在春耕生产中多出力。乌饭麻糍的做法是：采摘乌饭脑捣汁加入糯米粉中和匀、蒸熟、捣成团，再碾压成一定厚度的薄片，再用刀切划而成。这一天，台州城里也有人制作乌饭麻糍出售，男女老小，人人争购，生意兴隆。

　　常吃乌饭麻糍能令人长生。

　　乌饭树是琪树，乌饭开的花当然是琪花了。琪花与瑶草一样，都是洞天福地、仙府玉京的象征。因此，乌饭树也就成了"宝树""仙树"。乌饭在夏天开花。它的花，色如白玉，形状若微型的倒扣瓷坛。小巧玲珑，耐人寻味。幽香缕缕，沁人肺腑。乌饭的果实在立冬后成熟，来春不落。未成熟者呈青色，成熟者呈红色，老熟者紫黑色。近似球形，味甜可食。我小时候上山砍柴、放牛，常采乌饭（果）吃。晋代辞赋家、曾任章安县令的孙兴公《天台山赋》云："琪树璀璨而垂珠"，天台山上乌饭树很多，树上果实累累。一串串红紫交辉的乌饭果从树头垂挂下来，非常可爱令人馋涎欲滴。诗人与乌饭也很有缘，唐朝著名诗人李绅专为乌饭写了一首《琪树》诗："石桥峰上栖玄鹤，碧阙岩边荫羽人。冰叶万条垂碧实，玉珠千日保青春。月中泣露应同沆，涧底侵云尚有尘。徒使茯苓成琥珀，不为松老化为鳞。"（见《全唐诗》第八函第一册李绅诗第二卷），可见乌饭果还能使人长生不老，永葆青春哩。

找到黄岩山

我站在抱料岭脚，仰望高耸入云的抱料岭思绪万千。这就是黄岩区（县）得名的依据——黄岩山？这就是我朝思暮想的黄岩山？山上有黄石吗？山上有"黄岩山"石碑吗？我迈开双腿踏上台温古驿道（临海经尤溪—义城岭—杨岙—乌岩—宁溪—上郑—垟头—蒹坑—抱料—永嘉—温州）的石级步步高升。至半岭，有一座路廊，就坐下小憩。一路上古木参天，浓荫蔽日。小鸟啁啾，泉水淙淙。我在四周寻寻觅觅，希望能找到摩崖石刻或石碑等历史见证，但没找到，只好继续上路。道路弯弯曲曲，多呈"之"字形。山林寂静，行人稀少。走了一个钟头，来到岭头。

抱料岭南北走向，海拔近千米，是永嘉楠溪江和黄岩永宁江小源的分水岭。岭上的水向西流，就是楠溪江的源头之一。向东流，就是黄岩溪的源头之一。垭口把抱料岭分为南北两段。我在垭口吃了点干粮权当午餐。之后，就踏着樵径在岭上寻找起来。我在树林中东寻西找，荆榛塞路，就挥动柴刀披荆斩棘，奋然前行。找了两三个钟头，踏遍了抱料岭和长开路岭，都找不到黄色巨石和摩崖石刻。咋办？既入宝山，岂可空手而回？看到兰花，就将它掘起；看到草药（我认识千余种中草药），就将它采下；看到野果子，就将它摘了来。深山探宝，满载而归。

从1962年下半年从海门造船厂精减下放后，在下庙民办小学教书起，直到1998年9月从上郑中学退休前的36年中，我曾六次来到抱料，寻找黄岩石，寻找黄岩山。每次都是半夜起身，带着妻子做的麦鼓头作干粮，徒步30里去抱料考察，走到抱料天刚亮。

有时从长开路岭上山，在长开路、抱料、寺家田、大湾里和木荷冈等地寻找黄岩石，最好是找到黄岩山碑或摩崖石刻等。询问过许多老人，有没有看到过黄色的大石头，或石碑或刻在岩塔头（悬崖峭壁）的字或画。都说没看见或不晓得。我在山林中寻寻觅觅，有人问我干什么？我就随口回答：砍柴或寻草药。但是，始终没有找到我想要的东西。

有一次，碰上雷雨，淋得像落汤鸡。只好返回。雨过天晴，青山如洗。走到抱料岭头看山下。干坑、垟头一带云封雾锁。云雾渐渐地漫上来，顷刻间填满峡谷，成了云海，大可与黄山云海相媲美。成了岛屿的峰峦，在起伏的云涛中沉浮。山风阵阵，衣服很快被吹干。斜阳照在云海上，现出了好几条彩虹。家乡的溪山如此多娇，令人陶醉。我想旅游何必花大钱，长途跋涉去外地？登山临水，寻幽探胜，美景就在自己家乡。在寻找黄岩山的过程中，我得到极大的快乐。

2006年秋，我又一次赴抱料考察，结果也是无功而返。通过七次实地考察，我确认抱料没有黄岩石。抱料岭离黄岩120里，又是黄岩溪发源地，为什么会找不到黄岩石？难道滚到山下去了？难道被人爆破，打成正方石用于砌墙起屋了？带着这两个问题，又询问了许多人，也都说是不知道。我只好一边下山，一边仔细琢磨，后来忽然想到古代长度只有现代长度的三分之二时，心中茅塞顿开，恍然大悟。当我一步一步走下抱料岭时，黄岩山的形象在我的心中渐渐地明晰起来。找到黄岩山，我已成竹在胸。

2010年五一长假，郑苍钧用轿车将我送到干坑，并陪同考察。我们从干坑村黄泥往自然村（此地离黄城80里，相当于古代120里）后门山上山，七转八弯，向上攀爬到近山顶时，发现1958年开采磁铁矿的矿洞的洞口。这洞口未采矿前是一大块黄石。高约两三米，宽约一米多。回忆40多年前——二十世纪七十年代初，我帮宁溪竹器社负责人彭纪友开发新产品时，曾来到这里，在矿洞下方寻找相红（氧化铁红），在矿洞中寻找空青。在矿洞附近发现一块约一人高的"黄岩山"石碑。两年后，我在黄岩矿山化工厂搞化验时，一次，随同开矿队工人来这里找寻黄铁矿。夕阳西下时，一个青年工人转悠到后面，回来时说，后边有一块碑，我把它砸了。这时，天快黑了，大家都急于下山返厂，这事也就不了了之……

我们踏着厚厚的落叶，在没有路的林莽间穿行，到处转悠，寻找黄岩石。后来终于找到一处被爆破过的遗址，岩石呈黄色。我们找到了黄岩山上的黄岩石。真是踏破铁鞋无处觅，得来全不费功夫。我采了一些黄石作标本，并摄影留念。记录下这有历史意义的一刻。岩石为什么会发黄？我仔细察看，原来这里是硫化多金属矿体，黄石是黄铁矿露头。

黄铁是二硫化铁，色黄，有金属光泽。因此，又叫愚人金，中医药上叫自然铜。有黄铁矿存在的地方，周边的岩石也都被染成黄色。历史上，黄色不但被道士尊崇，也被唐代皇室尊崇，被染上了神秘的色彩。这是古代科学落后的表现。1300多年之前的公元690年——武后天授元年，女皇武则天下诏，改永宁县为黄岩县。县名一直沿用至今。我们终于找到了历史上黄岩县名的依据——黄岩山，不禁喜如雀跃。

黄岩山在什么地方？黄岩山为什么叫黄岩山？据《嘉定赤城志》记载："黄岩山，在县西一百二十里，一名仙石山。有路可通郡，今废。按《临海记》：'山上有石驿，三面壁立，俗传仙人王方平居焉，号王公客堂，南有石步廊。'又云：'山顶有黄石，故名。'"（此后历代府县志均据此）黄岩山南麓有古驿道可通郡，离板料岭也很近。黄岩山，当地人不叫黄岩山。叫什么？叫黄岩背头。黄岩背头就是黄岩山。黄岩背附近有一条坑水，叫大坑。古时，水的流量很大，是黄岩溪的源头。黄岩背头旁边有一条抛兰坑，抛兰坑边有一座小山叫抛兰山，奇峰峭拔。抛兰山中有一个七口洞，洞口有石屋。洞中冬暖夏凉，环境清幽。特别奇异之处是，这里夏天没有蚊蚋苍蝇等害虫，非常洁净，确实是修道的好地方。遥想汉代中散大夫东海峰（今山东枣庄）人王方平弃官之后，在嵩山修道，由于中原杀气太重，不适宜修道，就南下寻找适宜修道的地方。他找过很多地方，最后找到这里，在洞中修成大道，位列仙班，王皇大帝封他为西极真人……宋高宗南渡，杨家将故事和杨府大神的传说也随之南下。现在洞中供奉杨府大神中的一位女神——杨八妹。据说，显灵显圣，为一方保障。

"南有石步廊"，又在哪里？石步，就是石丁步；廊，就是石丁步北端的小屋。在什么地方？在干坑口。干坑口现在有桥。过去没有桥，人们就在石丁步上过溪。

黄岩背海拔近千米。据考察，黄岩山西起木荷冈，西南为抱料岭（含长开路岭），东为狮子山（头在赖科坦，屁股在垟头），下平冈，余脉延伸至圣堂龙角岩。狭义的黄岩山，就是黄岩背。广义的黄岩山，由木荷冈、抱料岭（含长开路岭）、狮子山、下平冈和龙角岩等组成。南以干坑溪、洋头溪、萌菜溪为界，北以栗树坑溪、坑口溪和圣堂溪为界。绵亘在抱料、干坑、洋头、栗树坑和圣堂等5个村之间，长达10余里。第一高峰木荷冈，高1100多米。

黄岩山是黄岩县（区）得名的依据，找到真正的黄岩山，填补了历代县志的空白，具有重大的历史意义和现实意义。

闲话"攻石之玉"

中央电视台1999年2月23日开播的18集大型电视理论专题片《伟大的旗帜》其中第8集的标题是《攻石之玉》（见《中国电视报》1999年第七期），我看了觉得奇怪，"攻"在这里是琢磨的意思。这里的"石"，也不是普通的石头，而是砺石，是玉匠琢磨玉器的一种工具。"攻石之玉"的意思是琢磨砺石的玉，也就是用玉去琢磨砺石了。实际上却恰恰相反，玉匠在加工玉器时，是用砺石去琢磨玉的，这石头就理所当然地成了"攻玉之石"了。我国改革开放的总设计师邓小平同志就是用国际社会的经验教训这块砺石来琢磨中国经济发展这块大宝玉的。因此，上述标题应该是《攻玉之石》，而不是《攻石之玉》。

"攻玉之石"是儒家经典《诗经·小雅·鹤鸣》中"它山之石，可以攻玉"的缩写。据汉代经学大师郑玄说："它山"比喻异国，本来是指别的国家的贤才，可以用于本国的辅佐。好像别的山上的石头，也可以用作琢磨玉器的砺石一样。后来也用于比喻能帮助自己改正缺点错误和提供借鉴的外力，一般多指朋友。

（原载上海《咬文嚼字》2000年第2期）

闲话台州方言

　　戏曲中有高腔、昆腔、海盐腔、弋阳腔等多种腔调。日常生活中，台州人讲话也自有独特的腔调，这就是"台州腔"。出门在外与人交谈，只要对方一开口，就知道他是不是"台州老乡"，凭什么？凭的就是台州腔。台州腔是台州方言的标志，是台州乡土文化的重要组成部分，是台州非物质文化遗产之一，是台州人的非常宝贵的精神财富。

　　台州地处吴头楚尾，台州方言属吴语区台州次方言片。台州方言有许多特色。一、保持古代汉语的语义。例如"汤"，温水。面汤、脚汤、浴汤，分别是洗脸、洗脚和洗澡用的温水。外地人初听，感到莫名其妙，根本不知道是什么东西。其中"面汤"，据说还闹过笑话：做了台州女婿的某外地青年，第一次到丈母娘家中做客。丈母娘叫他"面汤抆（音徒）克"。他就捧起"咕嘟，咕嘟"地喝了起来。妻子发觉后，连忙制止，说"别喝！我妈是叫你洗面，不是叫你吃。"可是，已喝了不少。引起全家人哄堂大笑。"汤"的"温水"义项，普通话中是没有的。二、台州方言的含义比普通话丰富。上面所说的"汤"，除"温水"义之外，还有"菜汁"义。如鸡汤，咸菜汤，牛肉汤等。又如"显"不仅含有普通话中的义项，还含有"得很"义。例如"好显"，好得很；"坏显"，坏得很；"快显"，快得很；"慢显"，慢得很。此外，还有善显、恶显、美显、丑显、长显、短显、高显、矮显、大显、小显、多显、少显……形容词后面都可以带"显"。普通话中的

"显"就没有"得很"义。三、台州方言中，许多词语读音与普通话不同。如"大"，不读"汰"，读作"度"。"美"，不读"每"，读作"米"。"郑"，不读"朕"，读作"阵"。"汉"，不读"苋"，读作"献"。"寒"，不读"闲"，读作"贤"。"季"，不读"计"，读作"桂"。"花"，不读"哗"，读作"呵"。"鹅"，不读"俄"，读作"呆"。"嘶"，不读"斯"，读作"西"。"猪"，不读"阻"，读作"之"。"吃"，不读"次"，读作"乞或曲"。"辉、晖"，均不读"灰"，读作"许"。"卫、慧"，均不读"会"，读作"芋"。"隔壁"，读作"隔饼"。"伟、威"均不读"委"，读作"雨"。"江、讲"，均不读"姜"，读作"刚"。"垃圾"，不读"拉、挤"，读作"捋、雪"。"矛、贸、鍪、蝥"均不读"毛"，读作"牟"。"丰、沣、风、枫、疯"，均不读"分"，读作"封"。"汗、悍、捍、焊、翰"均不读"陷"，读作"沿"。"干、杆、秆、肝、赶、敢"均不读"艰"，读作"坚"。"合、鸽、给、结、蛤、割、葛"均不读"甲"，读作"吉"。"沙、砂、纱、赊"，均不读"洒"，读作"所"。"牙、伢、芽、衙"，均不读"耶"，读作"娥"。"安、按、桉、氨、奄、俺、掩、庵、旱、兖"，均不读"限"，读作"烟"。例子很多，限于篇幅就举这一些。

这些词语的台州腔读法是小时候父母和老师教的，世代口耳相传，自然形成。不是某一个人瞎编。用台州腔读唐诗宋词或古文，抑扬顿挫，荡气回肠，更能体现古诗文中的丰富感情，对于听众来说，这是一次高级的精神享受。我最后一次聆听用台州腔读古体诗，是58年之前的1954年，黄岩灵石中学举行"纪念鲁迅先生逝世十八周年"大会上。个子不高，穿着灰布长袍的地理教师李志平先生即席朗吟鲁迅《无题》："运交华盖欲何求，未敢翻身已碰头。破帽遮颜过闹市，漏船载酒泛中流。横眉冷对千夫指，俯首甘为孺子牛。躲进小楼成一统，管他冬夏与春秋。"余音绕梁，至今记忆犹新。"少小离家老大回，乡音无改鬓毛衰。"台州人的乡音——台州腔，我们这一代人到老都是改不了的。

普通话要推广，台州方言更要传承。语言学的发展，不能光靠一条腿走路，而是要靠两条腿走路。否则的话，你把地方特色丢了，你还知道你是何方人氏吗？台州电视台二频道"阿福讲白搭"栏目的开设，为台州方言的传承办了一件大好事，理所当然地受到广大观众的热烈欢迎。

下马山鬼笔

　　二十世纪六十年代末，我在上郑村下马山种番葧。初夏的一天，我扛着锄头去山上翻地。来到地头一看，只见地里长出一大丛天雷蕈。灰白色的菌盖，洁白如玉的菌柄……真像许多全打开、半打开或未打开的小伞子。天雷蕈，《植物学》上叫鸡枞菌，天赐佳肴，心中高兴极了。拔起来盛满一箬帽篓。天雷蕈有一股特有的清香，味极鲜美，是有名的山珍。何况当时月薪只有24元的民办小学教师的我，是从来不到镇上买小菜的哩。

　　第二天，又长出了一大丛，看来口福不浅。来者不拒，多多益善。第三天，天雷蕈没有了。但地里却长出了一大丛从未见过的东西，乌黑发亮，长短大小不一，形状像书法家作书法用的倒插的毛笔。我在上世纪五十年代中后期，在黄岩农校学过《植物学》，对真菌略知一二，但这种真菌却从未见到过，也从未听说过。我就给它取名叫"鬼笔"，因为附近有很多古墓。不知道的东西还不仅仅是鬼笔，翻地时，从地下掘出许多黑色扁圆形的像干燥的番薯藤似的菌根。说是根，其实又不是真正的根。因为，它既不是直根，也不是须根。既没有根冠，也没有根毛。与真蕨（蕨萁）的横生的地下根茎有点像，但不含淀粉。总之，是从来没见过，也从来没听说过的。大自然真是一部巨大无比的大百科全书，蕴藏着多少的奥秘啊！可惜，我们知之甚少。

　　鬼笔的根有好几丈长，也有分枝。后来这根伸进一座古墓中去了。

顺藤摸瓜，顺根却找不到任何东西。也不知道是这蕈根伸进古墓之中呢，还是它本来就是从古墓之中长出来的？我把这儿上下三块地翻好之后，站在古墓前沉思。我不能拆开古墓一探究竟，来满足我的好奇心。老话说，拆别人的墓，是很罪过的。伤天害理的事可不能干，这是人生的底线。

收工后，我路过上郑乡（那时叫光明公社）中心小学，将鬼笔和它的根请教该校教《自然》的卢老师，他摇摇头说："不知道，从未见过。"后来，又特地挤时间跑到10里之外的宁溪中学，请教该校《生物》教师谭老师，他也摇摇头说："从未见过，不晓得。"后来，我请教父亲，父亲说："这东西很可能是'金线吊葫芦'。"

由于那时工作忙（我在坑口民办小学任教，单班三复式，离家10多里），工资低，生活困难。因此，我对鬼笔没有作深入的调查，更不用说深入的研究了。在非常贫困的日子里，挣扎在饥饿线上的人要想搞点科学研究，简直是痴人说梦，天方夜谭。我当时的思想是，除了教好书之外，就是如何使一家人不挨饿，活下去。其他事情就不得不放弃。经济落后，阻碍了科技的进步；科技落后，阻碍了经济的发展。难怪非洲那些贫穷的小国科技这么落后，何况那时正处于"文化大革命"的动乱时期。但乌黑发亮的鬼笔一直装在我的心中。五十年后的今天，我终于解开了这个"鬼笔"之谜。

"鬼笔"是深山老林中稀有野生真菌乌灵菌的菌苗，也叫"子座"或"乌灵菌箭子"。菌苗丛生，一丛有十数根，多者数十根。笔杆是菌柄，笔头是未张开的菌盖。地下好几丈长的乌黑扁圆的根是乌灵菌菌丝体组成的菌索。父亲说的"金线吊葫芦"，这个"葫芦"，就是乌灵菌的菌核。菌核呈纺锤形或秤锤形，外皮乌黑。大者如小番薯，小者如三叶青的块根。夏季或冬季采挖。这个菌核就是罕见的宝贝——乌灵参。

　　乌灵参是珍稀药用真菌，大名黑柄炭角菌，属子囊菌科，炭角菌属。又名乌苓参、乌丽参、地炭棍、燃香棍、鸡枞香、雷震子、鸡茯苓、鸡枞胆、鸡枞蛋、吊金钟、金线吊葫芦等，是著名的补气中药。据四川《光绪灌县志》记载："其苗出土易长，根延数丈，结实虚悬空窟中，当雷震时必转动，故谓之雷震子。其肉白色，能益肾气。"

　　乌灵参为什么叫乌灵参？"乌"是菌核、菌苗都呈乌黑色。"灵"是具有灵气。乌灵参生于古墓等极阴之地，得雷电纯阳之气而长。雷震必转动，转动一次，长大一圈。"参"是药用功效如同人参，故称"乌灵参"。

　　乌灵参具有补肾健脑，养心安神的功能。用于神经衰弱症的心肾不交所致的失眠、健忘、心悸心烦、神疲乏力、腰膝酸软、头晕耳鸣、少气懒言、脉细或沉无力，疗效显著。菌苗也可入药，治肾虚目滞，视物错花，或小儿疝气。

　　菌核除药用外，还有很高的收藏价值，是中国国宝级的珍稀中药材。

　　乌灵菌的药用价值和经济价值都很高。当时如果能深入研究，将乌灵菌的孢子收集起来，进行人工繁殖，取得成功。那对国家是一个巨大的贡献。可惜，天底下的许多事情都是那么的难以尽遂人愿。

　　我虽然与乌灵菌擦肩而过，但令人欣慰的是，浙江大学×××教授经过20年的潜心研究，利用深层发酵的方法培育乌灵菌菌丝体，并从中提取乌灵菌素成功。消息传来，令人欢欣鼓舞！

澄江源头行

前　言

　　《澄江源头行》是作者庆祝改革开放十周年而写的。目的是反映改革开放十年来，澄江两岸所发生的天翻地覆的巨变。文中既有景物描写，又有文史掌故和民间传说，这种三结合的写作手法，虽然显得土里土气，却大大地增强了作品的知识性和可读性。得到文友夏矛先生、徐达材先生等人的好评。并被夏矛先生主编的《橘花》文艺报从1987年5月起连载，连发十期。深受读者的喜爱，影响蛮大。之后，黄岩广播电台也特辟专栏，连续播报。《澄江源头行》的发表，比《台州晚报·寻访台州母亲河》要早十八年。听说比《浙江日报·钱江源头行》还要早。

江畔明珠

　　澄江横贯黄岩县，全长近百公里，是本县唯一大河。澄江流经黄城附近折向东北。从黄岩轮船码头顺流而下，"潮平两岸阔，风正一帆悬。"至三江口与灵江汇合，即称椒江。穿过椒江市区，穿过小圆山和牛头颈组成的"海之门"，注入东海。

　　澄江原名永宁江。县因江而得名。唐高宗上元二年（公元675年），将永宁江流域从临海县析出，建立了永宁县。武则天大周天授元年（公元690年）因县西有黄岩山（山顶有黄石，故名），改名为黄岩县。那永宁江为什么又叫澄江呢？这是由于南宋年间（孝宗淳熙九年十月二十五日），黄岩籍丞相杜清献出世时，平时混浊的江水一连澄清了三天的缘故。从那时起，人们就管永宁江叫"澄江"了。

澄江两岸，土地肥沃，物产丰富，素称"鱼米之乡"。蜜橘和翻簧是黄岩驰名中外的两大特产。十一届三中全会之后，澄江畔的明珠——古老的黄岩城焕发了青春。到处呈现出一派欣欣向荣的新气象。"东风孕生意，改革遍江城。""老包"从农村走向城镇，把"大锅饭"砸得落花流水。解放了长期被束缚的手脚。城内新建的高楼大厦，鳞次栉比；街道宽阔而且整洁；商店内货物琳琅满目；股份合作制企业犹如雨后春笋，蓬勃发展；行人精神饱满，衣冠楚楚。社会秩序安定，人民安居乐业。最近建成的永宁公园、永宁书画博物馆、九峰游乐场和文化活动大楼，更加丰富了人们的精神生活。"到处莺歌燕舞，旧貌换新颜。"但是，在"四人帮"横行时期，黄岩人不得不吃东北的玉米，安徽的薯干。真是"地利不如人和"。

黄岩城历史悠久，文化积淀深厚。城内不但有庄严肃穆的孔庙，还有美丽的九峰公园。

我站在澄江大桥上，游目骋怀。不禁回想起1956年下半年，初中毕业考入黄岩农校，在城里读书的情景。那时，黄岩城的西城和北城的城墙和城门都还在。位于五洞桥东端的西门，两扇城门又高大，又厚重。门杠也很粗、很重。城门有专人管理，天亮后开城门，傍晚关城门。城门旁有一座很大的路廊，供行人歇脚。东门和南门已经没有城门了，大概是二十世纪三十年代建造公路时拆掉的吧。

方山支脉九座山峰环列于城东，形成天然屏障。黄岩人称之为九峰。九峰，当时的黄岩人都管它叫九峰呑里。呑口有一座石牌坊，牌坊横梁上刻有"理学名臣"四个大字，是纪念著名理学家朱熹在黄岩的功绩的。呑里的九峰公园由于名胜古迹众多，被载入旅游史册《中国名胜辞典》。北宋范成大《春游九峰》诗云："万树梨云白满天，桃花几点破红颜。春风吹遍黄岩里，数尽峰头不肯还。"

　　九峰有一条桃花溪，大概是以前曾经桃花夹岸而得名的吧，眼前却只有一二株了。溪上有一个桃花潭，潭畔有一座三面临水的镜心亭。亭子的四根方石柱上刻有榜眼喻长霖以及朱劼成、周慕盦（庵）、王念劬、毛训、任重、柯璜等名家撰句并书写的正草隶篆各种书体、各种风格的楹联："回包一潭水，安排九子峰；此地偶题认影句，前身我亦住山人；何人会得春风意，载酒时作凌云游；水深不碍蓬莱浅，桃熟频闻方朔过。胜境九峰两文笔，仙源千古一桃花；欲把深情比潭水，莫将迷路问渔人；好将击水三千意，来问濯缨一点心；潭水不逢洗耳客，桃花长笑问津人。"等共有八副，是黄岩的文化瑰宝。桃花潭东北有一座建于北宋的七层八面的古塔，叫瑞隆感应塔，塔的每一层每一面都塑有一尊小小的佛像。古塔旁边原来有一座九峰寺。太平军进黄岩，毁于战火。之后，县令孙憙改建为九峰书院。书院大门楣上立有一块高约三尺，宽约二尺的牌匾，匾上竖写"九峰书院"四个大字。一天，我和乐清籍同窗好友陈渭铭登上二楼，看到许多古籍和木简。那时民风淳朴，虽没人看管，但也没有偷盗的事发生。院内有两株很大的银杏树，暗寓"杏坛设教"的意思。书院环境清幽，确是适宜读书的好地方。九峰书院后来改建为九峰图书馆，之后，又改建为九峰党校。大门口有一块大石头，石头上刻有"朗公石"三字，传说明代黄岩西桥年轻的吴朗公在寺内读书时，过不惯清苦的生活，想逃学回家，刚逃出山门，就被九峰山神推下大石头阻住去路。吴朗公心有所悟，回转寺内，苦读成名。后来考中进士，做了御史，为老百姓办了许多好事。这块朗公石在1958年

"大跃进"时，被人以妨碍交通为由炸毁。

星期天，我们去桃花溪洗衣服，洗好后，将衣服晒在溪边的石头上，就坐在树荫下专心地看书，或到镜心亭赏联，或到小玄都观听伍止渊大师讲道德经……

我们从西乡来，过山头舟之后继续东行，就远远地看到九峰山上的两座宝塔。看到"双峰插云"，就知道黄岩城里到了，精神为之一振，就忘了长途跋涉的疲劳而加快脚步。九峰双塔是黄岩的地标性建筑。

我站在澄江大桥上，心潮滚滚。望着东流的江水，感慨万千。向东望，远处方山如屏；近处，双宝珠秀丽如画。向西看，锦峰拔地，绣岭排天，气象万千。百折千回的澄江，就是从西部群山中奔流而来的。水有源，树有根。澄江的源头在哪里？澄江源的景色怎么样？想到这里，心中涌起一股豪兴。溯流而上，探一探澄江的源头吧。

船过西江

清风徐来，水波不兴。我们驾一叶扁舟从黄城码头逆流而上。从澄江大桥下驶过时，我忽然想起，1953年暑假，我从上郑小学毕业，卢启中老师带我们进城考中学，这儿有一座浮桥连接南北两岸。这座浮桥叫利涉浮桥，宋宁宗嘉定四年（1211）二月，黄岩知县杨圭主持建成。长100丈，宽3丈，由40只木船组成，上铺厚木板作桥面，再用两根粗大的竹索［清康熙十九年（1680）知县张中选改为铁索］连贯起来浮在江上，桥面随着潮水的消长而升降。

澄江两岸的橘林，犹如墨绿色的大海。初夏时节，洁白的橘花宛若喷雪飞霜，又俨如绿色海洋中泛起的轻盈浪花。阵阵馥郁的芳香扑鼻而来，沁人心脾，令人愉悦。花气袭人香满衣……

　　我们的小机帆船虽说是逆水行舟，但却像骏马奔驰在原野上。虽说是内河行驶，但心中却有"乘长风破万里浪"的味道。因为船航不久，便东风浩荡，浪涛汹涌。幸亏老大高明，仍很平稳。驾风驭浪，"人在舟中便是仙"，白居易说得妙极。

　　不一刻，船便到了西江闸下。西江是澄江的最大支流，发源于院桥太湖山（主峰海拔733米），全长24.6公里，流域面积197.5平方公里。高桥至羽山一段，叫永丰河。西江是黄岩平原地区的主干河道，主要支流有南官河、南中泾、西建河、西官河、东官河、中干渠等，上游有秀岭、佛岭两座水库。西江流域，河道纵横，土地肥沃，盛产柑橘、大米和鱼虾。平静的水面，倒影出白云、蓝天、黄澄澄的橘子和金灿灿的稻谷，勤劳的西江人绘出了非常秀丽的江南水乡画卷。

　　青山绿水毓人才。历史上西江流域出过许多名人。最杰出的是刘仁本和王启。羽山刘仁本（1311–1368），是元代黄岩十一位进士之一，历任温州路总管、江浙行省左右司郎中等职。因不满官场腐败黑暗，辞官归隐羽山。后任农民起义军领袖方国珍的军师。积极出谋划策，为方国珍创基立业，立下了汗马功劳，成了方的左膀右臂。后在庆元、奉化、台温等处兴儒学、修上虞石塘、建路桥石桥，创建文献书院于羽山，祀朱子，并以杜范配享。另建祠，祭二徐、郭磊卿、赵师渊、杜晔、杜知仁诸贤。割良田千顷供师生廪给。招贤纳士，保境安民。兴利除弊，使百姓安居乐业。

　　刘仁本学问淹雅，诗词清隽绝俗，与赵俶、谢理、朱右等人唱和。至正二十年（1360）春，刘仁本于军务之余，在余姚龙山建雩咏亭，仿兰亭景物，三月三日，邀集当世名士萨都剌等42人，举办"续兰亭会"，修禊赋诗，编成诗集，并亲自作序。一时传为佳话。至正二十七年，朱元璋派遣部将朱亮祖率七万大军攻下台州，十月陷黄岩，十二月攻打温州，刘仁本寡不敌众，兵败被俘，宁死不屈。被朱元璋鞭背，溃烂，至次年三月而死。著有《羽庭诗集》4卷、《羽庭文集》6卷等。刘仁本堪称一代英雄豪杰。清代太平学者戚学标《论刘仁本》云："庆元、台温数百万生灵不致尽困于方氏水火者，亦仁本之有以潜消而默化之也。"黄岩学者王棻在《台学统》中论刘仁本云："戎马倥偬之时，独能笃志儒修，振兴文教……其文采风流亦足以辉映千古矣。"

柏山王启（1465-1534），明成化二十三年（1487）进士，任霍丘知县，有政绩，升南道御史，刚正不阿，弹劾皇亲张鹤龄纵奴掠民，及内官董让不法等事。升江西按察使佥事，再升江西按察副使。在任期间，重视文教，弘扬正气。修濂溪、白鹿洞书院和文天祥祠。后抵制宦官刘瑾贪赃枉法，被罚米500石，后被免职。刘瑾被诛后，任南雄知府，升山东按察使。为官清正廉明，不畏权贵。升都察院副都御史。嘉靖三年，任刑部右侍郎。六年（1527），由于严正执法，直言抗上，遭迫害入狱。出狱后，隐居家乡，闭门谢客。不问世事，专心著述。三十年后，平反昭雪。皇上派钦差至柏山宣读圣旨，赐祭葬。

王启博学多才，著有《赤城会通记》20卷、《古文类选》10卷、《周易传疏》《周礼疏义》《元鉴年统》《抚滇翊华录》《宋元纲目续修》《柏山文集》《东瀛遗稿》等传世。

刘仁本和王启是两颗明亮的星星，在黄岩南乡历史的天空中永放异彩。

羽山旁的西江东岸，有一块赤鲤岩，相传为汉代高道司马季主在羽山修道时钓鱼的地方。后人在此立一石翁仲，称司马真君像［上刻民国三十二年（1943）开凿西江雅林汇纪事］，为西江名胜古迹之一。

永丰河两岸古称永宁乡，地势低洼，素有"黄岩镬底"之称。三日大雨，一片汪洋。水利失修，百姓遭殃。诗才吏治并称卓绝的明代黄岩南门王弼《永丰谣》诗云："永丰圩，永宁乡，一亩官田八百粮。人家种田无厚薄，了却官租身即乐。前年大水平陡门，圩底禾苗没半分。里胥告灾县官怒，至今追租如追魂。有田追租未足怪，尽将官田作民卖。富家得田贫纳租，年年旧租偿新债。旧租未了新租促，更向城中卖黄犊。一犊千文任时估，债家算息不算母。呜呼！有犊可卖君莫怨，东邻卖犊兼卖儿。但愿有儿在我边，明年还可种官田。"这首诗写得既形象又含蓄，不仅深刻地揭露了当时老百姓被迫卖田、卖牛、卖儿因而又呼告无门的黑暗现实，还为研究乡土地理历史，研究封建社会中的租税、借债和土地兼并等经济关系提供了珍贵的史料。

西江上有座五洞桥，初建为北宋元祐六年（1091），县令张元仲主持修建。元仲字孝友，人们就称之为孝友桥。清雍正四年（1726）重建，分节并列，五洞联拱。桥面石栏雕刻莲柱，两旁筑有联拱石墩台。既牢固，又美丽。现为省级文物保护单位。

据有关史料记载，高大的西江闸初建于夏家洋西江口。民国十八年（1929）秋，县长孙崇夏呈报省政府批准建设。由县建设科长章育筹备进行，次年夏，省水利局派胡步川为工程师，二十年（1931）十一月十二日，闸基破土动工。施工期间，屡遭波折。章育毫不动摇。二十二年（1933）六月，西江闸工程（包括引河、旧江堵坝工程）全部竣工，为黄岩第一座钢筋混凝土建筑。水闸七墩八孔，墩长10米，宽1米，高7米，每孔宽2.5米，两端建闸座，上架闸桥。机械启闭。过闸流量每秒141立米。西江闸的建成，大大地改善了西江两岸的水利条件。蓄淡御咸，抗旱排涝。调节流量，减少南乡水患，为民国年间黄岩第一大工程。闸内波平如镜，水清且深，是一个巨大的游泳池。夏天，到这里游泳的人很多。岸上有大片茂盛的树林，环境非常幽静。西江闸的建成，建设科长章育和工程师胡步川功不可没。闸成之日，胡步川赋《西江月》二首志庆。词云："建闸西江蓄淡，开河北廓排洪。温黄两县利交通，今事履行昨梦。　　筑坝言屏潮卤，疏渠免病航工。旧河涨地给耕农，上上厢田宜种。""拟植江干细柳，还我闸畔清风。绿荫水上覆晴空，下有帆樯舞弄。　　四面崇山绕翠，双江清水弯弓。橙黄橘绿蓼花红，一段秋光目送。"

告别了西江闸，我们的小船继续溯流而上。江水静静东流。机声"突突"，不时地惊起正在水岸觅食的青鹳、白鹭、沙鸥和野鸭等水鸟掠水而飞。翩若惊鸿，好看极了。两岸橘林中，男女青年正在辛勤地整枝、除草、施肥……不时地飘出欢乐的歌声和银铃般的笑声。不一会儿，便看到了"身居绝顶，肝胆照人"的石大人。

焦坑到了，我们便舍舟登岸。

焦坑览胜

我们舍舟登岸，来到了岱石山下的焦坑乡石柜岙村。发源于松岩山的小溪流过村子。溪边柳垂金线，桃吐丹霞。两岸新屋，鳞次栉比。石柜岙为啥叫石柜岙？是由于岙里原来有一个大石柜。关于这个石柜的传说很多，一位面貌慈祥的老大爷给我们讲了一个石柜的故事。

这个石柜是个大宝藏，柜中装满了金银珠宝。只是从来没有打开过。有一年村上有个老人种了十几亩西瓜。瓜藤很旺，可是，只结了一个拳头大的瓜，老头子整天唉声叹气。不料一个江西采宝客扮作瓜贩找上门来，愿出一百两银子买他这个"拳头"瓜。并且说，这个瓜还嫩，不能摘。要等七七四十九天之后才可摘。到时一手交钱，一手交货。老汉乐得合不拢嘴。把这个喜讯告诉从田洋拔猪草回来的老太婆。说去年西瓜大丰收，收入不到十两银子，今年一个拳头瓜，却值得一百两。老太婆嘴一扁，不以为然地说："不卖，不卖。""你真是人心不足蛇吞象。"老头子怪她贪财。老太婆说："这瓜一定是个宝，如果买去吃，三个铜钱也不值，他既出一百两，那么，它的价值一千两，一万两也不止。"老头子点点头。"晚上，你到饭店去听听，他们在说些什么？""晓得哉。"老头子高兴地答应了一声。

"我找到一个宝。"晚饭后，采宝客斜靠在眠床头，对他的伙伴说。"什么东西？""开石柜的金钥匙。""到手没有？""太嫩了点，要再过四十九天。""怎么开法？""把瓜摘下来挂在石柜前的柿树上。"伏在外面"捉壁听"的老头子听到这里，悄悄地拔脚就走，心里着实佩服老太婆高明。回家一说，两人顿时心花怒放。

日子过得真慢。过了四十八天，老太婆实在熬勿住了，心想，还在乎这一天吗？就和老头子一起，把瓜摘下来，等到夜深人静时，把瓜挂到柿树上。霎时，石柜的门慢慢地开了。柜内珍珠玛瑙、珊瑚翡翠、金银元宝、聚宝盆、摇钱树……光华灼灼，耀人眼目。老夫妻二人惊呆了。等他俩清醒过来，伸出手去时，迟了，石柜的门一下子关上了。原来，金钥匙还没到火候，断了。断在锁孔中了。

老大爷开朗地笑着说，这个美好的传说，一直激励着我们焦坑人，我们一定要打开石柜，让大家都富起来。现在，石柜终于打开了，我迫不及待地问："你们找到了金钥匙？"他笑着说："是的！这就是十一届三中全会以来党的富民政策。石柜里的珍宝都已进入了千家万户。你看，电灯、电话、电风扇、电饭煲、电视机、新房子……有些东西比石柜中的珍宝还珍宝哩！"老大爷爽朗的笑声感染了我们，是啊，党的政策确实是致富脱贫的金钥匙啊！

老大爷讲了石柜的故事之后，又带我们去看石柜的遗址。他说这块巨大的柜形石头，不久前，被石匠们采作块石用了。之后，又带我们去游览"绰楔连云，孔坚具朴"的岱石庙。

这座庄严雄伟的古庙，初建于南朝刘宋王朝永初年间，有1500多年的历史。是过去黄岩出西门"三大殿"的第一殿。坐落在岱石山下。左边是石峰洞和石峰寺，后边是早在宋代就以风景闻名于世的松岩山。前边和右边是一马平川。山上"石人耸立，下顾有情。"确是灵气所钟的胜景。庙门前有一对石狮子守卫，还新种了一排广玉兰。朱红的庙门上，彩绘着神荼、郁垒等威武的门神。正门上方，高悬着著名书法家陈石濑先生用金漆篆书的"岱石庙"庙匾。庙有三进。分前殿、后殿、前厅、经堂、厢房、戏台等建筑。清代咸丰年间，太平军占领黄岩后，追击由地痞流氓等组成的地主武装至石柜岙，激战于岱石山下。古庙毁于战乱。清朝同治年间重建。"文革"期间又一次遭到砍坏。近年来，群众集资重建。1983年定为县文物保护单位。大殿飞檐斗拱，造像妙相庄严。殿中高挂着书法家陈文天题写的"汉室名臣""岱石尊王"等匾额。铁划银钩，龙飞凤舞，更为古庙增添了光彩。

庙中崇奉董子为正神，因此，岱石庙也叫董庙，董子庙。董子就是西汉名臣董仲舒，汉武帝时，主张"罢黜百家，独尊儒术"，得到汉武帝重用的英才，是一位博古通今的"今文经学"大师。河北枣强县广川镇人。青少年时勤奋学习，"下帷发愤"，"三年不窥园"传为佳话。专攻《〈春秋〉公羊传》。著有《春秋繁露》《董子文集》等书传世。班固的《汉书》专门为他立传。并记载了他的《举贤良对策》。当时的学术界对他推崇备至，将他与文王、孔子并列，可见地位之高。董子是封建社会唯心主义哲学家。但他善思直言，对许多问题有自己独特的见解，不盲从，不随声附和。特别是他勤奋治学的精神值得我们学习。望着董子栩栩如生的神像，不禁肃然起敬。

在人们的心目中，岱石尊王就是董子，董子就是岱石尊王。不过，当我看了清末文人王维翰写的《重修岱石庙碑记》之后，才知道这是讹传。岱石尊王不一定姓董，姓名不详。只知道他是金华人。到岱石山来旅游，死于山下。后因"祈祷有功，敕封为岱石尊王……后崇奉董子为正神。"为什么要崇奉董子为正神呢？据《碑记》记载：天台县秀才齐召南来庙中祈梦，董子托梦他"日后功名盖世"，并托他修改董著《天人三策》中被后人误传的某句某字，后来，齐召南青云直上，官至"太傅"。在他的过问下，庙中便奉董子为正神。久而久之，岱石尊王的"王冠"，便落到了董子头上。我想那个金华人如果真有在天之灵的话，他不跟董子打官司才怪哩。也许是势不及力吧。不过，唯物主义认为，鬼神都是人所臆造出来的，"一对一"也罢，"合二而一"或是"三位一体"，也都没有关系。

拜谒过岱石尊王，告别了老大爷之后，我们踏着弯弯曲曲的山路，步步高升，登上了"四围烟霭，一径松杉"的岱石山。仰望石大人峰，挺拔雄奇，随步换形。有时像魁伟的豪杰，有时像慈祥的老人，有时又像风华正茂的书生。有时一本正经，有时笑逐颜开，有时金刚怒目……越看越像，妙趣横生。路过古柏参天的石峰寺，这天正巧有来自店头乡繁荣村的四个妇女在寺中烧香拜佛，我们便结伴同行。

从石峰寺上去，便是石峰洞。洞内面积约有五六十平方米，高约三米，有点像雁荡山的北斗洞。"石窟吞远岭，当户负岸尊。"洞顶覆盖着一块巨大的石头，几乎要压下来似的。中间没有一根支柱。"造化奇结构，巨灵巧开凿。"仰望石面平整，隐约有神龙盘绕。洞中有"日月"二泉。泉水甘洌。洞中静极，只有山泉滴入潭中发出的叮咚声，清越如古琴。洞顶前端刻有古燕、席珍等人在乾隆二十六年仲春写的《游岱石山二十韵并跋》。诗中记叙了游山的经过，描绘了岱石山秀丽的景色，抒发了游山时的喜悦心情。可惜字迹很小，仰头细看很吃力。有洞必有佛。洞中佛像全身金装。洞中还栽了许多花草。真是洞天福地。

出了石峰洞，沿着许多之字形连接起来的山路继续向上走。"仄径引修蛇，枯藤趁云鹤。"转了几个弯，便登上了峰顶。峰顶平旷，眼界豁然开朗。群山起伏之势，奔来眼底；平畴交错之形，会于眉睫；九曲澄江，三湾竹树，烟霞云岚，目不暇接。我从1953年第一次进城路过焦坑起，三十多年来多次经过岱石山下。由于学习紧张，工作繁忙，劳苦奔波，总是来去匆匆。虽然早就想上去看看，但就连一次也没上去玩过。今日登临，如愿以偿。良辰美景，此乐何极。

我们在石大人峰峰顶小憩之后，便沿着左侧稍向下倾斜的山路前进。转了一个大弯，眼前突然现出了红墙黄瓦的空中楼阁。这就是我心中向往已久的胜地——莲尖坪。近前细看，天峰阁的琼楼玉宇高悬于孤峰之上。真是人间天上，天上人间。悬崖前竖着一张两三丈高的竹梯，这是天峰阁上下的唯一通道。除此之外，四周都是几十丈，百把丈高的悬崖峭壁。梯边的悬崖峭壁上，凿着"潮溪第一山"五个大字。据说住在阁上修道的三位师太，都能挑百五六的担子上下竹梯呢。

莲尖坪又名莲峰山，天柱峰。拔地凌云，气势雄伟。因石势攒簇如莲花而得名。峰顶平旷，面积约五六亩，清代咸丰年间，本地人彭兆湦构精舍于此，供子弟读书。后来荒废，改为寺院。我们从竹梯爬上去，山门上高挂着陈文天先生书写的"天峰阁"三个大字，两侧有陈顺利先生撰写的"莲尖昔为渔人书塾信乎？天峰今乃游者胜地是也。"的楹联。站在天峰阁上，白云生于足下，伸手可探青天。遥望石大人峰历历在目，游目骋怀，神怡心旷，俗念俱消。超然物外，几欲乘风归去。

1983年群众集资修建的天峰阁金碧辉煌，古朴庄严，分前后二宫。前宫新近开凿了天池，池上新架了"天水桥"。宫中除栩栩如生的佛像外，还刻有清末黄岩著名文人姜文衡的《偕友人游天峰阁》诗。"曲径通幽处，禅房花木深。"游罢前宫，我们又转到后宫去玩。只见丹桂参天，黄杨滴翠。新栽的花草使后宫显得很精致。焦坑乡政府和人民决心把天峰阁打扮得更加靓丽，迎接更多的游客。

我们还游览了附近的龟峰、金鸡峰、吊船岩、饭蒸岩、美女照镜等名胜古迹。真想不到我们黄岩也有这么美丽地方。

莲尖坪下是一大片松林，蓬蓬勃勃，郁郁苍苍。管得这么好，就连西部山区也很少见。莲尖坪名胜曾载入《中国旅游字典》，天下闻名。风光迷人的天峰阁，使人流连忘返。这次游了，下次还想再来。

焦坑乡的石大人、岱石庙、天峰阁和松岩等组成了黄岩出西门的第一个游览胜地。因天色已晚，未去松岩。

沧海桑田

我们从山花烂漫，佳木葱茏，风光旖旎的岱石山上下来之后，不坐车，不坐船，迎着澄江，逆流而上，开始徒步旅行。双脚踏在锦绣般的大地上，更加感觉到黄岩的可亲可爱。

翠滴田畴，绿漫溪渡。澄江两岸，小麦翠浪平铺，油菜花金黄灿烂。花草田中，紫云英盛开，宛如大片大片的彩霞降落在地上。温风似酒，令人不饮自醉。

过山头舟，我们在浮桥上作短暂逗留。脚下这古老的浮桥，长度几乎比原来缩短了一半，这是由于江面狭缩，陆地增加，因而一半浮桥被历史所淘汰。水陆变迁，世事沧桑，社会的变化更大。1958年以前，黄岩出西门没有公路，过去，潮涨岩头，人们乘坐"黄济"小火轮往返于黄城与潮济之间。那时，头陀、潮济都很热闹，经济远比北洋发达。每当轮船驶近山头舟时，汽笛高鸣，浮桥断开，让轮船通过。迅即铁链横江，浮桥又成了横贯江面的大路，供人们通行。

江面为什么会狭缩？陆地为什么会增加？原来，这是由于二十世纪五十年代后期，人们在澄江中游建造了长潭水库的缘故。过去，潮汐带来的泥浆被江水冲刷，沉淀下来的不多，"收支"平衡，江面的宽度较为稳定。后来，江水被关起来了，澄江流量减少，水位下降，江涂扩大。同时，潮汐带来的泥浆，由于缺乏山水的冲洗，沉淀下来，越积越多，江涂就越来越阔，江面也就相对地越来越狭了。直至后来航道淤塞，"黄济"轮被迫停开。

不坐轮船坐汽车。轮船难开之后，黄长公路迅速通车。尽管一路剧烈颠簸，坐在车内像狂舞似的。但初次乘车的山头人仍感到很高兴，很新鲜。因为汽车速度快，工夫省。黄长公路通车不久，头陀区委迁到了交通比较发达的北洋，因为，北洋远比头陀、潮济热闹。可见，交通对经济的影响是多么大啊？

江涂越阔，农民越高兴。整个头陀区由于江涂自然扩展，耕地增加了好几百亩。在吃"大锅饭"年代，江涂成了当地农民开疆拓土——扩大自留地的目标，成了发泄多余劳动热情的乐园。临古一带的农民，积极与潮水争地盘。他们在江涂上，甚至在浅水里垒起橘墩，栽上橘树苗。涨潮时，潮水"一鼓作气"，恼怒地冲进橘园，淹没了橘墩。可是，橘树苗傲然挺立，橘墩岿然不动，潮平之后，潮水不得不无可奈何地败下阵来。灰溜溜地退回到大海里去。江涂成了橘子的天下。几经较量，潮水节节败退，耕地步步扩大。勤劳智慧的农民就是这样巧妙地为自己创造尽可能多一些的物质财富，不声不响地增加了经济收入，改善了生活条件、只要稍加注意，黄岩的地理面貌正在发生悄悄的缓慢的变化。水面变成了陆地，沧海变成了桑田。美丽的澄江越来越清瘦了。这种变化究竟是好，是坏？现在作出结论，为时未免尚早。不过，从眼前的经济效益看来，确实是不差的。几百年之后，澄江会不会从黄岩县的地图上消失？这个问题，只好有待于将来的地理学家来作结论吧。

自然的变化是缓慢的，但人们改造自然的场面是颇为壮观的。

为了向生产的深度和广度进军，为了提高澄江水的有效利用率，缩短流程，减少水分在流动过程中的渗漏和蒸发所造成的浪费。二十世纪七十年代后期，黄岩县委、县政府发动群众，将澄江从北洋至山头舟这一段水路改直。开江工地上热火朝天的劳动场面，至今令人记忆犹新。从北洋开始，经过小里灰、双南、浦口、下灰洋一线，开凿了新的江道。原来弯弯曲曲的澄江，大大地变直了。而原来，澄江是从百亩洋、三官堂、临古一线下来到达山头舟的。澄江改道，距离缩短，使得头陀这个半山区又增加了大量的宝贵的耕地。

我们有时到澄江故道走走。只见大小麦、花草、油菜、柑橘、甘蔗等各种农作物生机勃勃，长势喜人。有时到新开凿的澄江江岸看看，只见碧波粼粼，绿漪荡漾。江水静静东流，水中倒映着丽日、蓝天、红楼、绿树。一位在江边洗衣服的年青大嫂，热情地告诉我们："现在是春天，你们只能领略到明媚的春光。如果夏天到这儿来，这澄江两岸都是甘蔗林，从江边一直延伸到远处的山脚。那气势和形象，就跟北方的青纱帐一样。人在里边劳动，外面的人根本看不到。种甘蔗真是一种很甜蜜的事业。"她自豪地说："秋末冬初是收蔗的季节，好客的主人会让你吃个够，咬得你牙齿酰力，颊肌发酸。那时，我们砍蔗、榨汁、煎糖，空气中洋溢着浓烈的香甜味和丰收的欢乐。欢迎你们在蔗熟时节光临作客。"她撩了一下乌云似的鬓发，接着说："甘蔗浑身是宝。种甘蔗不仅是为了当水果吃，主要是为了制糖。蔗叶除作燃料外，还是牛、羊等的好饲料，还可造纸。蔗渣还可以提取糖蜜，烧制白酒、酒精等。还可以用作各种食用菌——如平菇、香菇、猴头菇等的培养料。""闻弦歌而知雅意"，从她的话音里，我们可以看出她是多么地热爱生活，热爱家乡啊！她的穿着朴素大方，但长得很俊。真是，"农妇身穿布衣裳，楚楚风姿不化妆。"

十一届三中全会之后，土地承包到户，过去被捆绑着的手脚解放了。因而极大地调动了广大农民的积极性。不仅农业生产欣欣向荣，连年丰收。而且，还办起了许多乡镇企业、家庭工厂，进一步促进了农村经济的繁荣。能工巧匠们有如"八仙过海，各显神通"。据说，头陀区某乡镇企业还引进了"防止噪声污染"等新技术，发展了能吸收噪声的设备等各种新产品。

"高岸为谷，深谷为陵。"一路行来，澄江两岸的社会面貌和自然面貌都正在发生着非常深刻的变化。

北洋散记

北洋新貌

我们沿永宁江大渠继续上溯，不一刻，北洋镇拔地而起的"西乡楼"便映入眼帘。北洋到了。北洋是永宁江畔又一颗耀眼的明珠。是头陀区政治、经济、交通和文化中心，是头陀区委、区政府所在地。

十一届三中全会以来，北洋的"五小"工业蓬勃发展。荣福化工厂、模具厂、化妆品厂、罐头厂、轮窑厂、绣衣厂、节日灯厂、农机厂、锯板厂……如雨后春笋似的冒出来。它们在党的"改革、开放、搞活"的阳光雨露沐浴下茁壮成长。促进了北洋经济的繁荣。黄岩县树脂化工厂也坐落在北洋镇，该厂去年生产各种树脂，年产值达1200万元。由于资助全国武术比赛和县钢琴协会成立，在社会上扩大了影响。

几年来，许多农民挣脱了"以粮为纲""劳力归田"的桎梏，迈着轻快的步伐，从田野走向工厂，充分地发挥自己的聪明才智。为社会创造了巨大的物质财富。

工业发展了，农业并没有萎缩，田地并没有荒芜。三中全会以来，北洋粮食连年丰收，柑橘、甘蔗也有了很大的发展。快速养猪法很快推广，效益显著。回首东望，小里桥、小里灰、百亩垟一带原来连绵起伏的癞头山现在成了翠浪涌动的千余亩柑橘生产基地。承包到户之后，广大农民意气风发，冒着严寒，把永宁江江底的污泥挑上山来。既疏浚了河道，又增施了肥料。现在六七万株幼橘开始成林，蓬蓬勃勃，长势喜人，丰收在望。

三中全会以来，北洋的街道建设取得了可喜的进展，除了令人瞩目的"西乡楼"之外，银行大楼，百货大楼、医院、影剧院等公共建筑和式样新颖的众多的民居摩空干云，鳞次栉比，使得年轻的北洋镇容光焕发。镇内，商店和小摊挨挨挤挤，货物充盈，琳琅满目。今年，镇内新办了一个菜市场，场内山珍海味，鸡鸭鱼肉蛋……各种新鲜蔬菜，应有尽有，价廉物美，购销两旺。田蟹是本地著名特产，又香又鲜，营养丰富。秋日持螯赏菊，把酒临风，别有风味。许多来北洋的外地人，都要品尝一下这个美味。有的还要带些回去馈赠亲友。今年七月份，区政府投资三十万元，将原来的区大会堂拆建翻新，给北洋镇锦上添花。

蓬勃发展的工农业生产，众多的新建筑物，使这个只有四平方公里，一万多人口的小镇呈现出一派欣欣向荣，繁荣昌盛的新景象。

"小里"由来

北洋，全名是"小里北洋"。附近还有"小里岙""小里桥""小里灰"等村子。这些地名的前面，为什么都要冠以"小里"二字呢？经考证，原来，"小里"系"小履"之误。"里"与"履"，声母相同，加上"履"字难写，"里"字易写，"小里"便代替了"小履"。

如果要正名的话，那就是小履北洋、小履桥、小履汇、小履岙了。

小履汇的"汇"，是由于永宁江在这里有一个大汇头的缘故。"汇"与"灰"的韵母相同，"汇"字繁体笔画很多，"灰"字笔画简单，好写，日子久了，"小履汇"就变成了"小里灰"。这四个地名为什么都要用"小履"二字带头呢？履者鞋也。小履就是小鞋。这鞋小不小？它的鞋后跟是分嫁岭，鞋前头是百亩垟，这只鞋其实是很大的。因为这四个地方都在这只"小鞋"的四周，因此，它们的前面都要加以"小履"二字了。这只"小鞋"是从哪里来的？传说在很久很久以前，有一位仙人去赴王母娘娘蟠桃大会，心中高兴，走起路来蹦蹦跳跳，一不小心，一只鞋子从云中脱落下来，变化成小履。他索性把另一只鞋子也甩了，落在温岭，这个地方就成了大履（闾）乡。从此，这位仙人便成了赤脚大仙。

北洋风物

"风物长宜放眼量"，北洋的风光景物无处不美。现择其要者记述如下：

北洋东边有座美观坚固，跨度达十五米的石拱桥——小里桥。这是一座著名的古建筑。是县重点文物保护单位。建于宋代，迄今有近千年的历史，基本上保持原来的风貌，非常牢固。远望如彩虹横空。近前细看，更令人赞叹不已。最近，我在头陀区文化站虞敏行陪同下，对古桥作了考察。我们走到桥下仰起头来看：只见拱桥腹面有龙纹，中间有一颗大龙珠。后来，我们走到桥上来看：桥的两侧有青石栏柱和栏板。桥面平坦。两端各有引桥十三级，中间正桥十五级，栏柱的柱头，有的雕成云纹，有的雕成莲座。桥的两端，各有一对石狮子守卫，造型生动。我俯下身子察看中间栏板外侧，发现了"迎福桥"三个大字。呵！小里桥原名"迎福桥"，一座迎接幸福的桥，多美啊！其他各块栏板外侧也刻有许多文字，由于年代久远，字迹漫漶，不易辨认。我对敏行说，"下次拿白纸和墨汁来，把这些文字拓出来看看。"他答："好的。"我们和坐在桥上休息的农民闲话桑麻。清风徐徐，流水潺潺。桥头古樟凌空，绿竹吐翠。薜荔和凤尾草蒙络摇曳，水杉、梧桐生机勃勃。茅畲的九溪从东南方向流来，穿过桥下注入永宁江，现已淤塞，流量不大。

北洋南面小里岙村青龙冈岭脚，有一座静安寺，建于三国东吴孙大帝赤乌年间。距今有1700多年历史。现在仅存清代嘉庆年间重修的大殿屋壳。"天下名山僧占多"，这里环境清幽，如将古刹修复，这里也是一处很好的风景点。上海的静安寺已修复，北洋的静安寺何时能修复呢？

北洋西面有座南北走向的分嫁岭。岭虽不高，名气颇大。徐达材等同志搜集整理的《分嫁岭》民间故事，在省里两次获奖，并被改编成剧本，影响很大。岭上松柏郁郁苍苍，毛竹滴翠，橘子、蜜梨结果累累。横贯东西的黄长公路穿岭而过。

分嫁岭西边岭脚有一个讴韶村。讴韶，俗称讴谣，是南宋台州十大儒之一、著名理学家车若水的家乡。车若水的名著《脚气集》不仅被清代大学士纪晓岚编进《四库全书》，就是现代大型工具书《辞海》中的许多辞条释义也都采自《脚气集》。车氏一门，文风很盛，除车若水外，还有车瑾、车似庆、车似度、车倬、车安行、车垓、车景山等都是很有学问的人。

北洋西北面有一座灵石山。灵石山上山石灵。传说很久以前，一伙强盗在义诚岭抢了东西，跑到这座山坡的大岩石下分赃。山石压下来，把这伙强盗全压死。当地百姓都说山石有灵，便把这座山叫作灵石山，山下的村子也就叫灵石村。唐代灵石山麓有一座灵石禅寺。据说，晚唐诗人李义山曾在寺中刻苦攻读，并写下许多诗篇。宋代参知政事谢克家和他的儿子、太常少卿谢伋为避秦桧迫害，隐居寺中种药多年，后迁南乡三童岙。灵石山麓有谢克家墓。现存灵石寺大雄宝殿屋壳和灵石寺塔。塔比寺迟，建于宋初。有千余年历史，是省文物重点保护单位。

现在的灵石中学就建在原灵石禅寺的遗址上。这里风景优美，大门进去，是一个很大的荷花池。六月，荷花盛开，清香远溢。莲池四周古木参天，浓荫蔽日。特别是有一株古樟横斜在莲池之上，虽然只有半爿，但仍生机旺盛。很多人喜欢站在上面摄影留念。灵石中学是我的母校。二十世纪五十年代，我曾在这里求学，当时，才高学博的陈江、洪文、袁乃昭、李志平等老师都在这里执教。后来，童昌森在灵中当过校长，后升任浙江省立黄岩中学校长。

限于时间，我们仅走了这些地方。北洋，物华天宝，人杰地灵。回忆走过的地方，令人大有再游一次的念头。

高峡平湖

我们沿着永宁江江南大渠继续西行，便到了长潭水库。水库边上的屿头村，原名柔极村，是南宋台州十大儒之一，经学大师黄超然的故乡。屿头有一座古庙"太尉殿"，是黄岩出西门三大殿之一。庙中供奉宋代书生黄希旦为正神，香火很盛。传说有求必应，为一方保障。黄氏一族，文风很盛，除黄超然之外，还有黄原泰、黄宏、黄中玉、黄方庆等，都是文化名人。

水库概况

长潭水库，波光粼粼，一碧万顷。湖光山色，令人心醉。"锦缆昼牵杨柳岸，玉箫风递水云乡。"元代屿头诗人黄中玉《春日泛舟》写的就是这一带水域，抒发他站立船头，品着玉箫的闲适心情。如果能经常在大坝上走走，一定能看到王勃笔下的"落霞与孤鹜齐飞，秋水共长天一色"的美景。

一条大坝将永宁江拦腰截断。顿时"峰峦成岛屿，平地卷波涛。"江水汇成了一个巨大的人工湖。整个乌岩镇及其附迈三四万亩土地全部沉于水底。移民八九千户。水库蓄水量近七亿立方米，相当于120多个杭州西湖。水库蓄水面积约50平方公里，相当于七八万亩的田面。下游受益面积达100多万亩。防洪面积达28万亩。同时，对冲洗盐碱，围垦海涂创造了有利条件。渠水远达温岭、临海，泽沛旁流，惠及邻县。大坝高45米，长一华里多。底宽半里多，顶宽30米。大坝固若金汤，像一把巨大的金锁，锁住了桀骜不驯的永宁江龙，使它乖乖服从人们的意志。水库的集雨面积达432平方公里。水源充足。

长潭水库除了具有灌溉、蓄洪、防涝、抗旱等功能外，还可发电、养鱼。长潭水电站装机容量近一万千瓦。去年发电量2000多万度。最高发电量要数1973年，发电2899万瓩。长潭电站为发展工农业生产提供了强大的清洁的能源。水库是一个巨大的鱼乐国。除了鲤鱼、鲶鱼等许多天然鱼种外，还可放养120万条花鲢（胖头鱼）。大大地发展了本县的淡水养殖事业。去年年产鲜鱼40万斤，缓解了市场鲜鱼供求矛盾。初步解决了鱼米之乡吃鱼难的问题。

"长潭水库的规模及灌溉效益，均居本省12座大型水库的首位。"水库许工程师自豪地对我说。现在，长潭水库管理局下属除电站外，还有两场（渔场、林场）两厂（塑料制品厂、水泥制品厂），经济效益都很高，是一家欣欣向荣生机勃勃的综合性企业。

长潭水库还有大小机动船10多条，运客载货，往来如梭。如果心情闲适的话，过水库胜似游杭州西湖。

长潭水库是"大跃进"的产物，也是人海战术的结果。1958年国庆节动工，花了一年零四个月的时间，到1960年2月21日，大坝建成截流。参加大坝合龙的有18000人。1963年夏，水库土建工程基本完成。开始向灌区供水。

造水库时，黄岩县委、县政府动员了全县很大一部分人力、物力，黄岩人民发扬了"愚公移山，改天换地"的革命精神，当时的气势的确是气吞日月，志壮山河。工程紧张时，每天4万人轮班进行，昼夜不停。王明海等10多位同志实现了"为有牺牲多壮志，敢教日月换新天"的誓言，为建水库献出了宝贵的生命。高山苍苍，绿水泱泱，烈士遗风，山高水长。

游湖所闻

我们乘渡船过水库。船舱中，乘客谈天说地，有人说："长潭水库给下游的人带来了许多好处。但却给上游的人带来了许多不利。""交通不便，（好在最近环湖公路通车，这一矛盾才得以解决），阻滞了宁溪山区科技和经济的发展。""过渡要付钱，增加了水库里百姓经济负担。""等渡，浪费了时间。"又有人说，"长潭造了大坝之后，阻断了河鳗回游通道，使淡水鳗绝迹。"

一位老人指着前面的木鱼山说，1964年4月5日，路桥中学师生485人来长潭湖春游。第一批144人登船游湖，船驶至木鱼山下，船翻人亡（28人脱险，116人遇难）。

一位中年人指着水底下说，乌岩虽然沉于水下，但人们还常常提起乌岩的那些往事。如"乌岩风水好，五兽落垟。""乌岩从来不演《二度梅》的戏。为什么？因为戏中的奸臣卢杞是乌岩卢氏太公。"据说，卢杞貌丑，但颇具才干。为人心术不正，看风驶船，两面三刀，上谄下陷。后来虽登上相位，但专权误国，终至身败名裂，遗臭万年。当然，卢杞得势时，也有许多趋炎附势的小人对他极尽吹拍之能事。

卢杞未发迹时，每到汾阳王府中，求见郭子仪，郭总是屏退姬妾婢仆，单独接见。有人问他为什么？他说："卢杞貌丑而心胸狭窄。姬妾一见，哑然失笑，他便怀恨在心，今后会遭他毒手。"郭子仪第一次见到卢杞时，便说："何物老妪，生此宁馨儿。此人得志，吾族无遗类矣。"

乌岩还有个"外甥继舅"的故事，说的是明代乌岩进士卢明诹，不姓卢，本姓杨。是杨岙人。由于杨卢氏的兄弟没有儿子，她便将自己的儿子过继给他。卢明诹是娘舅继子。他考中进士后，乌岩与杨岙口分别建立牌坊。

乌岩还有座"李进士桥"，明孝宗弘治年间，黄岩溪乡（上郑乡）蒋东岙村李滔考中进士后，个人出资建造高大而牢固的乌岩永宁溪大桥，百姓称之为"李进士桥"。是乌岩通往台州府的交通要道。黄岩诗人章文韬《题李进士桥》诗云："从幼读书志气高，功成名就造此桥。往来便度经商客，万古流传说李滔。"这座石桥在1958年建造长潭长库时被拆毁。

乘渡船，听白话，亦可观民风之一斑。张岱《夜航船》中的那位僧人听了许多白话之后，心满意足地说："吾可以伸伸脚矣。"

大浪淘沙，历史长河中的浮沤早已消逝。

水库风光

长潭湖的水质好，比杭州西湖的水还清，既像绿色的绸缎，又像绿色的油。水库四周蜈蚣山、鸡头山等青山环抱。湖光山色，交相辉映。烟波浩渺，风光幽美。湖中有木鱼山、老鼠岩、屿山顶、虎头山等许多小岛。湖岸还有许多半岛。烟花三月，东风吹皱一湖春水。湖岸群山和湖中小岛上草木争荣，野花含芳。柴爿花如火焰烧枝，染红了碧绿的湖水。夏天，湖上凉风习习。驾一叶扁舟，水面风来，暑气全消。秋天，水边山上的野漆、枫树、盐肤木等的叶子红了，另有一番景象。霜打山枫叶叶丹，锦鳞喋浪碧波间。还有过往的大雁、野鸭、丹顶鹤等候鸟成群结队地落在湖中。运气好，有时还会看到"惊鸿照影"和"鸳鸯戏水"等美景。冬日雪霁，湖中小岛银装素裹，分外妖娆。松展玉蕊，藤吐银花。整个水库俨然成了一个超巨型的盆景。湖水就是一个特制的碧玉盘。湖山胜概，四季如画。美景天然，常看常新。风静时，波平如镜，湖中倒映出蓝天、白云、丽日、青山。湖岸群峰，像一个个美人正在对镜梳妆。台风来时，惊涛拍岸，浊浪排空。木鱼山如金鳌鼓浪，虎头山如神虎凌波，老鼠岩似神鼠在洪波中跳跃……

如果在湖中小岛上建造一些飞檐翘角的凉亭，栽种一些奇花异卉，环湖建一些饭店旅馆，会给这个有待开发的旅游风景区锦上添花。湖中诸岛可与西湖的三潭印月，温州的江心屿等名胜相媲美。长潭水库将成为名副其实的黄岩的西湖。

漫话宁溪

长潭水库中有杨岙溪、瑞岩溪、小坑港、柔极港等永宁江的重要支流汇入。过了长潭水库，永宁江不再叫永宁江。叫什么？叫永宁溪。我们沿溪继续西行。

宁溪路上

没走几步，便到了楼岙口。全部用条石砌成的楼岙大桥，是水库里第一座永宁溪大桥。再向西，便到了坦头。水碧山青的坦头村，是辛亥革命烈士王卓，当代著名原子能专家王天眷的故乡。长潭水库未造之前，这里是排民之乡，是宁溪山区物资进出的转运站。山区绝大部分货物依靠竹排运输。坦头至潮济这一段，是永宁江的黄金水道。每当夕阳西下，十几条，几十条满载货物的竹排逆流而上。排工们一边拔排，一边唱着山歌。那雄浑的声音，响遏行云，声振林木，回荡于青山碧水之间，给人留下了不可磨灭的印象。过去，民谚有"坦头生儿学撑排"之说。随着公路通车，汽车和拖拉机取代了竹排。排民们改行转业，另谋生路。再向西，便到了浮山庄。"老牛知让路，新蝶学穿花。云动山疑活，溪奔石欲斜"（清·袁枚）《黄岩道中》的景象随处可见。浮山庄，山庄会浮，多么富有诗意。是浮动于云雾之中呢？还是这一带古代是海，山庄四面环水，涌抱浪摇，似乎浮在水面上呢？发人深思。抗日战争时期，日本帝国主义的空中强盗在这里投下罪恶的炸弹，滥杀我无辜同胞。

黄泥塘的来历

再向西，就到了宁溪。宁溪历来是本县西乡重镇。是永宁江畔的又一颗明珠。永宁江的重要支流——发源于李家山的南港和永宁江的上游——黄岩溪在这里汇合。宁溪为什么叫宁溪？这是由于黄岩溪在崇山峻岭中奔腾咆哮而出，到这里之后，由于地势比较平坦，水流就相对宁静和缓。地因水而得名，因而叫宁溪。

宁溪群山环抱，五兽落垟，风光幽美。传说这里是出皇之地。一位剃头师傅给我们讲了一个"黄泥塘"的故事。很久很久以前，宁溪王员外请风水先生找了一处好得不能再好的墓地。风水先生问："坟做好后，我的眼花了怎么办？"王员外答道："您放心。我家里一定将您当爷爷看待，给您养老送终。"坟做好之后，风水先生由于泄露了天地之间的秘密，突然双目失明，王员外对他恭恭敬敬，待为上宾。

过了几年，王员外年纪大了，有些事情也作不得主了。家务由儿媳主持。久客无好菜，对风水先生的招待，也渐渐地怠慢了。一天，王员外到邻居家下棋去了。小孙子叫喊："爷爷，爷爷，快点吃点心。"风水先生应道："来了。"孙子厌烦地说："我不是叫你爷爷，我叫我自己的爷爷。"风水先生一听，心凉了半截，想道："现在，王员外还健在，下代人就对我这样。如果王员外一死，我这口饭还能吃得落？"眉头一皱，心中有了主意。午饭后，他恳切地对王员外说："要皇，切口塘；要快，挖条金丝带。"王员外信以为真。在风水先生的指点下，在南山挖了一口塘。（这就是黄泥塘）又在台门前挖了一条水圳。（这就是直街与小街之间的水渠的前身）挖圳时，挖到一条大泥鳅，鱼头隐隐似有龙形。挖圳的人捉来交给主人家嫂。主人家嫂将它杀了，烧成鱼羹给短工们下酒。塘和圳挖好了，好好的风水也破了。风水先生的双眼又亮起来了。他便悄悄地离开了王家。等王员外知道，追悔不及。现在，黄泥塘还在。水圳早已扩大，并在两侧砌上石坎。

古风犹存

宁溪风俗与别处有点不同。别处过元宵节——正月半很隆重，宁溪（镇）却很平淡。但过社日——二月二，却非常隆重。农历二月初一到初四这几天，镇上演戏、迎灯，非常热闹。家家户户嘉宾盈门，高朋满座。手工制作的各式各样花灯，鲜艳、精致、形象、生动。达到很高的工艺美术水平。门口都贴上春联。许多自拟的春联，思想性、艺术性都很好。字也写得很好。如果把"二月二"春联收集起来，可以编一本《对联集》。

我国历史上有"春祭社"的风俗。社，就是位居"戊己之尊"的土地爷（神）。社日，就是土地爷的生日。春天，隆重地祭祀土地爷，预祝大地的主人获得大丰收。唐人有诗云："桑柘影斜春社散，家家扶得醉人归。"写的就是"二月二"的盛况。

宁溪隆重地过"二月二"，在当初有重视农桑，勤劳致富的意义。"二月二"节沿袭至今，真是古风犹存。1985年，宁溪"二月二"灯会，还在台州地区获奖。灯会上的"祝同乐"古乐，是民间乐曲中的瑰宝。

地灵人杰

宁溪峰峦重叠，碧水萦回，形成许多风景名胜。过去，最出名的有：五马叠翠、黄岩枕流、鹿鸣晚钓、双鱼古寺、箫台夜月、庙溪松涛、莘野晓耕等号称"宁溪八景"。此外，还有桂陌秋香、美女照镜、盘松方柏等景观。可惜，随着岁月的流逝，许多景点早已湮没了。

宁溪锦山秀水，卧虎藏龙。山川灵秀所钟，历代名人辈出。著名的有：宋朝进士南峰公。南峰公姓王名所，字叔喻，号南峰。南宋咸淳元年进士及第。博学多才，兼资文武。著有《五经类编》《南峰集》等书。他不仅是文学家，还是军事家。他在江苏高邮带兵时，在给他的好友——丞相文天祥的复信中，对如何跟元军作战，提出了独特的见解。他认为：带兵打仗，应当因地因时制宜，随机应变，切忌生搬硬套。在敌众我寡的情况下，不可力敌，应当以防御为主。扼守要塞，坚壁清野。宋亡后，他弃官归隐宁溪。在南山建造书院，栽花种竹，过着陶渊明式的田园生活。传说，南峰公曾多次梦与五圣爷（五显灵官）对弈。告诉夫人，夫人不信。他就将五圣爷招待他的点心——鲜桂圆、鲜荔枝带些回来给妻子吃。她才相信。南峰公终老林泉，不做元朝的官，表现了高尚的民族气节。明朝，宁溪王氏出了王爌、王弼、王铃等许多清官。清朝，宁溪出了一位医学家，姓夏名云颖，字子俊。号称"神医"。还有名宦王吉人等。王在福建任知县多年，为人民办了许多好事、实事。政绩卓著，号称"王青天"。他的儿子王琎，是近代著名化学家。他的孙子王启东是当代著名的材料学专家、博导。现任浙江大学顾问、省人大常委会副主任等职。近代，宁溪还出了两位为国捐躯的抗日英雄王天祥、王禹九。

旧貌新颜

据考证，宁溪横街建于北宋，直街（又称桂街，街边圳旁遍植桂树。南宋状元王会龙称之为"桂陌秋香"）建于南宋。可见，在800多年之前，宁溪镇已经初具规模。

宁溪的面貌，与解放前相比，有了很大的变化。面积达25.3平方公里，人口达1.4万。解放后，宁溪的工农业生产、交通、财贸、文教卫生等各方面都有了很大的发展。镇上有黄岩医疗器械厂、工程塑料厂、农机厂、综合厂、轮窑厂、茶厂、酒厂、草制品厂、皮鞋厂、塑胶厂、工艺玩具厂等县属企业和乡镇企业。还有银行、邮局、车站、供销社、卫生院、中小学、文化站、广播站等事业单位。宁溪小学（宁溪区中心小学）原名宁川小学。校址"天香堂"，历史上是文人雅集的地方。1930年，以胡公冕为首的红十三军打乌岩，司令部就设在这里。近年来，镇上新建了宁川东路、宁川西路、宁丰路、东兴路等街道。街道两旁新房鳞次栉比。十一届三中全会后，改革、开放的强劲东风吹进了山谷。经济领域里，个体户异军突起，从事手工、商业、运输业、饮食业、服务业等七大行业。1987年，700多个体户实际营业额达七千多万元，为搞活经济做出了贡献。从马路头到小横街口，小店小摊林立。吃的穿的用的，各种商品应有尽有。综合市场内，从红黑枣等南北货，到蛏子、墨鱼、小黄鱼、海参、鲤鱼、河虾等水产品，以及肉类、竹笋、香菇、平菇、蘑菇等各种食用菌等。货物充盈，琳琅满目，呈现出一派兴旺景象。每逢市日，从四面八方，远如仙居、永嘉到宁溪来落市的人摩肩接踵，熙来攘往，非常热闹。

从纵的方面看，宁溪变化很大。从横的方面看，宁溪经济的发展，还只迈出了小小的第一步，还处于萌芽状态。宁溪落后于本县其他各区。这是由于交通阻塞，科技落后，人才奇缺等所造成的。1987年，宁溪镇的人均收入只有238元。

长潭水库给宁溪人带来了极大的不利，简直是有害无益。由于水库阻隔，交通不便，阻滞了宁溪山区的开发，阻滞了宁溪经济的发展。从二战到抗日战争，到解放战争，山区人民为革命做出了很大的牺牲。建造长潭水库时，宁溪民工团出大力，流大汗。结果作茧自缚，搬起石头砸自己的脚。山头人最听话。可见，吃亏的仍然是山头人。解放后，上级领导对宁溪人民很不关心。长潭环湖公路原规划在1966年通车。实际上，到1985年，才动工修建，（还要宁溪人集资掏腰包）至今才算通车。一拖，就拖了二十多年！《七品芝麻官》里的唐成说得好："当官不与民做主，不如回家卖红薯。"希望当代的"百姓父母官"们多多关心宁溪山里的民生疾苦，切实帮助他们脱贫致富。

我们深信，在党和政府的领导下，宁溪，这颗古老的明珠一定会焕发出更加夺目的光彩。

南港之行

在宁溪镇的下前垟村，有永宁江上游的最大支流——南港汇入。南港流域有两个乡：联丰和富山，均在宁溪之南，故称之南港。富山乡是本县二战时期的革命老区。我们特意去拜访。

我们沿南港上溯，经蒋峤口，有蒋峤溪汇入。宁溪区的夜明珠——英山电站就建在蒋峤。上游拦截英山溪而成的人工湖——英山水库。英山电站肩负着宁溪区工农业生产和生活照明用电。是"大跃进"的产物。过蒋峤口溯流而上，便到了金峤。金峤"神童"黄奔野曾在全国初中数学竞赛中，夺得台州赛区第一名。过金峤上溯，便到了王家店。有南港的最大支流牌门溪汇入。王家店是联丰乡党委和政府驻地。王家店桥头有一棵高大的枫杨树，枝叶婆娑，翠盖亭亭。树形极其优美。树上寄生着许多骨碎补和树兰。

党的十一届三中全会以来，联丰乡的工农业生产有了很大的发展。近年还办起了糖果厂，并积极筹建花岗岩开发公司。牌门山上花岗岩储量大，质地好，花纹细腻美丽。锯成薄板磨光后，是制造桌面、台面等的优质材料。出口创汇，大有可为。牌门村的得名，是由于该村与上垟乡的黄杜岙村之间有一座黄杜岭，岭上有南宋丞相杜清献墓。黄杜岭西麓建有一座高大的牌门的缘故。

黄杜岭有一个上桧村。村子附近的山上有一块巨大的蛇首岩，北宋诗人、进士求仲弓（上垟乡日溪村人）《蛇首岩》诗云："石如蛇首隐林端，未得风雷且蛰蟠。俗眼莫嫌无变化，待生头角始堪观。"从王家店桥头折向西南，经过箬帽专业村凉棚，便到了"富山电站"所在地——岭根。

岭根风情

岭根是一个山清水秀的好地方。村东头有一棵远近闻名的樟树王。据说树龄有一千多年。胸径三米多，要七八个人才能合抱。当年树冠可荫亩余。老树中空，树洞中能容纳二三十人。现在许多枝梢已枯，那些未枯的仍然生机勃勃。古樟近旁是岭根小学。岭根小学校长梁友富待人和气，办事公道。教学业务和本身学问都较高。他每周所担的功课，比普通教师还多。身先士卒，勇挑重担。这是多么难能可贵！梁良谐音。我常常称他为"良校长"。教学认真，廉洁奉公的梁校长，执教十多年，却仍然是一个"老民办"。

站在岭根小学后门远眺西山，可以看到一幅很美的图画。奇峰触天，峭壁凌云，劲松傲然挺立于峭壁之上……而门框则成了一个巨大的画框。

西山是一架巨大的翠屏。在重重叠叠的峰峦中，有一座人形石峰，我给它取名为"云中子"。在天气晴朗时，人们往往不注意它的存在。但是，当有流云飞霞飘忽而过的时候，站在岭根小学操场上，就会清楚地看到：山上站立着的道士衣袂飘动，须眉毕现。仙风道骨，令人钦仰。在薄雾弥漫时，漫步在富山电站外面的马路上，道士不见了，仿佛一个肩背包袱雨伞的旅人在向你走来……如果你走近几步，站在岭根桥头看去，旅人变成了一位威风凛凛的元帅。背后靠旗飘动，面前半跪着一个探马在向他禀报军情……移步换形，百看不厌。山水怡情，乐而忘忧。"云中子"是我于1985年上半年在岭根小学任教时的"重大"发现。可是，在晴朗的日子里，这块光秃秃的石头一点儿也不美。怪不得有人说，朦胧是一种美。

半岭风光

由于半岭溪和牌门溪的冲积作用，形成了包括岭根、凉棚、吴家岙、牌门等处在内的一块小小的河谷平原。从西南到东北走向的红岩涨飞峙绿野平畴。因此，格外显得壮观。

红岩涨绵亘在岭根和半岭堂两村之间。这山朝东南的一面，全是连绵起伏的悬崖峭壁，长约三里。高达十几丈，几十丈。是一处绝妙的景观。这些峭壁，有的像瀑布悬空而下，有的像圆柱拔地而起，有的像帷幕从天而降。有的纵沟深凹，形成了"一线天"，有的与奇峰连在一起，形成一个巨大的"U"字。峭壁前面的石头，有的像卧虎，有的像蹲蛙……如行山阴道上，令人目不暇接。

峭壁上，由于长期的日晒风吹雨打，节理纵横，裂隙交错。形成了许多美丽的浮雕和图案。有的像花卉，有的像树木，有的似闲驼静卧，有的如雄狮怒吼，有的像金刚怒目，有的若老妪负曝，有的像流云飘忽，有的像天马行空。……大自然的鬼斧神工把各种图像雕琢得惟妙惟肖，看啥像啥，令人眼花缭乱。

红岩涨对面的"马夫头"山的景致也不错。除了大片大片生机勃勃的人造杉木林之外，富山电站的盘山长渠犹如一条玉带横缠山腰。大概是"马夫"立了功，升了官吧。否则，何以会"玉带横腰"？此外，还有一处由好几块石头凌空叠成的景观。有人说它是"小足球员"。我仔细看后，觉得还是"蹲猴观鱼"比较妥帖。在我看来，这几块石头叠起来很像一只蹲着的猴子。猴子蹲着干什么？它在看山下的溪潭中的游鱼哩。

山路与半岭溪并行，从东西两山之间穿过。西山峭壁的西端是"西岩瀑布"，白练飞泻，滚珠溅玉。崖上有三四株很大的古松。整个半岭堂村景色极其幽美。可是，当地人并不觉得怎样美。这也许是："居芝兰之室，久而不闻其香"吧。

改革春风吹山岙，门前溪水变黄金。十一届三中全会之后，半岭堂人挣断了过去束缚他们手脚的精神桎梏。办起了十几座水碓，利用箸竹、残次竹生产宗教用品。每座水碓年获利万余元。有的人则积极利用溪坑中的石头，加工成方石、条石、供应全区各地建房、造桥等用，有的人做生意……八仙过海，各显神通。不到几年时间，这个原来穷得叮当响——吃大锅饭时，会捣碓的不准捣碓，会打岩的不让打岩……每工（10个工分）工资只有一角多的著名穷村，一跃而成为富山乡的少数几个富裕村之一。

过半岭堂，就到了双坑口。这里有富山乡的"七·五"电站和戴元谱烈士墓。沿半岭溪上溯，就到了燕窠岩。这岩可与南海普陀山的盘陀石相媲美。比宁波天童寺"天凿玲珑"的盘陀石还要大。岩下的石洞也与焦坑的石峰洞相似。

我们在燕窠岩下稍事休息。一位老大爷给我们讲了一个《无头公鸡》的故事。传说很久以前，有一位仙人路过半岭堂上空，看到这里两山夹着一涧，东西之间交通十分不便。就打算为这里的百姓做件好事——在两山之间架一座大桥，在一个伸手不见五指的夜里，他分别在东山和西山叠起层层巨石，砌好桥墩。然后，到黄岩"山下郎"石板仓去运石板铺设桥面。

东山的山神土地，原来是位山魈爷。他看见仙人在自己的地盘里架桥，连招呼也不打一声，心里非常不满。心想：他一架好桥，人们就会说他好。这不是坏我的名声？相形见绌，显见我碌碌无能，占着茅坑不拉屎。这位山魈爷任东山土地爷三年多来，只要百姓烧香上供，却从不显灵为百姓办事。他自言自语地说："强龙不压地头蛇。你也太不把别人放眼里了。我不想办或办不成的事，你也休想办成功。"但他转念一想，自己公开出面反对，在道理上说不过去。眉头一皱，计上心来。便一脚跳到西山，对公鸡精说："他架桥不仅是往他自己脸上贴金，更是往我们脸上抹黑？"山魈把道理一说，公鸡精点头称是。问道："那我们怎么办？"山魈说："好办！只要你放开嗓子一叫，他的桥准造不成。"说着，在他耳边说了一句悄悄话，公鸡精就拼命啼叫起来："喔喔啼，喔喔啼，仙人造桥造不起，造不起。"

仙人脚踏石板飞到长潭上空，忽然听见公鸡啼鸣，以为天快亮了，仙机已经泄漏了，桥架不成了。心中一急，石板便"扑通"、"扑通"落进长潭水底。仙人急急忙忙赶到半岭堂上空，看到公鸡精还在打鸣，非常恼火，拔出宝剑，一剑将鸡头颈斩断。一阵血雨洒落在岭根村后面的山上，把岩塔都染红了。（后人便把这地方叫红岩背。）鸡头随剑势飞去，落在三十五里之外的乌岩附近，变成了一座公鸡山。公鸡精死了，尸体变成一块高大的石头。这时，躲在山坑里的山魈爷跑出来，讨好地说："这只公鸡精真该死，天不亮，乱打鸣，坏了你的大事。真是罪该万死！"仙人心知他在捣鬼。但没抓住把柄，不好对他怎么样。便说道："善有善报，恶有恶报。不是不报，时辰未到。时辰一到，一切全报。"说毕，驾起祥云回转仙山去了。

老大爷说完之后，还热情地陪我们走了一段路，来到"无头公鸡"岩旁边，"那是鸡头颈，那是鸡腿，那是鸡尾巴。"逐一指点给我们看。我们一看，果然像一只巨大无比的公鸡，挺胸伸颈，只是颈上无头而已。仿佛正在引吭长鸣时，被人一刀砍了似的。我们告辞了老大爷，再往上走，便到了子姆坑口。发源于大峇尖北麓的后峇溪流经蒋里、外坦、北山……田峇经隧洞与子姆坑汇合后流到这里与发源于半山岭头的半山溪汇合称半岭溪。

富山是个很美的地方。竹木资源丰富，到处郁郁苍苍。空气新鲜，水质清冽。近年来推广稻田养鱼取得了成绩。梯田层层，粮丰鱼肥，人民安居乐业。山头人勤劳忠厚，民风淳朴。由于党的政策好，群众日渐富裕，许多人造起了新房。苍松翠竹中掩映着崭新的洋房式的三层楼。有好多人家添置了电视机。有些村子还装上了自来水。乡里有一所中学，每个村子都有小学。文化水平比前大大提高。还有卫生院、电影院等。马安山至宁溪有公路相通，直达黄岩。

富山多古树名木。北山村三官堂有两株柳杉王。（全省除西天目外，是非常罕见的）有三百多年树龄，胸围近五米，高三十米左右。决要村有一株苦槠树，高17.5米，胸围6米多。离地三米处，分出四个大桠，横向生长。树姿古朴高雅。年产苦槠好几石。苦槠不但富含淀粉，还含有大量的单宁。可惜未予利用。该村三横殿后有一株古刺柏，高6米多，胸围1米多，铁干虬枝，别具一格。决要岭头也有一排古柳杉，顶天立地，英姿勃勃。有"将军"风度。直路村有一株南方红豆杉，高二十多米，胸围3米多，枝繁叶茂，亭亭如盖。果实成熟时，粒粒如豆，亮红色，美极了。果肉味甜可食。田岙和马安山一带还盛产乌药，是解油腻、助消化良药。野生动物有云豹、穿山甲、箭猪、长尾巴鸟等。

从岭根到半山，爬山步步登高，到马安山后地势高平。峰峦起伏，云生足下。最高峰为大岙尖，高1000多米。富山的蓼特别茂盛高大。蓼叶高达尺余。其味清香，是调味佳品。据说，蓼还是黄金的指示植物。土壤中黄金达到一定含量，蓼才能生长。金含量越高，蓼的生长也越茂盛。

富山乡是我县西部边陲地区之一。决要与坑头等村均与永嘉县接壤。马安山是初步繁荣的小村镇，立有市日。乡政府驻半山村。

黄岩溪漫游（上）
——澄江源头行之十

我们探寻了南港的源头——大岙尖北麓之后，从青松托日、绿竹连云的革命老区富山乡下来，经宁溪镇折而向西沿溪上溯。从宁溪起，澄江的上游叫黄岩溪。脚踏着锦绣般的大地，更感到黄岩的可亲和可爱。

从宁溪到上郑

我们脚下的宁川西路、宁川东路一带，原来都是溪港。1978年前后，当时任宁溪公社党委书记的胡学民同志推广格湖大队改溪造田的经验，细织宁溪街红星等六个大队战天斗地，向溪滩要粮，把黄岩溪流经后垟的两条水港合二而一。投工344000多工，筑起大坝3200多米长。造田120多亩，还为医院、学校、工厂、供销社、银行、税务所、区公所等许多单位和个人提供了近万平方米的屋基地，真是造福子孙万代。

1985年，宁溪曾遭到大自然的报复。由于黄岩溪上游两岸的山林在"文革"期间遭到严重破坏，这年七号台风所带来的暴雨使山洪暴发。发怒的洪涛把后垟大坝撕开了一个很大的口子……经济损失达百万余元。

我们漫步在去春修建的后垟石砌大坝上，看着碧玉似的黄岩溪静静东流。"哟，前面有一道瀑布。"同行的小王忽然惊讶得喊出声来。我抬眼一看，只见溪水从横坝上流下，形成了一道美丽的瀑布。落差虽然不高，却非常宽阔。宽度约有二百米。我们边走边数，一共有四条横坝，三条呈弓形，一条呈弧形。这些横坝除了起缓冲汹涌的激流、保护大坝坝脚的作用之外，还能拦截河床上的沙石，滞缓长潭水库过早地被填塞的作用。当然，也增加了景观。但是，这些横坝却无形之中降低了大坝的相对高度。真是事难两全。

过了后垟，隔岸便是格湖。格湖与大碿头之间是一个大峡谷，简称西谷。明代宁溪诗人王烈曾赋《西谷杂咏》诗多首。格湖是后湖与格牛垟的合称。去年这里新建了一座钢骨水泥大桥，结束了人们世代涉水而过的历史。交通方便了，为发展农村经济创造了条件。村上建起了一家宁溪工艺玩具厂，生产各种新款的儿童玩具。

黄岩溪上，镜潭凝碧，青山叠翠，风光优美。沿溪而上，便到了鳗潭。鳗谭很大很深。传说潭底有石洞通大荆。潭边原有一块表面平坦，略呈圆形的"龙洲钓石"，是纪念龙洲先生垂钓的地方。龙洲先生何许人也？据考，他姓刘，名过，字改之，号龙洲道人，吉州太和（今江西泰和）人，长于庐陵（今江西吉安），南宋文学家。其学问渊博，喜游山玩水；屡试不第，书剑飘零。宁（溪）上（郑）公路拓宽时，"龙洲钓石"被填埋。

格湖、横岭外一带溪滩上枫杨成林，沙石洁白，风光并不亚于永嘉楠溪江。黄岩溪两岸，松林、竹林郁郁苍苍。裘家岸村东头，有一座笕岩殿，上层奉祀神佛，下层是路廊，供过往行人歇脚。裘家岸村西头，有一座横跨黄岩溪的钢骨水泥大桥，把横岭外和裘家岸两村紧密相连。裘家岸村中有一个叫守法的老人，善于用草药治病，并善于"捉恍"，疗效显著，远近闻名。过了华鳌潭岭，只见一道连绵起伏南北走向的山岭——三殿岭截断了去路。"山重水复疑无路"，黄岩溪沿岭脚绕了一个大弯。峰回路转，东西走向的宁（溪）圣（堂）公路把三殿岭拦腰切断。切口深达二十多米。三殿岭由蛇山和龟山组成。父亲说，他年轻时，去宁溪落市的路是经过龟峰头颈的。

三殿岭对面是下郑村。下郑村与五部村之间有一道山岭。下郑人叫下郑岭，五部人叫五部岭。其实是同一道岭。南宋东山诗人葛绍体《五部岭》诗云："岭上烟云作伴行，远山凝绿向谁横？醉来睡足茅檐雨，三十六滩春水生。"下郑村梯田层层，是全乡梯田最多的一个村。

这山田岭，如果从蒋东岙去下郑的路上看过去，宛如一条大蟒蛇追逐着一只巨大的乌龟，形象生动，逼真传神，有趣极了。这是大自然的一个杰作，是我们黄岩溪的一处名胜。龟峰西侧有一个深潭，叫漩井潭，据我们考证，就是灵龟潭。北宋日溪诗人求仲弓《灵龟潭》诗云：
"江湖虽阔多罾网，幽涧清虚且勉旃。待我功成买双鹤，归来伴汝
一千年。"

过了三殿岭，眼前一片开阔，"柳暗花明又一村"。远处，雄伟
的狮子峰仿佛从群山中跑出，拦住了去路。三殿岭脚叫湖坤。这里原来
有一座"打办"的小房子，过去威风凛凛的它，现在墙倒壁穿，无人理
睬，成了历史陈迹。

湖坤北面有一条公路通蒋东峇村。有发源于茶山尖的支流蒋东峇
坑注入黄岩溪。蒋东峇在明代弘治年间，出过一位大才子——李滔，进
士及第。他是黄岩溪历史上唯一的一位进士，累官吏部文选司郎中（实
权很大，掌管全国四品以下文官的审核、升迁和调配）。宗谱上称他为
"天官"（吏部尚书）。同榜进士章文韬《蒋东峇李滔读书堂》诗云：
"三间竹屋近溪边，读尽诗书百万篇。即此已堪传千古，何用多买子
孙田。"

远近闻名的黄岩铅锌矿，就在蒋东峇山上。蒋东峇有座眠牛山，形
状极像卧牛，是一处风水宝地。传说，牛是活的。很久很久以前，仙居
有个姑娘怀孕，是它之故。仙居人追踪到此，说明情况后，将它阉了。
从山里挖出来两块滚圆的青油石——牛睾丸。以后就没事了。

过了岭后，便到了上郑。上郑是中华民国陆军中将、汤阴防守司
令陈荣楫先生的故乡，也是当代青年数学家郑士明先生的故乡。"上郑
本是清和地"，青山环抱，绿水长流，前樟后朴，环境优美。黄岩溪从
西流来，流过村子的北面，在金刚岩下汇成一个又大又深、碧波似镜的
金刚岩潭。上郑女诗人陈福临女士《金刚夜月》诗云："月伴清溪醉我
心，金刚潭水泛银粼。轻歌赢得和声起，道是山河皆有情。"潭北岩塔
壁立，东北角嶙峋的石岬伸入水中，如石龙吸川。解放前，潭中出产鳜

鱼，重达五六斤，味极鲜。黄岩溪中珠鱼（细鳞）、石斑鱼、鳗鱼、鲫鱼等很多。"大跃进"之后，特别是近二十年以来，农药毒鱼，炸药炸鱼，用电触鱼，鱼类遭殃。溪中游鱼少得可怜。加上滩中沙石下移，溪潭被填塞，潭面狭缩，有的不到原来的一半或三分之一。解放初，上郑竹排通坦头、潮济。现在只要连续干旱一个月以上，溪滩就会断流。

上郑村是个美丽的小山村。有呑坦坑、芭蕉坑、和尚坑等三条支流注入黄岩溪。本村有三道瀑布。村东南，和尚坑上游有万丈坑头瀑布，峭壁凌云，瀑水仿佛从天半飞来，三折而下。似烟如雾，如帘如幕，滚珠泻玉，寒暑不匮。鄙人咏《万丈坑头瀑布》诗云："万丈坑头万丈高，玉龙飞下九重霄。溉得嘉禾万顷绿，不去东海掀波涛。"村东北，芭蕉坑上游有飞水岩瀑布。瀑水如玉龙悬空而下。瀑布后面有一片空阔地，可容数十人站立。瀑布如水帘挂在前面，形成了一个天然的水帘洞。村西北有栅门头瀑布。瀑布旁边有两株铁干虬枝的古松。瀑布上面有一个小小的人工湖——栅头水库。清代黄岩王和灿《栅岭风光》诗云："岩峣修岭尽勘探，极目层层泼翠岚。色映玲珑封草阁，青浮葱蔚逗祥龛。从教雨洗光逾净，定识松猷影自函。倦向峰前频徙倚，隔林曾说有茅庵。"栅头岭百步峻下面有一块巨大的盘陀石，比宁波天童山的盘陀石还要大。栅头上面有一座山叫香蕈厂。香蕈厂为什么叫香蕈厂？这是由于上郑陈德利清代太公在山上种香蕈，香蕈大丰收，一天下大雷雨，路水把香蕈厂山上的香蕈冲到了黄泥孔。从此，香蕈厂成了名山。村北有响岩、芦田麦磨岩等景点。村西，狮峰拔地而起，雄踞坎头垟。

上郑村在清朝出了一位大才子，名叫陈粤东，又叫莱浣先生。虽然是个秀才，但学问比考中举人的堂兄陈洛东还要好。设帐授徒，为国家培养了许多人才，著名的有洪家兆桥王咏霓等。莱浣先生名气很大，柔桥王棻先生编撰《光绪黄岩县志》时，特地聘请他作校对。

我们上郑郑氏清代太公在尖山开辟茶园，大种绿种。茶叶品质很好，这座山就出了名，叫茶山。洪家秀才徐焘《咏茶山采茶》诗云："咚咚茶鼓闹西乡，谷雨初过雀舌黄。双鬓如蓬郎莫笑，山棚一月采茶忙。"

茶山到处是野生药材。茶山山泉水清冽甘甜可治病。传说有一个陌生人误入茶山，怕弄脏了草药而找不到方便的地方。

上郑村近年办了一家竹木工艺厂，以松木为原料，生产各种儿童玩具。该厂确实搞活了部分人的经济，使他们先富起来。但是，正如老子所说的："祸兮福所倚，福兮祸所伏。"厂里那些吃木头屙金子的怪物，吃光了黄岩溪两岸的半拉子大的松树。许多人反映说，没有这个厂，黄岩溪两岸的山林不会败得这么快，这么光。同时，还有后遗症——对生态平衡，水土保持，也都不无影响。

党的十一届三中全会以来，山田、下郑、蒋东岙、上郑等村先后安装了自来水。龙头一拧，清泉哗哗。

从上郑到圣堂

迈过黄岩溪上郑大桥，便到了毛家。毛家村是中华民国军工博士、兵器专家、留学德国十五年的毛毅可先生的故乡。他的弟弟毛恕可是中华民国陆军中将。他俩的父亲毛锦铨是满腹文章的前清秀才，做过县官。毛家的小茅山是中华民国少将王六坡的故乡。1945年9月初，他率部万人从江山赴杭州接受日寇投降。那天，杭城万人空巷，百姓夹道欢迎。锣鼓喧天，鞭炮动地。军用物资，堆积如山。金银财宝，不计其数。王六坡两袖清风，一身正气。廉洁奉公，身体力行。粗茶淡饭，自奉甚俭。每月只靠几元工资维持生活。部属纪律严明，秋毫无犯。所有物资，登记入册，妥为保管。在欢度抗战胜利后的第一个中秋节时，每人只发两个小小的月饼。

毛家村对岸，有发源于小英山的支流下洞坑注入黄岩溪。下洞坑瀑布似一道白练悬挂在悬崖峭壁上。小英山还有官坑瀑布。

小茅山和大茅山的得名，据考证，汉代咸阳高道——大哥茅盈和小弟茅衷云游天下，曾在这两处山上修道并为人治病。后人为了纪念他俩，便将这两座山分别命名为大茅山和小茅山。

小茅山麓，有革命烈士林继法烈士墓。抬眼西望，马家山横亘前面，截断去路。沿溪而上，便到了石墩。

石墩是清末民初浙江水师统领王煦亭将军的故乡。王将军在辛亥革命运动中对杭州和平光复作出了很大的贡献。他尚武崇文，在杭州创办赤城公学，招收台州有志青年入学深造。王文庆、屈文六等名人皆出其门下。他不但是一位武将，还是一位学问家、书法家。抗日战争期间，退居林下的他，曾与中共地下党有联系，出席中共地下党召开的苍基军事会议，支援抗日武装一批枪支弹药。

清末，石墩还出过一位著名的武师——林荣兴老本。他年轻时曾以"两手牵羊退一步，立马一朝天腿"的招式击毙石壁岩堂门凶僧，为民除害，名振江湖。

过石墩，便到了乌丝坑口，有发源于直坑、麻狸磲的支流乌丝坑注入黄岩溪。

抗日战争时期，中共地下党员王（槐秋）先生在直坑、麻狸磲以教书为掩护，从事革命活动。他宣传革命道理，建立党支部，开辟革命根据地，并开展统战工作，争取石墩王煦亭支持抗日。

乌丝坑口有一座斗潭殿。殿的对岸是山根村。山根是中华民国驻潼关守军高级将领王杰夫将军（保定军校高才生、与蒋介石是同班同学）的故乡。其长子王克潼是当今港台知名人士，王克潼夫人俞宾绿现任黄岩县政协委员。王克潼的弟弟王克安是著名诗人、书法家。

最近，乌丝坑口至山根建造了两座钢骨水泥拱桥，横跨在黄岩溪上。不仅方便了群众，还增加了景观。造桥时，俞宾绿个人捐助人民币1000元。

碧儿坟附近有支流盘金坑注入黄岩溪。盘金坑口有一块巨大的木鱼岩。山上有一座陡峭的山峰叫观音尖，仿佛观音菩萨从天而降，正在讲经说法，普度众生。

漫步蒋家垟岭，只见岭上峭壁一片殷红，与岭下碧绿的溪水互相映衬。丹山碧水，鸟语花香。群山连绵，峰峦起伏。令人流连忘返。南宋诗人、黄岩县丞孙应时《游黄岩溪》诗云："杜鹃声里谷幽幽，绿水平溪日夜流。寂寞青山深绝处，一川烟雨起春愁。""空山万壑锁寒烟，百折清溪思恬然。只有东风曾识面，鸟啼花落自年年。"

过岭便是石研。石研山上有一只石虎，仿佛正昂首腾跃向天咆哮。石虎对面几十丈远的地方有一个石人，仿佛在看管石虎。其实，他是看管对岸的大象，伸到溪边的象鼻似在吸水。石研原来有一个大象的食槽。夜里，大象过溪来吃东西。据该村饶春连同志说，如果大象的鼻子伸过溪，石研的风水会更好。听王某说，南宋宁溪进士南峰公王所退隐家园之后，在石研创办南峰书院。聚徒讲字，著书立说。

过石研岭，便有下平冈拦住去路。但我们不怕，仍然勇往直前。不一刻，便到了南峰山脚。有路廊供行人歇脚，夏天，有凉白开水免费供应。南峰山上有南宋名人王所墓。发源于黄岩山的黄岩溪流至萌菜垟村东，折向北流，与圣堂溪在这里汇成一个大潭叫黄岩潭。据老辈人说，现在的黄岩溪桥以北，至圣堂殿前面的桥下，西至下平冈东麓，都是碧波荡漾的深潭。潭西北发源于大寺基的圣堂溪，流量很大，为大源。潭西南发源于黄岩山的萌菜垟溪，为小源。潭西有耀溪山，山下有俗称圣堂殿的五显灵官庙。清代洪家秀才王辰《再游南峰山有感》诗云："三年前曾此下帷，神伤风景旧推移。老僧已逐猿归早，古柏空余月度迟。鼹鼠窥人苍藓跃，鲦鱼避钓碧波驰。相看不改旧时色，芳草丛中一古碑。"

这里，水分两支，路也分两支：西北向的一支通仙居；西南向的一支通永嘉。

黄岩溪漫游（下）

圣堂殿散记

过石研岭，就看到了圣堂殿。圣堂殿为什么叫圣堂殿？圣堂殿是五圣爷出圣的地方。南朝梁武帝天监二年（503），敕封柴锦伦、青阿钦等兄弟五人为"永宁昭惠卫国保民五圣显应灵官"，立庙祀之。建庙前夕，附近十里八村的青壮年男子都同时做梦：在新堂村东耀溪山下刺蓬中造庙。知道五圣爷将庙址选中在这里，就立即破土动工，建起了一座威灵显赫的神庙，叫五显灵官庙，俗称圣堂殿。圣堂殿是黄岩县出西门"三大殿"之一。初建于南宋，重建于清初。画栋雕梁，飞檐斗拱。金碧辉煌，石柱缠龙。造像栩栩如生，妙相庄严。柱上有"唐代始成神兄弟五人同俎豆；宋代初锡爵冠裳七命耀溪山""功昭护国樟树滩头骑啸虎，志在安民永宁江畔列神旗"等许多楹联。正草隶篆，龙飞凤舞。前后大门都绘有彩色门神。除正殿外，还有戏台、厢房共好几十间房子。这一珍贵的古建筑群，在"文革"中被弄得面目全非。去年下半年，群众自发集资修建，古庙焕发了青春。

圣堂殿还是本县革命圣地。1948年4月7日，徐寿考、万文达率领的浙南游击队与邵明、王槐秋率领的浙东游击队在这里胜利会师。使浙东、浙南两个游击根据地连成一片，加速了浙东南的革命进程。4月8日晚上，浙南游击队在圣堂殿召开欢迎大会。会上，万文达同志热忱洋溢地致欢迎词，邵明同志慷慨激昂地致答谢词。会后，两支游击队的指战员们表演了《兄妹开荒》《王大娘补缸》和拳术等精彩节目。圣堂殿的历史上又写上了光辉的一页。现在圣堂殿的隔壁是圣堂乡卫生院，不知几时，"药王菩萨"与五显灵官竟成了芳邻。

圣堂殿后山峭壁凌云，石峰峥嵘。崇山峻岭，古木参天。其中有珍稀植物——木莲树多株；庙前绿水长流，清可见底；庙右有大片竹林。修篁千竿，凤尾森森；隔岸与南峰公王所墓相对。过去圣堂殿中还供奉着南峰公夫妇的塑像呢。传说，南峰山是雌龙，下平冈是雄龙。五圣爷要"显"，南峰公要"发"。双方一拍即合，于是互换了位置。

南峰山脚在改革春风的吹拂下逐渐热闹起来。除了乡政府机关、供销社、土产站、信用社之外，还开设了多家个体经营的小商店。货物充盈，生意兴隆。而过去，这里却是很荒凉的。

"小源"之行

我们从"着棋岩"下来之后，就来到垟头。垟头在解放初是垟头乡政府所在地。垟头风景幽美。原来有垟头八景：狮岩晓日、上垟夕照、巧溪曲涧、山田夜月、前溪新竹、圣堂纳凉、沙园归雁，《洋头徐氏宗谱》上只有七处，还有一处失载。垟头有很多古老的罗汉松（南峰山脚有一棵巨大的罗汉松，可惜在二十世纪七十年代初被人砍掉了），苍翠别致。村头有支流下庙溪汇入。

再往上溯，便到了蒹坑。山清水秀的蒹坑村，历史上文风很盛。曾氏一门，清代接连出过.三个举人。他们是曾载、曾载的儿子曾若济、曾若济的侄子曾子赤。门前竖有旗杆。子赤的学问足以中进士，但因父丧，不能应试。时人曰"命也"。曾载父子都做过直隶州的州同（相当于地级市的副市长），曾子赤做过永春州的州同。兼坑风景幽美，有曾若济《兼坑好》（调寄忆江南）为证："干坑好，好趣占三春。元亮宅边花百种，右丞辋口水连潭。鱼鸟乐非凡！干坑好，夏景更清幽。滩声入枕常疑雨，峰影当门早得秋。到此暑威收！干坑好，秋色满深溪。匝溆蓼花风信紧，交柯椶馥露华凄。佳胜甲黄西！干坑好，冬来寒较轻。背树结茅招旭影，绕窗种竹障风声。小隐绝尘惊！"兼坑解放前出产土纸，叫黄膏纸，以嫩毛竹为原料制造的。淡黄白色，很薄。我们小时候用它订成大字簿、小字簿、算术簿等。

过兼坑口，就到了黄泥往。黄泥往有一条大坑，注入兼坑溪。大坑，为什么叫大坑？以前大坑水量很大，是黄岩溪的源头。大坑不仅是水名，也是山名。1958年，在山上开采出大量的磁铁矿石。开矿时炸毁了山上的黄石，但没有毁掉立在旁边的"黄岩山"碑。这块约一人高的石碑直到二十世纪七十年代初还在，后被人砸毁。令人深为惋惜。《万历黄岩县志》云："黄岩山在县西一百二十里，一名仙石山。有路可通郡，今废。按《临海记》，山上有石驿，三面壁立。俗传仙人王方平居焉，号王公客堂。南有石步廊。又云，山顶有黄石，故名。"山林寂静，流水淙淙，粉红色的合欢花开得正盛。我们在此徘徊片刻，在向导的带领下，来到大坑东侧的"黄岩背头"，向导说，下面叫"黄岩背脚"。我们在黄岩背头发现一株柴刀柄粗细的野生猕猴桃，攀附在林木之间，形成一个大棚，挂满了算盘子大小的果实。可惜太小，不能吃。后来，我们又转悠到大坑西侧的抛兰坑，山上有一个仙人洞，是东汉王方平修道成仙的地方。洞内没有灰尘，没有蚊蚋，非常清静洁净。大坑、抛兰坑、黄岩背头都是紧密相连的一座山，这就是黄岩山。

兼坑溪有许多支流，除大坑、抛兰坑等等之外，重要的有三条：

一条发源于木荷冈的石壁坑，一条发源于抱料岭，一条发源于长开路岭。《万历黄岩县志》云，永宁江有大小二源，"小源出黄岩山，东北流"。对照史志，结合实际，黄岩山确实在蒹坑。

长开路岭和抱料岭都是分水岭。岭东的水流黄岩，岭西的水流永嘉。抱料村是本县最西部的一个高山村，与永嘉县的金竹溪村交界，过去是十分穷困的地方。现在已从贫困型进入温饱型。村里自建水电站，有一所小学，还有商店和加工厂。抱料村竹木资源丰富，村民建了许多新房子。

从圣堂到大寺基

考察了永宁江的"小源"之后，我们回到圣堂继续沿溪上溯，经"四亩田"便到了坑口。坑口村有一个流银洞。传说很久很久以前，这个流银洞一日一夜能流得一根银冬瓜。后来新娶的媳妇人心不足，嫌银冬瓜欠大，把洞挖了又挖。结果把这个流银洞挖死了，再也不会流银了。坑口村有"白岩晴雪""长岭清风""仙人吊勾"等名胜古迹。村头有支流栗树坑汇入。再往上溯，便到了堂门头，有支流黄坦溪汇入。堂门头地名的由来，是因为很久以前望海尖有一座很大的堂门（寺院）。堂门的台门头建在这里。堂门头对岸是黄坦口，有深山明珠——黄坦口水电站，还有一个碧蓝碧蓝的人工湖——黄坦口水库。湖光山色，幽美极了。湖中还养了许多鱼。二十世纪六十年代，湖边建了好几座房子，对外叫"山区林场"，实际上是台州地区好几个县的档案馆。"文革"之后，档案搬走，改为校舍。不久前，小学也搬了出去。这里是避暑的好地方。黄坦口溪中有一小块陆地——樟树滩。传说五圣爷成神前逃到这里。洪水滔天，他害怕极了，紧紧抱住大樟树。洪水把大树冲倒，并再冲到庙下前门，青阿钦呛水咽气——被柴锦伦等四位义兄接引上天，成了五圣爷。所谓"樟树滩头骑啸虎"的典故就出在这里。黄坦口里面是黄坦。村里梯田层层，是圣堂乡水田最多的一个村。村后是高高的望海岗。望海岗是一道分水岭，也是一条分界线。岗北就是仙居县大邵村。望海尖上有龙潭，还有航空标。在晴朗的日子里目力好的人站在望海尖上，据说能看到东海。传说东晋诗人谢灵运赴任永嘉太守时曾路过这里，小憩时遥望东海，写下了《登永宁江源头望海》一诗。

过堂门头便到了下余。下余村原名"夏余"。传说唐朝时这里只有两户人家，一户姓夏，一户姓余，是清代宁溪名医夏云款的故乡。传说青阿钦逃难经过这里给起了个村名叫"夏余"。后来由于谐音变成了"下余"。

下余也和黄岩溪两岸的其他村子一样，十年改革，经济有了较大的发展。山林田地承包到户之后，农民获得了自由和生产自主权，很快地勤劳致富，摆脱了贫穷，过上了温饱的日子。有的人家不仅造了新房子，还添了电视机和摩托车。

过了"沉半洋"就到了大溪。有支流恩坑注入。恩坑上游有一道80米高的瀑布。沿溪上溯，便是粗坑坦，附近有发源于白峰尖的支流——龙潭坑汇入。再往前，金鸡峰（当地人叫鸡冠岩）挡住去路。峰回路转，过了岩门便到了本县最偏西的一个山村——大溪坑。两岸高山吐翠，一溪潺潺泻玉。坑中巨石累累，有的岩面平坦，有好几张桌面宽，是天然晒台。二十世纪七十年代中期至八十年代初，我在这里任教时，这些晒台岩上晒满了萌菜和山子芫——村民们充饥用的。改革春风暖冷峇，深山旧貌换新颜。现在一排排的新房依山而建。小伙子们西装革履，姑娘们花枝招展。人人喜气洋洋。村里不仅有水电站，还有小学和小商店。空气新鲜，水质甘洌，没有一点噪音。山上树木茂盛，植被完好。奇峰怪石，镜潭帘瀑，随处可见。环境宁静而幽美。大溪坑有白岩冈、前门山、廖家三个自然村，三足鼎立。大溪坑上面是下平坑，下平坑上面是上平坑。上平坑上面是大寺基。越往上走，山势越高，坑水越细，天空越窄。

大寺基览胜

我们登上了大寺基。大寺基属于括苍山脉，是浙闽古陆的组成部分。大寺基是一个山结（俗称山娘），附近的各条山脉都从这里发生，向四面八方延伸。主峰高1295.1米，是全县的制高点。大寺基地跨永嘉、黄岩、仙居三县，是对空监视和反空降的战略要地。这里曾捉住过美蒋的武装特务。

澄江的源头在苍山冈南面的苗寮垭，附近有龙缠岩。一股清泉从山肚里汩汩地冒出来，犹如从一把大茶壶里斟出来似的。站在江源，向北面的山下看，能看到人家，是仙居县的苗寮村。放眼四望，群山连绵如波涛起伏。山风呼呼，夏天非常凉爽，夜里要盖棉被。在大寺基看日出是一种很有趣的事情。晨光熹微，往下一看，一片深蓝，山谷如深海，人畜若游鱼，树木似海草。眨眼之间，万丈霞光从山后冒出来。说时迟，那时快，一轮红日跃上山冈，金光耀眼。这时如果大雾弥漫，太阳就像巨大的蛋黄，一点儿也不刺眼，你可以盯住它看个够。

解放前，这里猴子成群，虎豹出没，荒无人烟。1958年正月，全县中学生响应党中央"绿化荒山"的号召，自带粮食、棉被，冒着风雪严寒来到大寺基、开田一带种树，唤醒了沉睡的荒山。当年播下的种子现在已经长成了高大的树木。放眼望去，郁郁苍苍，林涛滚滚。

六十年代初，县里办起了大寺基林场，总场在开田，有老冈基、大寺基、双场等三个分场。除营林、护林外，还开辟了大量茶园，大力发展绿茶产业。云生岩穴，高山多雾，特别是雨后初晴，青山如洗，云雾填满山谷，远望如一片云海。云涛起伏间，峰峦成岛屿。由于云雾多，这里的茶叶质量特别好。在林场职工的努力下，荒山成了绿色金库。

"会当凌绝顶，一览众山小。"站在大寺基看全县，只见到处欣欣向荣，生机勃勃。

大寺基为什么叫大寺基？一位老人告诉我，很久很久以前，这里叫西尘山，山中有一座规模宏大的万福寺。寺里僧人众多，香火很盛，住持是一位得道高僧。这里地势高平，寺院四周都是良田，寺前是宽阔的晒场。

一年夏天，寒坑龙的兄弟——小坑乡斗门龙潭的小黄龙到万福寺听老和尚讲经说法。他每次来，都带来一阵小雨，把晒场上的谷子淋湿，和尚们非常恼火，可是天要下雨，又没有办法。老和尚掐指一算，知道这雨是小黄龙带来的，眉头一皱，心中有了主意。一天，乘小黄龙睡着时，脱下袈裟向他卷去。睡梦中，小黄龙见大山压顶，慌忙一闪身逃了开去。但也被削落了许多鳞甲，皮开肉绽，鲜血淋漓。小黄龙负痛逃往东海，潜心修炼。三年之后，他化成游方僧人云游到万福寺做了火工和尚。烧了好几年火，小黄龙从来没有洗过浴。方丈嫌他邋遢，一定要他洗洗清爽。否则，将他赶出山门。他说："不是我不想洗，而是没有浴桶，怎么办？"方丈说："浴桶有。""普通浴桶不行。""什么桶？""大号豆腐桶。""有。""一个不行。""要多少？""七七四十九个。""也有。""我洗浴时，房间的所有门窗都要蒙上黑布，不准偷看。""可以。"方丈一一答应，并叫小和尚给49个大桶注满清水。小和尚感到好奇，后来扑在板壁缝中偷看，只见一条小黄龙在49个浴桶上戏水，连忙去打鼓撞钟，小黄龙乘兴腾空而去，尾巴扇在石上，至今犹有龙鳞印痕。当时雷电交加，大雨倾盆，山洪暴发，把整座寺院冲得干干净净。全寺僧众无一幸免。等到雨过天晴，这里只剩下一片屋基。这就是大寺基的来历。老人讲完了，我们听得出了神。

　　雾浓了，我们好比神话里腾云驾雾的神仙。"细雨湿衣看不见，闲花落地听无声。"我们冒雨下山，一会儿，阳光又从云雾中射出来。雨后青山，格外好看。后会有期，大寺基！希望在重见你的时候，你将呈现出新的容颜。祝愿你跟上祖国"四化"的步伐！

诗
歌

题黄岩石

无才补天坠溪滩，山谷幽深谁识颜。

自从武氏开金口，人人争来看黄岩。

注：

1. 黄岩石：在黄岩区上郑乡黄岩潭中。据清王棻《光绪黄岩县志》、民国朱文劭《黄岩新志》和1984年黄岩县地名志办公室编的《黄岩县地名志》等志书记载，是黄岩县县名的标志。

2.武氏：武则天。武周天授元年（690），改永宁县为黄岩县。

金潭晚钓

潭底晚霞别样红，水面风来碧漪重。

钓竿提处鲑鱼趵，笑死世上钓誉翁。

春溪夜景

春溪花月夜沉沉，溪中火把耀眼明。

红男绿女照虾忙，畚箕汲得满天星。

咏黄岩石

岩能名县古今罕，东南灵气钟黄岩。

仙人指甲掐奇文，留与后人仔细看。

题狮子峰

永镇西山显奇雄，突兀峥嵘耸碧空。

当年鏖战火力猛，碧血浇灌杜鹃红。

檫树花

不嫌深山土瘠贫，耸干凌霄满树金。

只因争报春消息，惹得梅花妒几分。

桃花二首

（一）

三冬蓄劲傲春寒，满树朝霞碧血染。

但使韶光更夺目，敢同风雨斗年年。

（二）

丽质自应擢芳菲，不为风流结果肥。

花落怎肯随流水，拼将心瓣化春泥。

题狮子山

神狮奔来蹲水湄，吓得老虎跳过溪。

豺狼狐豹俱慑服，长林大泽草萋萋。

万丈坑头瀑布

万丈坑头万丈高，玉龙飞下九重霄。

溉得嘉禾万顷绿，不去东海掀波涛。

栅门头瀑布

遥闻深谷响雷霆，及见才知飞瀑鸣。

岩门重重关不住，奔向三江壮涛声。

尖山远眺

登上尖山我最高，伸手便可上摩霄。

极目云天万里外，顿见东海浪滔滔。

山居三首

（一）

挣断名利缰，来归水云乡。

门前潭涨碧，屋后花绽香。

（二）

窗含树万棵，室贮书千箱。

松涛和诗韵，鸟歌送斜阳。

（三）

耕云并钓月，挥毫又弹筝。

终日喜洋洋，与世永无争。

题响岩陈氏读书处

响岩琅琅读书声，夜以继日振山林。

竹韵长伴廿四史，鸟语常和十三经。

诗书继世绵瓜瓞，耕读传家育群英。

深秋揽胜谒前贤，犹闻禹公教诲殷。

注：

1. 响岩寺：在黄岩区上郑乡上郑村北，高约800米的山上。又名胡公大帝庙，祀宋代兵部侍郎胡则为正神。山上风光秀丽。

2. 陈氏读书处：上郑村陈氏六世禹钦公于光绪二十二年中举后，带领子侄辈陈荣楫、陈苍正等多人在寺中发愤苦读，后均成名成家。

悼邓公

神州不幸殒巨星，天愁地惨人伤心。

江河呜咽悲欲绝，山岳默哀泣无声。

惊涛骇浪改航向，脱贫致富泽万民。

誓将悲痛化力量，精雕细刻琢玉勤。

颂香港回归

太平山上绣旗红，紫荆怒放香正浓。

璧归邯郸普天乐，珠还合浦万代功。

英伦垂暮难挂日，华夏腾飞上九重。

欢呼两制开新宇，十亿神州唱大风。

山村有了水轮泵（新民歌）

自古溪水上流下，如今溪水下流上。

不是东海龙王显，只因有了水轮泵。

自从有了水轮泵，不怕旱魔再疯狂。

天上无云水满畈，梯田层层闪金光。

（原载《浙江日报·钱塘江》1964年9月）

山村不冒烟（新民歌）

过去山村不冒烟，水旱瘟疫接连连。

离乡背井逃荒去，哪有青烟上九天？

如今山村不冒烟，腰头鼓凸笑颜开，

家家新添煤气灶，哪有炊烟透上天？

（原载《山海经》1991年5期）

喜看台州通火车

缩地长龙呼啸来，长房此日意颓然。

相形见绌感愧深，重新修道学今贤。

注：

长房：姓费，汉时方士，后修道成仙，以缩地术著称。

登白云阁

白云阁上白云流，椒江美景不胜收。

长虹卧波连南北，大笔凌云写春秋。

琼楼正补青山缺，莺歌相伴满街舞。

层楼更上品瑰宝，登临览胜乐悠悠。

注：

1.长虹：指椒江大桥。2.大笔：指太和山塔。

又登白云阁

昨梦云山赏瑰宝，今朝揽胜乐陶陶。

戚庙扬威靖海疆，翠华南渡幸金鳌。

铁马追风上高速，玉楼拔节出云涛。

江城容颜日日新，海门大开涌春潮。

注：

1. 戚庙：戚继光纪念馆，借指戚继光。

2. 翠华：皇帝仪仗中一种用翠鸟羽毛作装饰的旗，这里借指宋高宗。

3. 铁马：喻汽车。追风，形容速度很快。典出曹植《七启》："驾超野之驷，乘追风之舆。"李善注："超野、追风，言疾也。"

4. 拔节：喻在建的高楼一层一层向上长高，很像稻麦拔节。

六十自寿

家住天台雁荡间，碧水青山处处湾。

滋兰树蕙丹心永，鄙暴讽贪正气酣。

易耨苦吟勤耕读，铸今熔古勇登攀。

花甲初度逢盛世，愿效鲁阳日返三。

注：

鲁阳：春秋时楚之县公，即鲁阳文子，楚平王孙司马子期之子。楚僭号称王，其守县大夫皆称公，故又称鲁阳公。传说鲁阳公与韩构难（打仗），战酣，日暮，援戈而挥之，日为之返三舍。

七十抒怀

常忖自己年尚小，不觉头白到古稀。

童心未泯不服老，壮志难酬缘数奇。

自信挥毫能挂日，不信晚霞逊晨曦。

老骥伏枥慢嚼草，尚思为国再奋蹄。

八十初度

风雨兼程八十秋，晚逢盛世乐事多。

儿孙膝绕东海福，亲朋觞举南山寿。

历经运动炼硬骨，且喜温饱已无忧。

悠游林下忙著述，嘉惠后学九书留。

老郑从来不服老，满头白发犹挥戈。

注：

1.九书：指退休后出版的九本书：《宁溪历代山水诗选注》《荣兴老本》《台州市区西部历代诗词校注》《台州市区历代诗词选注》《天有多大》《脚气集点校注释》《东山诗选校注》《天台集点校》《戚继光诗歌校注》。

2.挥戈：挥戈返日。

大陈渔场二首

（一）

大陈渔场早驰名，大小黄鱼耀金鳞。

如今举箸忆当年，可怜渔汛入汗青。

（二）

昔人圈地我圈海，耕海牧渔亦壮哉。

责成龙女勤看管，渔场中兴看今天。

新居吟

1984年秋乔迁新居志喜

庭前桃柳千秋画，屋后泉潭万古琴。

室中更有数架书，黄昏捧读到天明。

黄岩溪上是我家

黄岩溪上是我家，门前绿水浸黄沙。

北山排闼送青来，屋后连云柴爿花。

（1985年春于黄山头新居）

游长潭水库

兰桨划破水中天，画舫青山顶上开。

船上看山如走马，万马奔腾扑面来。

恩坑瀑布

恩坑飞瀑天半落，瀑中龙吟震山谷。

珠滚玉泻霜雪喷，洗净官心不贪墨。

注：

贪墨：贪财好贿。典出《左传·昭公十四年》："贪以败官为墨。"
《注》："墨，不洁之称。"唐元稹《叙奏》："今潘孟阳代（严）砺为节
度使，贪墨过砺。"

过长潭吊六四沉船诸生

乐极生悲泣鬼神，春日游湖赴青溟。

龙宫攻读龙女伴，夜半犹闻弦诵声。

注：

弦诵：弦歌和诵读。

良宵过某公园

火树银花不夜城，轻歌曼舞颂升平。

借问爱民乔太守，还有多少未脱贫？

颂戚继光将军

校注《戚继光诗歌》有感

飙发电举扫倭夷，九战九捷威名扬。

丰功伟绩铸东南，凯歌百代镇海疆。

桂花雨

深秋，看庭院金桂落英缤纷，感赋。

桂花雨，落地听无声。

吐尽芬芳归泥土，看我来秋满树金。

不怕碾作尘。

游天台山国清寺

久仰名山不虚传，国清讲寺中外夸。

双涧回澜桥屈曲，一行坟头树参差。

晋墨恣奇辉古壁，隋梅高标发奇葩。

老僧不应天门去，教我无缘听法华。

颂黄岩山

山顶黄石金灿灿，屹立千古耀人寰。

当年武后开金口，永宁县名改黄岩。

注：

1.黄岩山在黄岩区上郑乡干坑村黄泥往自然村，俗称"黄岩背头"。

2.黄岩县原名永宁县（唐高宗上元二年（675），析临海县南置）。武后天授元年（690）因县西有黄岩山改名。

独秀峰

一峰独秀非等闲，刺破青天锷未残。

不与众山同一色，敢从平地凌霄汉。

注：

独秀峰为黄岩山景点之一，到干坑口，远远就能看到。一峰独秀，颇为奇特。我就命名它为"独秀峰"。

仙人洞

方平潜修大道成，空留石室在人间。

借与女神行大道，斩妖除魔保平安。

注：

1.仙人洞为黄岩山景点之一，原名王方平石室（当地人叫"切口洞"）。汉桓帝时，中散大夫王方平因不满官场黑暗，弃官学道。先在嵩山修炼，后因中原杀气太重，南下至黄岩山修成大道，飞升上天。玉皇大帝封他为"西极真人"。

2.宋高宗南渡，杨家将故事和杨府大神的传说随之南下。闲置了千余年的王方平石室有了新的主人——杨府大神。当地人称大神威灵显赫，为一方之保障。

漫游布袋山

壬辰年四月廿三，随椒江作协采风团赴黄岩屿头布袋山采风有感

偷得浮生半日闲，结伴漫游布袋山。

空灵堪称小雁荡，清幽不让天台山。

隆中谒武侯祠

千里迢迢赴隆中，恭肃虔诚拜卧龙。

两表一对垂万古，六出七擒建奇功。

巧借东风烧赤壁，智取西川拾汉中。

久仰先生多神算，知否刘王访太空？

（2014.10.11于湖北襄阳古隆中）

注：

1.两表一对：前后出师表和隆中对。

2.刘王：我国女宇航员刘洋、王亚平。

哭卢秀灿先生

天帝召请赋玉楼，一代宗师返太清。

台岳默哀悼贤哲，椒江呜咽送英灵。

呕心沥血办台报，治学为人树仪型。

音容笑貌长在侧，耳畔犹闻教诲殷。

（卢秀灿先生于2020年2月8日（元宵节）仙逝，享年88岁。生前曾任黄岩报总编辑，后升任台州日报总编辑。他把毕生精力全部献给了党的新闻事业，培养了一大批党报通讯员和业余作者，他们中许多人后来都成为记者、编辑、作家和诗人。对于他的去世，我们深表哀悼，特作小诗以志纪念。2020年2月15日于康平。）

纪念抗战胜利七十周年

抗战胜利史无前，弹指一挥七十年。

三光暴行犹如昨，家仇国恨铭心田。

众志成城驱虎豹，豪情万丈歼豺狳。

今日重温旧战史，唯恐妖雾又重来。

注：

1.三光：杀光、抢光、烧光。2.狳：古代的一种恶兽。

无 题

嫣然一笑意已通，灵犀一点不言中。

为君嘉誉芳名计，雷池一步千钧重。

使君年轻德兼才，野老无能碌且庸。

唯将高情藏肺腑，倩影暖我过三冬。

新山歌四首

（一）

哥是高高一座山，妹是白云绕山飞。

不愿乘风上天去，但愿怀里相偎依。

（二）

哥是高山一棵树，妹是树旁一条藤。

藤绕树来树缠藤，阿哥凌霄妹紧跟。

（三）

哥是高山一株竹，妹是黄莺枝上停。

不怕风吹和雨打，竹韵莺歌永和鸣。

（四）

哥是长长一道岭，妹是小溪绕山坡。

便是流到大海去，也化彩云来寻哥。

童谣两首

小拐棒

小拐棒，小拐棒，爷爷扶着去逛逛。

东逛逛，西逛逛，爷爷夸我如意棒。

布娃娃

布娃娃，布娃娃，我一见就笑哈哈。

抱她坐在大腿上，逗她笑开牡丹花。

注：

这两首童谣均获上虞市2013年全国童谣征文大赛一等奖。

童话寓言

黄牛与豺狗

黄牛耕完了田，放下牛轭，拖着溅满泥水的身子，到山上去吃青草。一只豺狗看见了，笑眯眯地走过来，讨好地说："您好！牛大哥，春耕辛苦了。"黄牛抬起头来一看，不禁一震。他暗暗警告自己：豺狗这家伙可不是什么好东西，鬼得很。千万别上了他的当。便点了点头说道："还好。"

豺狗假装关心地说："哎哟，肩头都磨破了，疼吗？"随后，鬼头鬼脑地转到黄牛的身后，悄悄地抬起前身，踮起后脚，伸出锋利的舌头，在牛屁股上轻轻地舔了一下。黄牛感到痒酥酥的非常舒服。

突然，他想起了那次豺狗吃野猪的情景：野猪穿林过冈，往前赶路。豺狗紧紧地跟在后面，不一会儿就追上了野猪，用舌头轻轻地舔他的屁股。野猪觉得挺舒服，渐渐地放慢了脚步，豺狗又舔了几下，野猪感到痒酥酥的浑身舒畅，几乎迈不开步了。豺狗胆子越来越大，继续舔下去，野猪干脆趴在地上，痴痴迷迷地闭上了眼睛。突然，豺狗张大嘴巴，一口将野猪的肠子扯出来，野猪痛得满地打滚，可是迟了。豺狗扯断了野猪的肠子，又一口咬断了野猪的喉管，撕开了野猪的肚皮，吃掉了野猪的心肝肺……黄牛想到这里，不禁打了一个寒噤。立即转身，将屁股紧紧地抵在峭壁上。豺狗只好在旁边转来转去，寻找机会。

黄牛亲热地说："豺狗，你到前面来，先将我脸上的泥浆舔干净，再舔我的屁股，好吗？"说完，将嘴巴拱在地上，装出疲惫不堪，有气无力的样子。豺狗不知是计，兴冲冲地跑到前面，去舔黄牛脸上的泥浆。黄牛乘机猛一抬头，将又尖又长的牛角刺进了豺狗的肚子，又用力一甩，豺狗被挑到了半空。只听得一声惨叫，豺狗从空中摔下来，跌落在悬崖上，又一弹，掉进了崖下的深潭里。豺狗在潭中拼命挣扎。

黄牛哈哈大笑，说道："豺狗，我可没有忘记野猪的教训啊！"

（原载上海《故事大王》1987年12期，入选《当代中国寓言大系》（1949－1988），辽宁少年儿童出版社1989年版。）

猴子吃蛤蜊

一群猴子从内地转到海边高山上的森林里。

一天，潮水退了。一只小猴子在海滩上捡来了许多蛤蜊。可是，他不知道这蛤蜊怎么吃法。于是，他带着蛤蜊去向博学多才的"内行三叔公"老猴子请教。

老猴子也从来没有吃过蛤蜊。可是，如果实说自己不懂得蛤蜊的吃法，那还算什么"博学多才的内行三叔公"呢？这老脸还往哪儿搁呢？今后谁还会尊敬自己呢？于是，他正了正老花眼镜，拣了个大蛤蜊翻来覆去地端详，然后搔了搔后脑勺儿，一本正经地对小猴子说："蛤蜊和黄鱼一样，都是营养丰富味道鲜美的海鲜。"小猴子点点头说："对！""它们都有肚肠。"小猴子点点头说："对咯！""肚肠不能吃，必须挖掉！""有道理！"小猴子点点头说。"吃东西必须讲究卫生。因此，还要将它洗洗清爽。""完全正确。"小猴子点点头说。"还要煮熟。""高见！"小猴子心悦诚服地说。他想，"内行三叔公"确实内行，无论什么事，都能讲出一套道理来。

"内行三叔公"老猴子热忱地帮助小猴子撬开蛤蜊，把蛤蜊肉当作肚肠全部挖掉。把蛤蜊壳放在清清的山泉水中洗得干干净净。煮了三天三夜，煮不烂。他们就只好硬咬，一个个都咬嘣了牙齿。小猴子忍住痛，虚心地问"内行三叔公"："阿公，蛤蜊还有没有别的吃法？""蛤蜊从来都是这么吃的！"老猴子瞪了小猴子一眼，非常严肃地说。

　　看来，猴子们如果不抛弃"内行三叔公"吃蛤蜊必须挖掉肚肠的原则，他们是永远吃不到蛤蜊的。

　　　　（原载北京《文学故事报》1994年44期，入选《（2009—2011

　　　年）浙江儿童文学作品精选》浙江少年儿童出版社2012年11

　　　　　　　　　　　　　　　　　　　　　　　　月版）

瓶子里的沙蜂

窗台上，一只小口大腹的玻璃瓶底部残存着一些饴糖。一小群沙蜂闻到了糖的香甜味，便一头扎进瓶子狼吞虎咽地大吃起来。

一阵风吹来，竖着的瓶子被吹倒后滚到了地板上。瓶子里的沙蜂以为发生了地震，顿时乱作一团。瓶子不断地滚动着，大家都被搞得晕头转向。此时，寻找出口成了大家的共同愿望。瓶子终于停稳了，一半在亮处，一半在暗处。这群沙蜂中一个带长字的小头目说："有亮光的地方，肯定是出口。"他指了指瓶底那头，接着说："只要你们紧紧地跟着我，我一定会把你们统通带出去。"一只小沙蜂说道："那不一定吧，我以为有风的那一头才是出口呢。刚才一丝风从那头吹过来，出口肯定在那边。"他一边说，一边指了指瓶口那头。"你休得胡说八道！有光亮的地方才是出口。头儿说的绝对不会错！难道你比头儿还高明！"沙蜂们异口同声地说。小沙蜂沉默不言。"我们走！"带长字的小头目率先向瓶子的底部飞去。一道无形的大墙挡住了去路。"光明在向我们招手呢，"带长字的小头目回过头来对紧跟在他后面的沙蜂们说，"大家先向后退，然后用力向前冲！冲过去就是胜利。"大家坚决执行他的正确指示，先向后退，然后竭尽全力向瓶底撞去，结果一个个都被碰得头破血流。

那只小沙蜂向有风的地方爬去，虽然这风很轻很轻，但他还是感觉到了。凭着这一感觉，他成功地找到了出口。他回过头来兴高采烈地说：“朋友们，出口真的在这儿呢……”可是，瓶子里的沙蜂早已呜呼哀哉了。

（原载《中国古今寓言》人民文学出版社2022年1月出版）

粉笔和黑板揩

一天，粉笔对黑板揩大发雷霆：“你妒贤嫉能，多次毁坏我心血凝成的创作成果。你把我写的诗，画的花，揩得无影无踪。你安的什么心？我再也不愿与你交朋友了，但愿永远见不到你！”说着，手一甩，气恼恼地走了。

黑板揩追上去拦住她，耐心地说：“朋友，别发火！旧的不去，新的不来。一个人要永远不满足于已经取得的成绩，才会有更大的成就。一个人要永远不满足于现状，才会有不断追求进步和变革现实的决心和勇气。你想，我不把你昨天的东西揩掉，你今天还写不写？画不画？怎么写？怎么画？我是为你创造前进的条件啊。你看，为了你，我的头发都不断地脱落了，快变成光头了。”粉笔仔细一想，觉得黑板揩确实言之有理，便立即返回身来，紧紧地拥抱住他，激动地说：“好朋友，我们永远不分离。”

天有多大

被人嘲笑了千百年的井底之蛙带着"天有多大"的问题跳出古井搞调研。

他穿过田野和竹林来到村子里，他问村长："村长先生，您说天有多大？"村长想，横山村是我村长的天下。村有多大，天有多大。便答道："天有我们村那么大。"

青蛙到乡里去问乡长："天有多大？"乡长想，青山乡是老子的天下，乡有多大，天就有多大。他对青蛙说："天有我们乡那么大。"

青蛙跑到县里去问县长："天有多大？"县长想："黄石县是老子的天下，县有多大，天就有多大。他严肃地对青蛙说："天嘛，就跟我们县一样大。"

青蛙还对厂长、站长、馆长、总经理、董事长、科长、局长、厅长、州长、市长、部长等很多人作过调查，都说天只有他们势力范围那么大。青蛙最后跑到京城问国王："陛下，您说天有多大？"国王想："这还用问？普天之下，莫非王土。天下是寡人的。国有多大，天有多大。"他捋了捋山羊胡子，笑着对青蛙说道："天嘛，当然有我们国家那么大。"

青蛙花了三年时间，跑了很多地方，调查过很多人，最后跳回井里。他在《调查报告》中写道："人们都生活在各自的井里，都是跟我们一样的井底之蛙。他们之所以敢于嘲笑我们坐井观天，是由于他们缺乏自知之明，压根儿不知道自己也生活在井里的缘故。井底之蛙，并非只有蛙类才有。"

（原载《中国当代哲理寓言精品》福建少年儿童出版社2017年

3月出版）

瀑布和悬崖

　　轻盈美丽、风流潇洒的瀑布决心要跟悬崖分手，远走高飞，追求幸福。她想，我那么漂亮，怎么可以老是跟这个黑不溜秋的丑鬼待在一起？悬崖再三挽留，非常恳切地说："我们俩是天生的一对。没有我的黑，哪有你的白？没有我的岿然不动，哪有你的轻盈潇洒？我日日夜夜，一声不吭，为你作铺垫，作陪衬，作人梯。你整天唱啊，跳啊，乐啊，你是借着我的伟岸的身躯，才成了人人羡慕的瀑布。你不要忘记你的本来面目。说句老实话，没有瀑布的悬崖，照样是悬崖，没有悬崖的瀑布，就不成其为瀑布，只有死路一条。""胡说！你之所以这么说，无非是想抓住我不放罢了。其实，我对你早就毫无感情，毫不留恋。"说着，一纵身，气冲冲离开了悬崖。可是，被风一吹，被太阳一晒，她就变成了一道水汽，随即烟消云散，无影无踪。

青蛙老师与狼校长（外一篇）

一天，大青山植物病虫害防治学校举行捕虫大奖赛。全校400多名师生参赛。青蛙老师大显身手，捕虫300多条，一举夺魁，获得"捕虫能手"的光荣称号。教务副校长猫头鹰先生代表学校奖给他一块金牌。狼校长从黑森林地区开会回来，伶牙俐齿的八哥老师立即向他汇报这次竞赛的具体情况。狼校长听说"能手"竟评给丑陋不堪的癞蛤蟆的兄弟——青蛙，心中非常恼火。他对八哥说："你去吧，本校长自有道理。"

第二天，狼校长笑眯眯地对青蛙老师说："听说你刷新了我们学校的捕虫纪录，我很高兴……"狼校长卖了个关子，故意不说下去。他只等青蛙顺势送一份"人情"过来。可是，只知道捕虫的青蛙老师，只是讷讷地说道："这是我应该做的。"

狼校长听了满肚子不高兴。可脸上仍旧笑眯眯地，说道："由于工作需要，组织上决定调你到果园去捕虫。至于稻田嘛，本校长另有安排。"青蛙不好说什么，只好服从领导。

青蛙到果园一看，虫害确实严重。桃、杏、李、梨、枇杷、樱桃……叶子有的黄了，有的卷了起来，有的落了，有的只剩下几条叶脉。青蛙一看到害虫，便气红了眼，立即跳起来，扑过去。可是，果树很高，它还没跳到分枝处的一半，就跌了下来。再跳再跌，再跌再跳……跌得遍体鳞伤，只好坐下来休息。

狼校长到果园检查工作。看到青蛙坐在地上不去捕虫，顿时火冒三丈。声色俱厉地训斥道："你这个捕虫能手怎么搞的？老半天了，你究竟捕到多少虫？别以为评上了"能手"，就目中无人，尾巴翘到天上去了！"

青蛙老师欲哭无泪

这时，一只石蟹从山坑爬进果园。青蛙老师指着石蟹对狼校长说："常将冷眼观螃蟹，看你横行到几时！善恶到头总有报，无非是早或是迟。"

狼校长听了勃然大怒，张开大口就要吃青蛙。青蛙老师转身就跑，狼校长嗷嗷叫着紧追不放。"扑通"一声，青蛙跳下果园边的深潭，游至潭中央，爬上露出水面的石头上坐着。狼校长追至潭边，纵身一跃，向青蛙老师扑去。谁知力不从心，距离青蛙三四尺，就"扑通"一声，跌入潭中，

狼校长在潭中挣扎着大呼"救命——"青蛙老师笑眯眯地说道："天作孽，犹可活；自作孽，不可活也。"狼校长几经沉浮，终于四脚朝天。成了潭中石蛙（棘胸蛙）们的美餐。

（原载《天有多大》中国戏剧出版社2013年6月版）

公鸡的嗓子

"一唱雄鸡天下白"。公鸡一声长鸣，唤来了黎明，唤来了朝霞，唤出了旭日，新的一天开始了。打鸣是多么有意义的事啊。大青山动物职业技术学校有一位专教打鸣的公鸡老师。他有一副金嗓子，引吭高歌，声振林木。有人说，他的打鸣是一种艺术。有人说，听他打鸣是一种高雅的精神享受。他教两个班100多个学生，还兼一个班的班主任。"喔——喔——"，大公鸡耐心地教，"喔——喔——"小公鸡们虚心地学……

一天，大公鸡病了。他得了重感冒。嗓子热辣辣地疼，就到森林医院去看猴大夫。猴大夫给他作了检查之后，说："喉头充血。尽量少用嗓子，少打鸣。"对症下药之外，还给他开了一张建议休息三天的病假条。

公鸡老师拿着病假条，嘶哑着嗓子向狼校长请假。狼校长看了病假条一眼，心中想，平时你自命清高硬头颈，从来不将我这个校长放在眼里，四季八节一点意思都没有。不像有些老师逢年过节，对我意思意思。现在却来求我关心你，也没那么容易。平时不烧香，急时抱佛脚，有什么用？便笑眯眯地说："伤风感冒是小毛病，哪个人没有？真正的战士轻伤不下火线。要坚持！"言下之意，不准请假。

公鸡老师一边吃药，一边带病坚持上课。一个星期之后，药吃完了。可是，咽痛不但没有缓解。反而越来越严重了。公鸡老师只好又去看医生。猴大夫一检查，便说："为什么不休息？""校长不准我请假。"猴大夫默默地在病历上写着："声带肥厚、倾斜、两侧破裂……"除了给药之外，又给他开了一张建议休息一星期的病假单。上写："声带有病，应当禁声。否则，很可能会导致麻痹。"

公鸡老师拿着病历和病假单向狼校长请假，他的声音虽然很低，好像说悄悄话似的。但是，他却是费了很大的劲的。狼校长冷冷地瞟了他一眼，嘴角露出一丝不易觉察的冷笑。说道："你请假，打鸣课怎么办？你有困难，谁没有困难？有困难，不要怕！克服困难就是胜利。你应当发扬拼搏精神嘛。"公鸡老师无话可说，只好继续坚持上课。他每打一个鸣，都要使出浑身的劲，还要忍住难忍的疼痛。可是，那些学打鸣的小公鸡们却仍然听不清楚，便纷纷攘攘起来："听不着，听不着！老师，响一点。"公鸡老师急得浑身冒汗，看着渴求知识的学生们，鼓起全身的力气……一堂课下来，公鸡力竭声嘶，汗湿羽衣，骨头好像散了架。

公鸡老师连续七次向狼校长请假，狼校长每次都以冠冕堂皇的理由加以拒绝，不予准假。公鸡老师拼老命坚持近半年，病情不断恶化，他的声带终于麻痹了，哪怕使出吃奶的劲，也发不出一丝声音了，他只好在家休息。

暑假很快地过去，新学期即将开学。狼校长向县教育局打报告，要求将公鸡老师因病退职，将自己在清溪小学代课的妹妹调入本校转为正式教师。报告打印好了，狼校长亲自开车将报告和厚礼送给他当教育局局长的表兄。不料，表兄将县信访局转来的一沓材料掼到他面前，叫他自己看！他不仅被表兄臭骂了一顿，还被免去了校长职务。狼校长垂头丧气地离开县府。当车驶到十八盘时，迎面一辆轿车疾驰而来，狼校长心中发慌，避让时校车侧翻跌下深涧。狼校长受了重伤，住院治疗。

开学那天，公鸡老师奇迹般地回校上课。原来，他在暑假中找到了一张治疗失音的秘方，治好了声带麻痹。他受到了新来的梅花鹿校长和教耕田的牛老师、教奔跑的马老师、教捕虫的青蛙老师和燕子老师、教唱歌的黄莺老师和云雀老师等以及学生们的热烈欢迎。

老 竹

春天，竹林边缘的一株老竹老了。可是，他仍然直挺挺地站着。他的四周长着许多新竹。他们比老竹更高，也更粗壮。

"你已经完成了历史使命，还站着干什么？还不躺下好好休息？"枯竹的邻居——缠绕在松树上的青藤对他诚恳地说，"躺着比站着要舒服得多啊，你这老傻瓜。"枯竹说："我的最后一片叶子虽然也在刚才枯萎了。再也不能利用水和空气来制造养料，哺育孩子了。但我并没有全枯，我的节还是很硬的，我的茎还是活的。我还有余能可以贡献，还有余热可以发挥。"枯竹说完，腰杆挺得更直了。青藤朝地上一望，果然有许多竹笋纷纷破土而出，生机勃勃，壮志凌云。

青藤回顾自己的孩子，先天不足，趴在地上，直不起腰，不禁面有惭色。再看看自己，虽然爬得蛮高，却是依靠别人。"唉——"他长长地叹了一口气。

（原载北京《文学故事报》1994年41期）

石蟹与柞蚕

　　山坑里的一只石蟹爬到岸上，仰起头来看到结满茧子的柞树上，一条柞蚕正在吐出丝来把自己缚住，不禁"哈哈"大笑，说道："作茧自缚，天底下十足的傻瓜！"柞蚕听了头也不抬，只顾自己默默地吐丝作茧。因为工作特殊，他不能分心说话。一说话，丝就断了，茧子的质量就要降低了。柞蚕很快地作成一个厚厚的茧子，他在茧里对呆在树下的石蟹说："究竟谁是傻瓜，时间会作出公正的评判。"柞蚕说完，就合上眼睛睡着了，他实在是太疲劳了。

　　过了几天，石蟹看到人们将柞蚕茧缫成又长、又细、又韧、又白、又富有光泽的丝，用柞蚕丝织成五彩云霞般美丽的绫罗绸缎。柞蚕的心血没有白花，他的辛勤劳动受到了人们的高度评价。石蟹想，吐丝这么受人赞赏，我也来吐丝吧。那丝嘛，不就是口水吐出来之后凝结成的？他找来一个大筐，背在身上到处晃荡。人家问他背着筐子干什么？他回答说："用来盛丝的。""丝呢？""我吐出来。"说着，石蟹将口一开一合吐起口水来。可是，吐出来的却都是泡沫，根本凝不成丝。惹得人们哄堂大笑。石蟹红着脸说："笑什么？今天没吐出来，明天可以再吐嘛。"说着，侧着身子悄悄地溜走了。"明天吐丝""明天吐丝"日复一日，年复一年，石蟹虽背着大筐，却一寸丝都没吐出来。时间久了，大筐陷进了石蟹的背部，成了身体的一部分——蟹筐。直到现在他都不明白，自己的口水与柞蚕的口水究竟有什么本质上的不同，为什么他的口水能凝成丝，而自己的口水却不能。

杞人找水

初夏的一天，杞人渴甚。他找到一口井，井很深，水打不上来。杞人想，乌鸦喝不到瓶子里的水，就衔来许多小石子，投入瓶子里，瓶子里的水满上来了，他就喝到水了。唔，这个法子好！杞人搬来许许多多大大小小的石子，投入水井里。可是，总不见井水水位提高。后来，他把水井填平了，仍不见井水满上来。杞人实在想不通。

杞人继续找水。后来，他找到溪滩上，溪水早已断流。溪滩上坑坑洼洼的，被采沙人挖得千疮百孔。一些大而深的坑窟里还有水，渴得喉咙冒烟的他趴下去，伸长脖子，把头伸进坑窟里，可是仍然喝不着水。他恨死了那些采沙的人。心想，如果你们不把坑挖得那么深，水面竟会那么低吗？等我喝够了水，我就到官府去告你们！他把溪滩上的石头抛到坑窟里，希望坑窟里的水能很快地满上来，让他喝个痛快。但是，事与愿违。杞人费了九牛二虎之力，把有水的坑窟都填满了，就是没有一个坑窟里的水能满上来，让他喝到嘴。杞人多次累得筋疲力尽，却都是劳而无功。杞人不由得破口大骂采沙人损人利己。

后来，他走到附近的柳荫下，向正在牧牛的白胡子老头请教。老头说："你喝不到水，是天旱地下水位降低的缘故，与采沙人无关。要想提高地下水位，靠填石头是不行的。""为什么？"杞人虚心地问。"这是由于井壁和坑窟的壁跟瓶子的壁是不一样的。你千万不要将乌鸦喝水的经验到处生搬硬套啊！"杞人这才恍然大悟，说道："采沙人，我错怪你们了！对不起，请多多原谅。"

屠夫与和尚

夕阳的余晖给群山镀上一层金色。屠夫杀猪回来，经过一道险峻的山岭。走上岭头，看到一个老和尚坐在路边痛哭流涕，泣不成声。

屠夫上前关切地问道："师父，什么事情使你这么伤心呐？""唉，"和尚长长地叹了一口气，说道："师祖说我已经修成正果，叫我从这儿跳下去，便可飞往西天极乐世界。""那你为啥不跳？你快跳啊！""你看，这岭这么高，这涧这么深，我一跳下去就没命了。蚂蚁尚且贪生，我为什么要寻死呢？"屠夫往大路外侧探身一看，果然深不见底。他想，我一生杀了这么多猪、牛、羊，害了这么多生命，今天做一回好人，救他一命。便说道："师父，你不跳，我跳。我代你去死。""阿弥陀佛，救人一命，胜造七级浮屠。我为你超度……"屠夫不等他说完，纵身一跃，跳下了万丈深渊。

一只白鹤从涧底飞上云霄，鹤背上潇洒地坐着的屠夫春风满面。老和尚一看，屠夫放下屠刀，立地成佛，非常后悔把这个千载难逢的机会拱手送给了陌生人。他想，双手沾满鲜血的屠夫会成佛，我这个修行一世的佛门弟子难道不会成佛？想到这里便立即纵身跳了下去，结果摔成了肉饼。

（原载《昆明春城儿童故事报》）

新扫帚与扫帚拄

　　新扫帚一进门，就对倚在门后的扫帚拄说道："你这没用的老东西，还呆在这里干什么？你应当与垃圾一起，到应该去的地方去。"老掉牙的扫帚拄慢条斯理地说："老东西不等于无用的东西。当今世界上没有无用的东西，只有尚未加以利用的东西。""你真的还有用处？"新扫帚感到非常惊讶。"那当然！"扫帚拄非常自豪地说。"我身上还有不少能量，还有余热可以发挥。""一把扫帚拄还有什么能量可言？请问，你的能量从何而来？""我的能量来自天上。""我不信！""我体内贮藏着太阳光能转变而成的化学能。必要的时候，我还能发出光和热。""这年头，吹牛不交税。"新扫帚轻蔑地说。

　　天黑了，伸手不见五指。主人有急事要到外面去，没有手电筒，没有风灯，也没有灯笼和火把，主人急得像热锅上的蚂蚁。这时，扫帚拄自告奋勇："我能行！"主人高兴地擦着火柴。扫帚拄熊熊燃烧，发出耀眼的光辉，为主人照亮了黑夜中前进的道路。

　　新扫帚肃然起敬：燃烧自己，照亮别人。多么好的老前辈啊！

巨轮与码头

乘长风破万里浪。远航归来的巨轮，洋洋得意地对码头说："外面的世界真奇妙。你不出去看看，太可惜了。""坚守岗位是我应尽的职责。"码头平静地回答。

过了几年，巨轮又靠上了这座码头。他兴高采烈地对码头说："我到过五洲四海，观赏过世界七大奇迹，品尝过各种风味小吃……我真是大开眼界，大饱口福！巨轮兴奋得手舞足蹈，嗳，你怎么还呆在这儿？你怎么不动一动？""坚守岗位是我的天职。"码头平静地说。"你这老傻瓜！"巨轮轻蔑地说。"没有我这老傻瓜，你就会像……""像什么？""浮萍！""胡说！""没有我，你就会浪迹天涯，哪有归宿之地？"巨轮哑口无言。"没有我这老傻瓜，你就甭想出港！"码头接着说。"我能劈波斩浪，远渡重洋，还怕出不了港？"巨轮极其自信地反问。"你船上的货，卸不卸？不卸，你能出得了港？岸上的货，你装不装？不装，你能出港？我之所以冒着严寒酷暑长期地呆在这儿，完全是为了你啊，我亲爱的巨轮！""谢谢你，亲爱的码头！"巨轮深受感动地说。

（原载河南《寓言故事》1999年12期）

铁丁治病

铁丁甲得了驼背病，到医院看外科。主治医师小锒头说："拿来。"铁丁甲将病历递给他。小锒头医生又说："拿来。"铁丁甲说："挂号卡夹在病历卡里面。"小锒头医生很不高兴。心想，这点规矩都不懂，还来看病？嘴上却微笑着说："好，好。"说着，便开了一张条子给病人，说："住院，手术治疗。"

病房里，病友们在互相攀比。有的说："我送给狼大夫一只金戒指。"有的说："我送给他一只金手镯。"有的说："我送给他的夫人一条金项链。"有的说："我送给他装有三千元现金的信封。"……铁丁甲问："你们说的狼大夫是谁啊？"邻床病友悄悄告诉他："狼锒谐音，狼大夫就是小锒头医生。"铁丁甲这才想起看病时小锒头医生说的"拿来"。"拿来"原来就是要他拿出红包来的意思。

铁丁甲家中困难送不起礼，整天闷闷不乐。眼看着入院比他迟的人都陆续康复出院，他住院一个月多了，手术总是轮不到他。查房时，铁丁甲问："医生，几时给我开刀？"小锒头医生总是微笑着点点头说："别慌。"

铁丁甲终于躺到了手术台上，小锒头医生医术高明，手术拿捏得很准。"卟啦"一声，将铁丁甲的脊柱骨敲断了三分之二，还有三分之一连着没有断。铁丁甲直是直了，但从此却不能干重活了。

铁丁甲到法院控告小锒头医生，要求医院赔偿损失。小锒头知道后，马上偷偷地塞给民事审判庭庭长扑满先生一个非常鼓凸的大信封。中午，扑满先生拿到家中一数，现金一万。下午，扑满庭长动员铁丁甲撤诉。铁丁甲不同意。戴着大盖帽的扑满庭长大声说："你事实依据不足，本院不予受理！""那你昨天为啥受理？""现在对方反诉你诽谤罪、侵犯名誉罪……叫你撤诉，是为你好。"铁丁甲不听。结果败诉，被判罚款一万。

后来铁丁甲的兄弟铁丁乙也得了驼背病。铁丁乙接受哥哥的教训，东挪西借准备了一个红包，看病时偷偷塞给小锤头医师，说："小意思，请多多关照。"小锤头医生婉言谢绝，说："医生给病人服务是本分。医院最近通过整顿医风医德，作出明文规定：一律不准收红包。""那前年……""我跟那个人同名同姓，他已经被辞退了。"

铁丁乙躺在手术台上，小锤头医生非常耐心、非常仔细地给铁丁乙动手术。他轻轻地敲，慢慢地转；慢慢地转，轻轻地敲……铁丁乙变直了，没有落下一点儿后遗症。

（本文荣获洛阳市2000年全国寓言创作大奖赛一等奖）

芦苇和野漆

深秋，山上野漆树的羽状复叶红得发亮，宛如火焰烧枝，给人以美的享受。游山的人们纷纷围着她转，有的赞叹"霜叶红于二月花"；有的说她比如丹的枫叶更美；有的干脆将她比作亭亭玉立的红裳美女；有的高吟"不似春光，胜似春光"；有的说，要把她请到大城市的公园里去，以便让更多的人能欣赏她的美。野漆叶听了心花怒放，容光焕发。她在心中说，我虽然老矣，却是老当益壮。正所谓"老骥伏枥，志在千里"，现在趁我还没有飘落之前，我要把全部精力集中起来贡献给人类，让生命之花更加灿烂。

与野漆树比邻而居，长在山塘边的芦苇一听野漆树要调离艰苦的山区，到大城市去享福，顿时妒火中烧，她高高地昂起头，说道："你们别看她外貌婀娜多姿，长得妖冶，其实她身上有毒。你们请她去公园，还不如请我去的好。"

"请你去有什么好？"

"我虽比不上她长得漂亮，但我无毒。更何况我在历史上还有过很大的贡献哩。"

"什么贡献？"

"我曾为大舜御过寒啊，难道你们都不知道？"

游人们听了哈哈大笑："亏你说得出口，你滥竽充数，假装会保暖，结果害得大舜差点儿冻死在冰天雪地里。"

　　"人贵有自知之明，你该不该调到城里去，你自己心中有数。"

　　"你还是在这里顾影自怜吧。"

　　在人们你一句，我一句的批评声中，芦苇的脸色更加灰白了。她在风中摇了摇头，显得很不服气。这时，游人中有一位植物成分化学专家，他诚恳地对芦苇说："野漆又叫草漆，植物学上叫小漆，有小毒。但这只是她防身的一种手段，对别人并不构成威胁。只要你不主动地去侵犯她，她是绝不会伤害你的。何况，他的毒素——漆酚——只有在开花时才会引起某些人的皮肤敏感性浮肿，平时一般是不会伤人的。它告诫人们：对野漆只可远观而不可亵玩焉。玫瑰有刺，你不去招惹她，她会刺你吗？老弟，看到人家好起来，千万别眼红。"听了专家的一番话，芦苇羞愧地低下了头。

黄豺拜山

"豺狼虎豹"，豺是山林中最高明的猎手。

春天来了，山上百花争艳。在岩洞中憋了整整一个冬天的黄豺，第一次出门打猎。他很快地抓住了一只肥肥的野兔。他想，这是山神爷对我的恩赐，我要感谢他的恩情。他捧住野兔朝四面八方打躬作揖，然后将野兔放在一块平整的大石头上，跪下去磕了三个头。可是，当他站起来准备吃野兔时，祭台上的野兔却影踪全无。他想，难道一个冬天无人上供，山神爷也饿得慌？这只野兔既然被山神爷吃了，我就再打一只吧。

黄豺很快地又抓住了一只肥肥的野兔供祭山神。可是，当他磕完头站起来准备吃野兔时，放在祭台上的供品又不见了。他想，山神的肚量真大，一连吃得下两只这么肥大的野兔。

黄豺又去打猎，由于他技术高明，很快地又猎获了一只肥肥的野兔。他第三次供祭山神时，多长了一个心眼，想看看山神的模样是怎样的，跟山神庙里的塑像一样不一样？他跪下去只磕了一个头就很快地站起来，只见大石头祭台后面的灌木丛中钻出一只大灰狼，叼住野兔转身欲走，"你好大胆，竟敢偷我供神的祭品？""我不是为了我自己。""你甭狡辩抵赖！""他是为了我们。"这时从灌木丛中钻出小老虎、小豹子、小狐狸、小斑猫、小鬣狗等一大群小动物，要求打猎高手黄豺大叔传授打猎经验。黄豺笑了笑说："我的核心技术是专利，不能公开。科学原理可以公开，核心技术不能泄密。"说完，叼起野兔匆匆而去。

黄豺只怕大灰狼们追来抢他的猎物，跑得很快。不料被山瓜藤绊住跌了一跤，摔下悬崖，摔断了一只脚，到嘴的野兔也被湍急的涧水冲走了。

大灰狼和小老虎、小豹子等小动物们得知这个消息，都跑来慰问他。大灰狼把他背到草地上，小猴子为他采来止血接筋续骨消炎止痛的伤药"猢狲接骨"（斑叶兰），小老虎和小豹子伸出舌头为他清创，小鬣狗为他嚼烂草药，小狐狸给他敷药——黄豺感动得热泪盈眶。伤愈后，黄豺特地为小动物们办了一期"狩猎培训班"，把家传绝学免费传授给大家，带领大家共同致富。

拆鞋适脚

　　《削足适履》里的那位老兄，被人当作笑柄，好长一段时间，心里很不痛快。后来，他想我要接受教训，可不要再闹笑话了。

　　一天，他到鞋店里定做一双布鞋。他觉得，还是布鞋最舒服。

　　可是，无巧不成书。鞋做好后，拿到家里一穿，仍然小了一点。左穿，右穿，无论如何总是穿不进去。是做鞋师傅有意跟他开玩笑，还是干活漫不经心所造成的？只有天晓得。横竖脚后跟差半寸——穿不进！

　　他想，这次我可不能再干"削足"的蠢事了。可是，鞋子穿不进怎么办？左思右想，忽然灵机一动：不能削足，那就拆鞋吧。他拿出一把锥子，将鞋后跟顺着线缝"卟——"一记，"卟——"一记，将线拆掉。他想，这下可没有人再笑话我了吧。

　　可是，当他拖着新鞋一迈出门外，就有人"咭咭咭"地笑。有些人还围拢过来问这问那，真是狗拿耗子——多管闲事。

　　"唉！"他叹了一口气，说："削足不行，拆鞋又不行。做人真难！"

天鹅与癞蛤蟆

一天，捉了许多虫子的癞蛤蟆蹲坐在开满鲜花的芳草地上，抬起头来观赏天上的白云舒卷变幻。春天的太阳照在他的身上，暖烘烘的，浑身舒畅。一只天鹅在天上飞翔。癞蛤蟆看着她那洁白的羽衣，明亮的眼睛，轻盈的体态，曼妙的身姿，心中羡慕极了。轻轻地说："真美，真美。"

天鹅有时从天上飞下来，在芳草地上与癞蛤蟆一起捕虫；在荷塘的花丛中与癞蛤蟆一起游泳。他俩在捕虫和游泳等方面，有着共同的爱好和共同的语言。天鹅对勤劳勇敢忠厚善良的捕虫能手癞蛤蟆接触虽然不多，但很有好感。她知道，他原来是一位英俊的小伙子，由于冒犯了神通广大的巫婆，被她用魔法套上了一件蛤蟆衣，使他的外貌变得非常丑陋。他也知道，她是穿上羽衣的仙女而被人们称为天鹅的。他对她的聪明美丽，特别是高雅的气质情有独钟。只要天鹅在天上飞，地上的癞蛤蟆，总会仰起头来目不转睛地注视着她，天天如此。

精诚所至，金石为开。一天，天鹅飞到开满鲜花的芳草地上，在通往荷塘的路口等他。看到他来了，就主动示爱。她对他笑，笑得非常灿烂，非常真诚，非常热烈，非常甜蜜。虽然没有声音，但一点灵犀尽在不言中，此时无声胜有声。癞蛤蟆受宠若惊，真想一下子跳起来紧紧地拥抱她，热烈地亲吻她，得到她。长期以来，他羡慕她，尊敬她，当然也很喜欢她。他对她心仪已久。但他转念一想，不能！我不能太自私，我不能毁了她。爱是奉献，不是索取。她有美好的声誉，美好的地位，美好的家庭。更何况她的丈夫与我是忘年交，并有恩于我。她是天上的仙女，我是地上的蛤蟆。我没有地位，没有权势，没有财富。我们是生活在两个不同世界里的人。更何况芳草地上眼睛多。不怕一万，只怕万一，人言可畏。感情的火山还是不要爆发的好。我如果给她的声誉，给她的家庭抹上一丝阴影的话，那我岂不成了千古罪人？我身败名裂不足惜，死不足惜，只是我不能害了她啊。我情愿扑在感情的火山口上忍受煎熬，也不能玷污她的清白。愿作护花使，不作采花蜂。癞蛤蟆只好装聋作哑。

天鹅看癞蛤蟆像一只呆头鹅，没有一点情趣，便十分懊恼地飞回到天上去了。地上的癞蛤蟆为她祈祷，祝她幸福。青蛙从草丛中跳出来问道："送到嘴边的天鹅肉为什么不吃？""她丈夫有恩于我。""愚蠢！"林蛙从树上跃下来，说："定力大于魅力。"棘胸蛙从水里跳出来，说："道德战胜诱惑。"

稗草与水稻

秋天来了，田野一片金黄。抢夺了稻田里大量肥料、水分和阳光雨露的稗草昂首天外，睥睨万物，笑傲江湖。"金色的秋天是属于咱们稗草的！我们的根基比水稻深，我们的腰杆比水稻硬，我们的生命力比水稻顽强！台风也奈何不了我们。我们耐瘠、耐旱、耐肥、抗倒伏……可是，人们却看不起我们，歧视、打击我们，丑化我们的光辉形象，诬蔑我们为'败草'，真是岂有此理！有色眼镜害死人啊。你们看，水稻弯着腰，低着头，这是为什么？还不是做了许多见不得人的丑事的结果！做人嘛，一定要光明正大，昂首挺胸。"说着，他又挺了挺胸，把头昂得更高。"我们的籽粒虽然比谷粒小，但我们的淀粉含量和其他营养成分的含量都很高啊！稻草堆虽然很大，钻石虽然很小，但是，哪个价值更大……"

水稻们一声不响，对稗草的瞎吹毫不理会，只是默默地将叶片上的、叶鞘上的、茎秆上的……全身的养料，都集中输送到稻穗上，尽一切力量使谷粒饱满些，再饱满些；使产量高些，再高些；使丰收大些，再大些；对人类的贡献大些，再大些……

稗草的高谈阔论、自吹自擂还没有结束，拿着畚斗的老农民过来了，将它的草籽小心翼翼地、一粒不剩地捋进畚斗里（拿回家里去喂鸡，以免他们明年在稻田里继续为非作歹），然后将他连根拔起，说道："人贵有自知之明，你就是吹破天又有什么用！谁还不了解你稗草！"

天堂鸟的悲哀

一天，巴布亚新几内亚的一只美丽的天堂鸟（又名极乐鸟、太阳鸟、风鸟、雾鸟，属燕雀目极乐鸟科）厌倦了深山老林中的清苦生活。它想，我长得这么漂亮，我不能老是呆在山里艰苦奋斗一辈子。它双翅一展，飞出山林去寻找幸福。

身穿五彩斑斓羽衣的天堂鸟在空中飞啊，飞啊，飞过田野，飞过河流，飞过城镇，地上的人们仰起头来看，仿佛看到一片彩霞在飞，都以为它是一只来自天堂的神鸟。于是，就称她为"天堂鸟"。飞啊，飞啊，天堂鸟飞到了热闹繁华的首都莫尔兹比港。首都的人从来没有见过这样美丽的鸟，纷纷拿来精美的食物招待它。从此，它过上了非常安逸的生活。饱食终日，无所事事，东游西荡。时间一长，它渐渐地忘记了怎样在蓝天白云间振翅翱翔，怎样在狂风暴雨中搏击奋进，怎样用尖喙和利爪战胜敌人，保护自己……渐渐地它发福了，体重增加了好几倍。

后来，天堂鸟对人们的食物挑剔起来，不是嫌欠丰盛，就是嫌口味不好。食物多样化，才能满足健康的需要。于是，它不再吃人们投喂的食物，它从容地迈着高雅的步子，走向京师大酒店附近的垃圾桶。桶里散发出阵阵诱人的香味，桶里盛着吃不完的山珍海味……

天堂鸟的远亲——乌鸦对它发出警告："哇！哇！请不要忘了你是一只鸟，请不要丢了你的基本功……""乌鸦就是多嘴！我懒得理你。"天堂鸟将乌鸦的忠告当耳边风。它天天围绕垃圾桶转，两眼直盯着桶里的残羹剩菜，有时把头伸进去狼吞虎咽，连油污弄脏了华丽的羽衣都不知道，它说："千里做官为条肚，吃得好比什么都重要。"人们就轻蔑地称它为"垃圾鸟"。

　　自以为生活在天堂里的极乐鸟好景不长，一只流浪猫和一只流浪狗几乎同时盯上了它。它长得太肥了，猫和狗都馋得直流口水，不约而同地扑向了它。它想飞，身子太沉，飞不起来；它想跑，身子太胖，跑不动；它想自卫，爪子和喙都不听话。乌鸦看见了，急得"哇哇"大叫，仿佛在说："生于忧患，死于安乐。"天堂鸟这才想起山林里香甜的花蜜、美味的昆虫和甘洌的山泉……可是，为时已晚。流浪狗和流浪猫毫不留情地吃掉了它，地上只剩下许多美丽的羽毛。

螃蟹和牡蛎

　　生活在东海万顷碧波中的螃蟹大虎和牡蛎小玉，原来都是软体动物，是亲兄妹。跟人类社会里忠厚人经常吃亏一样，他俩也经常遭到海洋世界水族中其他动物的欺侮。

　　一天，东海龙王出巡，大虎和小玉兄妹俩一起向龙王哭诉。龙王大发慈悲，赐给每人一套衣料。

　　螃蟹大虎接到衣料后，根据自己的体型和需要，将布料合理剪裁，有的做头盔，有的做胸甲，有的做背甲，就连八只脚也都穿上长筒靴子。说也奇怪，新衣、新帽、新靴子一上身，就都变成了坚硬的铁甲。大虎把自己打扮成威风凛凛的武士。他为了报答龙王的恩情，自选了拿手的兵器——两把巨大无比的铁钳，日夜苦练杀敌报国的本领。早练迎来朝霞，晚练送走夕阳，夜练惊得明月云里藏。夏练三伏，冬练三九，在险风恶浪中锻炼成长，武艺精益求精，炉火纯青。他还把武艺传授给白蟹、青蟹、梭子蟹和蟛蜞、沙蟹和招潮蟹等蟹族兄弟。在一次抵御外族入侵中，大虎大显身手，率领他的螃蟹兵团勇退强敌，为保卫海疆立下了汗马功劳。东海龙王龙心大悦，封他为镇海护国大将军。

　　再说牡蛎小玉接受了龙王赐给他的衣料之后，根据自己的体型和喜欢，做成了一件甲衣，裹住身体。也和蟹哥的新衣一样，新甲衣一上身，就变成了两爿很硬很硬而又活动自如的甲壳。一有情况，甲壳自动关闭，关得严丝合缝，非常紧密，对身体的保护，发挥了意想不到的效果。从此，她再也不担心别人来欺侮她了。从小娇生惯养的她，整天无忧无虑地吃喝玩乐。她面向大海，背靠礁石，早上晒太阳，晚上戏潮水。优哉游哉，逍遥自在。一碰上危险，就把自己关在坚固的甲壳里，任凭外面狂风恶浪，天崩地裂。日久天长，她的背壳竟跟礁石紧紧地连在一起，就跟生牢的一样。结果，除了长成一身肥嫩的白肉之外，一事无成。人们将它过酒过饭的时候，还要数落它的懒惰与无能哩。

爱学习的新母鸡

住在海边的一群三黄鸡中，新做了母鸡的花鸽不知道怎样抱窝孵小鸡。她想，菩萨是外地的显，我要学习外地的先进经验，许多人不是都喜欢到外地去取经吗？老母鸡的老皇历，哼！早就过时啦。

一天，她在海滩上觅食，看到一只母海龟在海滩上爬行，就飞跑过去虚心地向她求教，"海龟大婶，您好！我不懂怎样孵小宝宝，怎么办？""这有何难？不懂就学嘛。"母海龟豪爽地说，"只要你虚心好学，我一定毫不保留地把我的宝贵经验传授给你，保你孵化率百分之百。""谢谢大婶，我一定虚心向您学习。""你看我咋样就咋样。""一定的，一定的！"

从此，新母鸡与母海龟形影不离。母海龟在沙滩上刨坑，新母鸡也在沙滩上刨坑；母海龟刨多大的坑，新母鸡也刨多大的坑；母海龟刨多深的坑，新母鸡也刨多深的坑；母海龟把蛋产在沙坑中，新母鸡也把蛋产在沙坑中；母海龟回填沙坑不留下一点痕迹，新母鸡也回填沙坑不留下一点痕迹。母海龟高兴地说："你真是一个虚心好学的优秀学生。""衷心感谢老师对我的栽培。""老师，下一步该怎么办啊？""什么'怎么办啊？'，现在已经大功告成了，你就等着做妈妈吧。""真的？""真的！谁还骗你不成？""就这么简单？""就这么简单！八至九周之后，小鸡鸡们就会从沙坑里钻出来，'叽叽叽'地叫你妈妈的。你放心好了。这方面我经验十足，保证万无一失。如果有什么事，有我哩。再见吧，我要返回大海寻公海龟快乐快乐去。你也快回家追小公鸡找乐子去吧。"

　　新母鸡在海滩上等啊，等啊，眼巴巴地望着沙滩上面印有竹叶的地方。等着可爱的小鸡鸡从沙坑里钻上来，亲亲热热地喊她"妈妈"。可是，等啊，等啊，整整等了五十六天，小海龟倒真的从相邻的沙坑里钻出来，一只，一只，又一只……然后，朝大海蹦去。就是不见小鸡雏的影子。又等了一个星期，还是没有可爱的小鸡鸡的影子，龟大婶如石沉大海，一点儿信息都没有，新母鸡大失所望。

庄子寓言三则

　　庄子是我国古代杰出的思想家，又是著名的道家代表人物，后人称他为"庄子大仙"。在历史上，与老子并称为"老庄"。他的作品《庄子》一书，被后人称为《南华真经》。

濮水垂钓

　　一天，庄子在濮水钓鱼。楚威王派了上下两位大夫去聘请他为相国。上大夫诚恳地对庄子说："楚王想要拿国家大事来麻烦先生。"庄子只管自己钓鱼，连头也不回地答道："我听说楚国有一只神奇的乌龟，已经死了三千年了。楚王把它装在精致的竹箱里，又用纯白的丝巾盖在它的上面。并将竹箱摆在显贵的庙堂之上。你们想想，这个乌龟究竟是为了留下骨头以换取高贵的地位呢，还是宁愿自己活着而在污泥中自由自在地摇尾巴呢？"两位大夫异口同声地说："那当然宁愿活着在污泥中摇尾巴。""你们去吧。我将在泥涂中摇尾巴。"这时浮子一沉，庄子钓起了一尾大红鲤鱼。庄子旁若无人。两位大夫讨了个没趣，只好悻悻地回到郢都去。

惠子相梁

惠施在梁国做宰相。庄子去拜访他。惠子的门客对他说："庄子这次来，恐怕不怀好意。也许会夺取您的相位呢。"惠子听后，心里非常恐慌，立即下命令在全国范围内搜捕庄子。可是，搜了三天三夜，连影子都没有发现。

一天，庄子来到相府，对惠子说："南方有一只鸟，它的名字叫鹓鶵。您知道吗？这只像凤凰似的神鸟从南海出发，飞到北海去。一路之上，不是梧桐树，它就不栖息；不是竹米，它就不吃；不是甘洌的清泉，它就不喝。正在这时候，鸱鹰抓住了一只腐烂发臭的死老鼠。鹓鶵刚从它上面飞过，鸱鹰仰起头来，瞪了它一眼，喝道：'吓！你想夺我的腐鼠？'现在，您想用您的大梁相国来'吓'我吗？"

惠子听了顿时面红耳赤，目瞪口呆。

曹商使秦

宋国有个叫曹商的人，一天替宋王出使秦国。他动身的时候，宋王赏赐给他好几辆车子。到秦国后，秦王接见了他。

会谈中，曹商一味妥协迁就。秦王心中很高兴，送给他许多车子。使曹商的车队一下子增加到一百多辆车。

曹商回到宋国后，得意忘形地对庄子说道："当初我住在偏僻而又狭窄的小巷子里，过着打草鞋的穷困生活，面黄肌瘦的，算是我的短处；我一旦见到秦王，并使他高兴，就马上得到了一百辆车子。这可是我的长处啊！"庄子听了之后，不紧不慢地说："有一次秦王生了病，召请医生，并规定：能治好毒疮小病的，奖一辆车子；舔好痔疮的，赏五辆车子——所治愈下，得车愈多。您莫非舔好了他的痔疮不成？为什么能一下子得到那么多的车子？去你的吧！"庄子昂首阔步地走了，曹商丧魂失魄地站在那儿。

（原载北京《文学故事报》1993年6月）

猫头鹰之歌

几千年来你蒙受枭鸟的恶名，

世世代代被当作不祥的象征。

感谢科学为你昭雪沉冤，

原来你是农民伯伯的有功之臣。

你有猫的慧眼，

能在漆黑的夜中把是非看清。

你有鹰的利爪，

多少糟蹋粮食的坏蛋在你爪下丧生。

你白天躲进深林，

远远地避开夺利争名，

有人却诽谤你害怕太阳，

你就是跳进东海又怎能洗刷得清。

上夜班你大显身手，

彻夜酣战迎来了多少黎明。

你的功勋不朽，

有星星和明月给你做证。

以貌取鸟实在荒唐透顶，

保卫丰收的战士理应受到人人尊敬。

大奋神威，勇敢的猫头鹰，

快把那些挺胸凸肚的硕鼠收拾干净。

（原载浙江《寓言》杂志1985年第5辑，

入选《中国当代寓言选》奥林匹克出版社1990年4月版，

入选《中国科学寓言百篇》贵州大学出版社2012年11月版）

千里蝇的故事

钻在千里马的尾巴毛中骗得了"千里蝇"国家级荣誉称号的那只苍蝇回到家乡之后，被群蝇公推为蝇界之王。

苍蝇王振动着翅膀到处炫耀自己比千里马还快。蜻蜓、草蛉、蜜蜂、七星瓢虫等对苍蝇王的盗名欺世行径嗤之以鼻。苍蝇王说："你们别害红眼病，有本领去跟千里马比一比。如果你们比他还快，狮王同样会奖给你金牌和国家级荣誉称号的。"蜻蜓说："你不是比千里马还快吗？我就跟你较量一下吧！"

苍蝇王知道自己不是蜻蜓的对手，就说道："我本来可以陪你玩玩。不过，现在可不是时候。""为什么？"蜜蜂问。"我现在公务繁忙。我是爱卫会名誉主席，还兼着十几个委员的职务。作报告、听汇报、看文件、奠基、剪彩、出席宴会……忙得不可开交。拜拜！"金翅一展，逃之夭夭。蜻蜓等急忙展翅追上去，说："骗子，骗子，羞、羞、羞……"

苍蝇王飞到磨坊，看见驴子在推磨。就笑嘻嘻地说："蠢驴，你敢跟我比吗？"驴子说："敢！等我磨完麦子就跟你比。"驴子知道苍蝇的金牌是怎样得来的。他很快地磨完麦子后，就跳进了磨坊旁边的水池里洗了一个澡。上岸后，将尾巴向左右甩了几下，驴尾巴就像大姑娘的长辫子。驴子来到空地上对苍蝇说："开始吧。"苍蝇没等驴子说完就一眨眼飞到驴子后面，他想故伎重演，钻进驴尾巴毛中……可是，驴子预料到他会有这么一手，早有防备。浸湿后的驴尾毛贴在一起，无孔可钻，苍蝇急忙说："不比了，不比了。"驴子昂起头来说："你认输了？""不，不"苍蝇王红着脸说："刚才接到信息，要我马上去出席动物世界卫生大会。"说着，展开金翅又一次溜之大吉。

苍蝇王飞到田边，看见刚犁完田的老牛在田边的草地上正悠闲地吃青草，就说："笨牛，你敢跟我比吗？""比就比，有什么敢不敢的！"老黄牛咽下一大口青草之后说。

"我比千里马还快，你可要使劲啊！否则，你远远地落在后面，也就太没有意思了。"苍蝇王假惺惺地说。

老黄牛听了，微笑着点点头。然后，漫不经心地说道："我吃饱了，还要方便一下。""上犁上耙，屙尿屙屎。"苍蝇王轻蔑地说。老黄牛也知道苍蝇王的金牌是怎么得来的，他转到稻草堆后面，将尾巴伸进盛有农药的木桶里拖了一下。尾巴上就沾满了灰色的带有香甜味的药粉。

比赛开始了，苍蝇王举翅朝牛眼睛一扇，老黄牛忍不住一眨眼，苍蝇王就立即飞到老黄牛的后面，一头扎进蓬松的牛尾毛中。

"哎哟！"苍蝇大叫一声，从牛尾毛中逃了出来，挣扎着飞到老黄牛的头角上，气势汹汹地质问，"混账牛，你搞什么阴谋诡计害人？""苍蝇王，这是你自己找死！"老黄牛理直气壮义正词严地说，"你跟人家比，却为什么老往人家的尾巴中钻呢？我生了虱子，刚上过药，你怎么可以怪我呢？"苍蝇王气极了，跳起来大骂："你还狡辩！我要告你，警察局长是我小舅子。我要将你抓起来就地正法。""该正法的，不是我这个吃苦耐劳奉公守法的老黄牛，而是你这个欺世盗名祸国殃民的大坏蛋。"老黄牛愤愤地说。

苍蝇王中了毒摇摇晃晃飞落在洗手间的窗台上。

　　昆虫学家K博士在洗手间看到了这只正在窗台上挣扎的红头金翅绿身子的大苍蝇，他本想将它一指头压死。手伸出时，脑子里忽然闪过一个念头，便改压为撮，伸出三个指头将它撮起来带回实验室。K博士在实验室里将肥壮的苍蝇王经过处理，又让他大量繁殖，再从这些没有污染的蝇蛆中提取出大量的优质蛋白造福于人类。

　　苍蝇王到这时，才算真正做了一件有益的事。

　　　　　　　　　（原载浙江省《少年儿童故事报》1997年3月）

聪明的小老鼠

夜深人静。一只年老体弱又瞎了左眼的老鼠娘，悄悄地从洞中爬出来找吃的。她跑到东边一间房子，爬上米缸，推开木板做的盖子，跳下去偷米吃。吃饱之后，想回家去，她抬起头来一看，大吃一惊，缸是多么高啊！她咬咬牙，向上爬，可是，缸壁很光滑，每爬一步，都很吃力。爬了三步就跌了下来。再爬，再跌；再跌，再爬……反复多次，就是爬不上去。她休息了一下，改爬为跳。她知道，天亮之前出不去，那是很危险的。她直立起来，鼓足全身力气，纵身向上跳。可是，吃得太饱，不仅跳不高，跌下来还很疼哩。她忍住痛，再跳，再跌；再跌，再跳……反复多次，连吃奶的力气都使出来了，就是跳不出去。她绝望了，躺在米缸里唉声叹气。

小老鼠咪咪在家里等妈妈，等了好久，不见妈妈回来。就找来了。"吱吱吱吱"地叫着，"妈妈，妈妈，你在哪里？你在哪里？""吱吱吱吱，我在这里。我在这里。"老鼠娘一听孩子的叫声，在缸里惊喜地应着。"妈妈，你快出来！妈妈，你快出来！""孩子，我跳不出来。"老鼠娘悲伤地说。小老鼠咪咪仔细地看了看缸底的地，心中有了主意。他隔着缸对妈妈说道："妈妈，你别急，也不要难过。我想出办法来了。"说着，飞快地向外婆家跑去。

见了外婆，小老鼠咪咪说："姥姥，妈妈在米缸里跳不出来。"外婆听了大吃一惊，说道："那怎么办？""办法我有。但是，我力气小，办不到。请外婆帮忙。"　"说说你有啥办法"。"姥姥，米缸底下不是坚硬的水泥地，而是普普通通的泥地。只要把半个缸底的泥土扒掉，缸一倾斜，我妈不就出来了？"　"好！好！我叫你大娘舅，小娘舅、大表兄、小表兄、大表姐、小表姐……所有的亲戚朋友统通都去。"

不一会儿，亲戚朋友们都来了。小老鼠咪咪和大家拼命用嘴巴掘，用前爪扒，用后脚蹬。奋战了好大一会儿，从米缸底下挖出了一大堆泥土和石头。随着缸底泥土的逐渐被扒掉，米缸逐渐倾斜。最后，老鼠娘一跃而出。她一边向亲戚朋友们道谢，一边把儿子咪咪紧紧地抱在胸前，说："好孩子！好孩子！"

为了感谢亲戚朋友们的帮助，老鼠娘带领大家到西房酒窖里去喝酒。酒香扑鼻，缸深酒浅，喝不到，怎么办？大大小小的老鼠沿着缸排成一个大圆圈，眼巴巴地盯着缸中美酒"吱吱吱吱"地叫着直咽口水。小老鼠咪咪看着缸中美酒，想出了一个办法。他附在妈妈耳边说了一阵悄悄话。妈妈听了高兴得大笑，说道："好办法！好办法！"说着，就叫亲戚朋友们这一个咬住那一个的尾巴，一个一个接起来，倒挂下去喝酒，并说："下面的喝够了，就换一个下去，轮流着喝，好不好？"　"好！好！"亲朋们异口同声地回答。大娘舅排在第一位，老鼠娘排在最后，小老鼠咪咪排在他妈妈的前面。

大娘舅在缸中"咕噜咕噜"喝了一阵之后，咂咂嘴说："真香！真醇！"小老鼠咪咪在上面没听清，问道："阿舅，好喝吗？"不料，这"舅"字还没出口，只听"扑通！扑通！"响，一连串的老鼠都掉进酒缸里去了。老鼠娘忙把头一甩，把小老鼠咪咪甩上了缸沿。老鼠们刚才不敢跳。现在，在缸中边游边喝，高兴极了。趴在缸沿的小老鼠咪咪和妈妈也高兴地笑了。刚才娘儿俩还惊得目瞪口呆呢。大娘舅对小老鼠咪咪和他妈妈说："你们娘儿俩也下来喝两口吧。不喝白不喝！"　"妈妈早就说过，小孩子不能喝酒。我要听妈妈的话。"小老鼠咪咪望了妈妈一眼，对大娘舅说。老鼠娘和大娘舅都满意地笑了。老鼠娘对大娘舅说道："你们喝吧！我不会喝。"

喝了一阵美酒之后，有好几只老鼠想回家去。它们有的沿着缸壁爬，有的腾空向上跳。可是，都"扑通！扑通！"跌回缸中。老鼠娘急得团团转。小老鼠咪咪盯了酒缸一眼，说："妈，你不要担心。我想出办法来了。"说完，就很快地跑了出去。

小老鼠咪咪跑到北房一看，东西很多，但没啥可利用的，他跑到南房一看，"哟——"这里停放着一架小主人用的玩具直升飞机。他高兴极了。咪咪从舱口爬进去，这里弄弄，那里摸摸，感到很新奇。后来，他在驾驶室找到一张"各色按钮的标记与作用"的标牌，很快掌握了驾驶直升飞机的方法。他把绿色按钮一按，"呼"的一声，直升飞机背上的翅膀转动起来了，越转越快，飞上空中。他把黄钮一按，飞机调头，飞出房门，一直向西房飞去。

酒缸边的妈妈，酒缸中的舅舅和其他亲戚朋友们一下子欢呼起来。咪咪将飞机开到妈妈上空，棕钮一按，放下绳梯。老鼠娘高高兴兴地爬上去，坐在儿子的身边，笑得合不拢嘴。咪咪将白钮一按，收回绳梯。然后将飞机开到酒缸上空，放下梯子。亲戚朋友们争先恐后地爬上来坐好。咪咪驾着直升飞机在酒缸上空盘旋三圈。亲戚朋友们都是第一次坐飞机，哪里坐得住？到处跑来跑去，咪咪怕出危险，赶紧将直升飞机徐徐降落地面。

大家都夸奖小老鼠咪咪聪明、机智、能干。小老鼠咪咪不好意思地把头埋进妈妈的怀中。

（入选黑龙江少年儿童出版社《天天有童话》2000年7月第

1版）

大灰狼申诉

　　大灰狼跑了很远很远的路，来到动物高级法院，向河马大法官提出申诉。他说："人们长期以来把我当作凶恶的象征，胡说什么'狼子野心，狼狈为奸，狼心狗肺……'对我进行诽谤。这是多么不公正啊！其实，他们只是以貌取'狼'罢了"。河马大法官挺着大肚子，抖动着两腮胖嘟嘟的肥肉，慢条斯理地说道："请你说具体点。"狼点了点头说："我的意思是说，我为人们做了许多好事，是益兽。""有什么证据？""我们狼是大草原的保卫者。为发展畜牧业立下了汗马功劳。""真的？""事实是客观存在的：当成群成群的野兔和老鼠大肆为害草原，与马、牛、羊争夺粮食的时候，是我们狼夜以继日勇敢地捕杀他们。我们每年为人类消灭野兔和老鼠何止千百万只？没有我们，草原会变成荒漠。没有我们，马、牛、羊的生命危在旦夕。没有我们，人所需的奶、肉、毛、皮将一无所有。没有我们，地球上的生态平衡将会遭到破坏。可是，人类对我们呢？却以怨报德，见面就打。那些无知的作家、画家把我们歪曲得一塌糊涂，使我们的形象变得狰狞可怖。而对兔子和老鼠——人类的敌人却涂脂抹粉，打扮得漂漂亮亮，可亲可爱。真是颠倒是非，混淆黑白。因此，我恳切请求尊敬的法官先生主持公道，伸张正义，给我恢复名誉。"说完，递上申诉书。河马法官觉得狼说的有理，可是事关重大，一时难以答复，便说道："你的申诉，本院受理了。等我们研究之后再予以答复。许多事情法院也做不了主，还是由上司羊说了算。你先回去，等通知吧。"

大灰狼等了十年，一直没接到通知。这天，他又来找河马法官。不等狼开口，河马法官苦笑着说："非常抱歉，我们上司的夫人说，你的曾祖父的外祖父曾经伤害过她丈夫的表兄的表姐的外甥。因此……"狼只好告辞。

"阿灰，今天怎么失魂落魄的？"半路上，猴子从树上跳下来问。狼把情况一摆，最后说："你想，我还高兴得起吗？"猴子叹了口气说："现在什么事都讲关系，连恢复名誉也不例外。"说着，扑在狼耳朵上悄悄说了几句话。狼说："这种事我从来没干过。""那就学一学吧，为了你自己，也为了你的后代。"

狼为了自己的名誉，只好硬着头皮照猴子的话去做，花大钱高价买了鱼。第二天河马法官见大灰狼驮来一条名贵的大鲟鱼。不禁笑容满面，说道："你来就是了，还带鱼干啥？"说着，口水都流出来了。"咳，小意思，半路上逮的。""好吧，你的问题过两天给你解决。"法院很干脆。第三天，狼来了。河马大法官说："本院昨天专门为你的问题召开会议进行研究，一致同意为你恢复名誉……"狼听了差点跳起来。"我亲自呈送上司……"狼的心又悬了起来，"上面的口气很硬，说你的问题历史上早有定论，铁证如山，不准翻案。问题是我们的报告须经老羊审批、签字才有效。他的成见太深，我是爱莫能助啊！"大灰狼像掉进了冰窖。

阿灰几时离开高级法院，他自己也不知道。他茫然地穿过开满鲜花的大草原。又碰上了上次为他出主意的那只猴子。"怎么样？"老猴问。狼把情况说了。猴子深表同情，安慰一番之后，又给他出了一个点子，说道："老羊的上司老熊喜欢吃蜂蜜。如果你能搞到几吨人参花蜜，送给老熊补补身子。他一高兴，你的事就好办！"大灰狼心想，天哪，到啥地方去搞这么多人参花蜜？他不禁摇了摇头，对老猴说："我是猎手，只知道打野兔和老鼠。我一不会偷，二不会抢。哪有钱去买这稀世之珍，唉，这世道……"

由于老羊的作梗，狼一直没有恢复名誉，头上一直戴着"恶"字的高帽。

（原载浙江省《少年儿童故事报》1992年11月）

教　飞

　　燕娘下了一窝蛋，不久孵出了5只小燕子。燕娘和燕爸高兴极了，天天出去捉虫来喂养孩子。他俩顶着烈日酷暑，冒着狂风暴雨，将许多躲藏在叶子底下的害虫捉住，然后飞回来一口一口喂进孩子们的嘴里，为了这些可爱的孩子，自己苦死累死也心甘情愿。

　　过了个把月，孩子们长大了，燕娘就教他们飞翔。展开翅膀翱翔蓝天，这是燕子们的基本功，谁不会飞翔，谁就不是一只真正的燕子。这是谋生和迁徙的需要啊。教飞教了十多天，老大、老三、老四，甚至老五都会展翅高飞了，唯独贪吃懒做的老二还不会飞，天天蹲在窝边张开大嘴吃父母和兄弟姐妹们叼回来的虫子。

　　老二一出壳就显得特别乖，嘴巴特别甜。特别会讨燕娘的欢心。燕娘从小就宠坏了他。为这，父母还吵过几次架。燕娘捉了又肥又嫩的虫总是先塞进他的嘴巴。他又特别地会叫，"妈，我饿了。""我饿死了！"兄弟姐妹们5个，数他吃得最多最好，他的身子特别胖。胖，可是飞行的大敌啊！燕娘竟忽略了这一点。

　　胖子老二特别懒，什么都懒得动。父母教他学飞翔，他站在窝边，拼命地喊："妈，我怕啊！下面这么深，掉下去我会摔死的。""眼睛不要往下看"，燕娘说，"向前看，展开翅膀将前面的空气往肚下扇。"可是不论父母怎么教，他就是怕掉下去跌死。不会展翅，当然更不会把空气往肚下扇了。

兄弟姐妹们都出窝了，都成立新家了。可是这个老二还不会独立生活，还要父母养活他。

一天，燕娘和燕爸在果园里捉虫时商量了一个计策。燕娘飞回去将老二叼出来飞到悬崖上放下说，孩子，你又懒又馋，不能自力更生。我们年纪大了，秋天飞回南方都很难了。我们不要你了。"老二知道要发生什么事了，就盯着妈妈的眼睛，拼命抓住妈妈的羽衣，说："妈妈，别将我抛下悬崖，下面是万丈深坑……"不等老二说完，燕娘用力推开老二，伸出强有力的翅膀。眼一闭，用翅尖将老二挑出悬崖。"救……命……"老二在坠落深渊的过程中，为了活命，本能地伸展开两个翅膀拼命地乱扇，终于在空中稳住了身子不再下坠。这时，他想起了妈妈的话，翅膀用力地将空气往肚下扇……

在老二坠落的刹那间，燕娘双翅一展紧随其后，以防不测。燕爸带领老大、老三、老四和老五早飞到坑底组成软垫以防万一。

埋伏在坑底的燕爸和他的子女们看到老二掉到半空就像跳伞的伞兵张开了降落伞，燕爸说："老二会飞了，真是置之死地而后生啊。"说着，就向上飞去。老大等紧跟其后。燕爸飞到老二身边，说："孩子，不要慌，跟我往上飞。头向上，双翅同时将上面的空气往肚下扇。"老二看到爸爸心里踏实多了。他照爸爸的样子做，果然越飞越高。燕娘飞下来和老大等紧跟在老二身后，默默地为他保驾护航。

燕爸在空中一会儿向左，一会儿向右。一会儿向上，一会儿向下，老二紧跟在爸爸后面不住地扇动翅膀并不断地改变方向。翅膀虽然有些酸痛，但心中充满了展翅蓝天的自豪和欢乐。后来，燕爸双翅一收，带领大家落在悬崖旁的一棵橄榄树上休息。老二站在橄榄树上再看下面的深坑时，目不眩，心不跳，一点儿也不害怕了。

兄弟姐妹们在橄榄枝上跳来跳去，有说有笑，唯独老二一言不发。

"孩子，你在想什么呢？"燕娘亲切地问。老二说："我过去经常逃避体验和磨难，实在是傻到了极点。"兄弟姐妹们听了哄堂大笑。"可是，当时我却以为自己绝顶聪明，大哥和弟妹们才是傻瓜哩。""祝贺老二初飞成功。"燕子一家在橄榄树上翩翩起舞，呢喃唱歌。

（原载浙江《少学生世界》杂志2008年第2期）

喜鹊报喜

自从乌鸦太太在镇上办起美容院之后，本来就喜欢打扮的喜鹊小姐就三日两头往那儿钻。她常常把自己打扮成比画上的美人还要美。她把时间花在打打扮扮上，钻研捕虫技术的时间就被挤掉了。燕子、杜鹃、山雀和黄鹂的捕虫技术都大大超过了喜鹊。捕到的虫也比她多得多。"漂亮不能当饭吃，只有勤劳才能致富。"妈妈的唠叨经常在她耳边回响，可是，乌鸦太太说的"美丽是一种资本，养外必先养内，注意营养才能使自己光艳动人，永葆青春……"更有吸引力。

一天，喜鹊小姐从乌鸦太太那儿得到一张秘方。秘方上说，常吃蛋和雏，美容的效果非常非常好。可是，怎样才能弄到蛋和雏呢？喜鹊小姐绞尽脑汁，终于想出了一个办法：利用人们喜欢听好话的心理去报喜。

喜鹊展开双翅，飞到鹌鹑家里，笑眯眯地对母鹌鹑说："报喜，报喜。你们生产的鹌鹑蛋被森林王国评为'动物人参'，荣获金奖。""真的？""当然是真的，快去领奖金吧！""好的，谢谢您。"说着，母鹌鹑就展开双翅飞走了。喜鹊便乘机饱餐了一顿鹌鹑蛋。母鹌鹑领奖回来发现鹌鹑蛋少了许多，心中怀疑：难道喜鹊是笑里藏刀的家伙？喜鹊尝到了蛋的滋味从此便一发不可收拾。

"报喜，报喜！"一天，喜鹊飞到啄木鸟家中满面笑容地对他说。"你报什么喜？"正在喂雏的啄木鸟问。"您被森林王国评为高级治虫专家，并荣获'森林医生'的光荣称号，特来向您报喜。您快点领奖去吧！""好的，谢谢您。""不用谢，这是应该的。"啄木鸟飞走之后，喜鹊啄食了他的肥壮的雏鸟。啄木鸟领奖回来，发现少了两只雏鸟，泣不成声。心中便怀疑喜鹊是一个口蜜腹剑的人。从此，便对他小心戒备起来。

一天，喜鹊飞到麻雀家里，眉开眼笑地对他们说："报喜，报喜！""喜从何来？"麻雀们惊讶地反问。"科学家们经过多次考察，说你们功大于过。现在，你们头上的'四害'帽子被摘掉了！你们快去领取《平反通知书》吧"。"好啊！从此我们可以拨开乌云见青天了。"麻雀们高高兴兴地飞走了，喜鹊便乘机大快朵颐。麻雀们衔着《平反通知书》回到家里，发现蛋蛋少了一半。心中便怀疑难道喜鹊是当面说好话，背后下毒手的伪君子？

一天，猫头鹰睡得正香，突然被"报喜，报喜！"的声音吵醒。他睁开惺忪的睡眼，问道："谁啊？你报的什么喜？""先生，是我喜鹊给您报喜来了，您被森林王国评为高级捕鼠能手，特来向您报喜，并请您快去领奖。"猫头鹰一听是喜鹊，顿时警觉起来，因他早就听到鸟儿们对他的各种议论，都说他是借报喜之名，行盗窃之实的江洋大盗，是一个地地道道的'笑面虎'。便说道："捕鼠是为了养家糊口，什么能手不能手的，我不在乎。"说罢，假装呼呼大睡，喜鹊想，夜里捕鼠，白天睡觉是猫头鹰的习性。他鼻息如雷，肯定又进入了梦乡，便偷偷地叼住窝边的一个蛋蛋，当他正准备离开时，猫头鹰突然睁开双眼，两道利剑似的目光仿佛要刺穿他卑劣的灵魂。喜鹊吓得毛骨悚然。"哇——"嘴一张，将蛋吐回巢里就拼死逃命。猫头鹰双翅一展，喝声"哪里逃！"伸出利喙啄得他遍体鳞伤，毛羽纷纷落地，喜鹊大喊"救命"。树林里的鸟儿们都围拢过来看热闹，都说："喜鹊骗子，打死活该！"　"多行不义必自毙！"喜鹊边逃命边求饶，"鹰将军饶命，鹰将军饶命，小的下次不敢了……"猫头鹰便饶了他。

　　喜鹊在森林里实在混不下去了，心想，海阔凭鱼跃，天高任鸟飞。鸟类世界不公平，我何不到人类世界去谋求发展。她便飞到官府衙门去告状："老爷，森林里暗无天日，我一向给大家报喜不报忧，可猫头鹰等许多鸟儿都蛮不讲理，尽欺侮我。请求青天大老爷为我作主。"　"你会报喜不报忧，这很好！我就是喜欢你这样的人。"官老爷说，"你放心，有本官为你撑腰，看谁敢欺侮你！我现在就成立一个'报喜办'，任命你为'报喜办'主任，并上奏朝廷保你世袭这个职务。"　"多谢老爷栽培。"从此，喜鹊就每天"呱啦、呱啦"给官老爷报喜直到现在。

老鼠嫁囡

老鼠国王的三公主长大了。鼠王和大臣们忙着为她挑选一个世界上最有本领的青年才俊做驸马。

谁最有本领呢？鼠宰相说："太阳最有本领。阳光普照大地，给天下万物带来光明和温暖。"众大臣都说："相爷高见，相爷高见。"鼠王也点头称是。御前会议一致决定，把高贵的三公主嫁给世界上最有本领的太阳。鼠军师择了黄道吉日，鼠王大摆宴席，宴请满朝文武。之后，将浓妆艳抹的三公主扶上花轿，吹吹打打，热热闹闹地将她抬到天上太阳的家门口。

太阳感到奇怪，鼠相赶紧上前说明原委。太阳谦虚地说："我有啥本领？一片乌云就能把我遮住。我对它毫无办法。"老鼠们一听，觉得太阳不如乌云，就吹吹打打，热热闹闹地把花轿向乌云家抬去。

乌云见鼓手花轿朝自家抬来，正在惊疑之际，鼠相连忙上前说明原委。乌云谦虚地说："我有啥本领？一阵风就把我吹得无影无踪。我对风束手无策。"老鼠们一听，觉得乌云不如风，就吹吹打打，热热闹闹地把花轿向风的家门口抬去。

风哥儿感到非常奇怪，怎么花轿抬到这儿来了？鼠相赶紧上前说明原委。风哥儿谦虚地说："我有啥本领？一垛墙就会把我挡住。我对墙无能为力。"老鼠们一听，觉得风不如墙。就吹吹打打，热热闹闹地把花轿向大墙家抬去。

墙哥儿感到惊讶，怎么花轿朝我家抬？鼠相忙上前说明原委。大墙谦虚地说："我有啥本领，只要几只老鼠在我的脚下钻几个洞，就会把我钻倒，而我对他们却无可奈何。"老鼠们一听，觉得墙不如鼠。于是，就吹吹打打热热闹闹地把花轿抬回老鼠洞。

轿夫们把花轿从地下抬到天上，又从天上抬回地下，转了一大圈。个个抬得满头大汗，腰酸背胀。鼠相上天落地疲于奔命。可是，大家不叫一声苦，不喊一声累。

鼠王见花轿抬回来，正感到奇怪，鼠相连忙上前奏明原委，鼠王哈哈大笑，说道："最有本领的人就在眼前，寡人真是舍近求远！"鼠王把三公主嫁给一只年青能干的老鼠，封他为鼠国驸马，称他为世界上最有本领的青年才俊。

（原载安徽《山花报》1992—1993年度第一期）

常胜将军西番莲

仲夏时节，窗台上，原产巴西的西番莲盛开着。粉红色的鲜花在掌状绿叶的衬托下更加艳丽动人，并发出阵阵清香。一只色彩斑斓的大蝴蝶翩然而至。"洋美人，你真漂亮。我们交个朋友好吗？""好啊，跟你这么漂亮的小姐做朋友，我感到非常荣幸。"西番莲谦虚而又热情地说。西番莲请蝴蝶品尝她的花粉和花蜜。大蝴蝶吃饱喝足之后说道："谢谢你的盛情招待。初次见面，没带礼物来真不好意思。我送些宝珠给你做个纪念吧。"大蝴蝶在西番莲的叶子上产下一窝黄色圆形的虫卵就飞走了。

过了几天，大蝴蝶留下的那些卵全都自行破裂了，从里面爬出许多小毛虫。西番莲才明白大蝴蝶是外貌美丽内心险恶的敌人，小毛虫张开嘴巴啃着西番莲肥嫩的叶肉。西番莲咬紧牙关，强忍住钻心的疼痛，极其果断地将这片叶子的叶柄与藤蔓交接处的细胞迅速变圆，使出了"落叶毁虫"的一招。"你让你的孩子们来吃我的肉，我就叫你断子绝孙！"西番莲恨恨地说。飘落在地的叶子很快就枯萎了，叶子上的小毛虫也全死了。西番莲赢了第一个回合。

躲在暗处的大蝴蝶看到在西番莲落叶上活活饿死的孩子却爱莫能助，她对西番莲恨得咬牙切齿，说道："西番莲，你能把所有的叶子都落光吗？你敢杀我的孩子，我就偏偏要在你的叶子上产卵。"

为了防止大蝴蝶的再次来犯，西番莲决定利用自己体内合成和贮备的一些化学物质来保护自己。

过了几天，大蝴蝶再次飞来准备在西番莲的叶子上偷偷产卵时，忽然闻到一股很难闻的气味，顿时觉得头晕目眩，大蝴蝶心中暗叫不好，便迅速飞离。西番莲散发出的气味赶走了敌人。第二个回合，大蝴蝶又输了。

西番莲看见大蝴蝶逃走了，并没有放松警惕。她知道不甘心的大蝴蝶还会卷土重来的，自己绝不能掉以轻心。于是西番莲迅速将自己的叶子改变了形状以迷惑敌人。

大蝴蝶飞到大森林里疗伤，她迅速调整体内结构，制造了一种特殊的体液将西番莲的"毒气"分解转化成无毒的东西排出体外。休息了一段时间，大蝴蝶身体康复了，她又展开绚丽的双翅轻盈地飞上窗台。大蝴蝶睁着两只复眼仔细搜索，却没有看见西番莲。大蝴蝶清楚地记得，西番莲的叶子是掌状的单叶，每片叶子有五至七个深裂。可是找遍了整个窗台，甚至附近的几个窗台，大蝴蝶都找不到对手西番莲，只好长长地叹口气，然后怏怏地飞走了。

西番莲用暂时改变叶子形态的伪装术成功地迷惑了敌人。看见大蝴蝶飞走了，西番莲开心地笑了，然而笑归笑，西番莲却时刻不敢放松警惕。为了再次迷惑大蝴蝶，从而保护自己，西番莲制造出了许多黄色假卵——将叶片上的蜜腺稍微向上隆起，形成了许多卵状结构。

大蝴蝶飞离窗台之后，在路上边飞边想，房子、窗台、花盆都是原来的，为什么盆里栽的竟不是原来的西番莲了呢？大蝴蝶越想越奇怪，便掉头飞回来，飞到窗台上，大蝴蝶定睛细看，这藤蔓、这卷须、这花蕾确实是西番莲无疑。"你竟敢骗我！""我只是为了保护自己。"西番莲坦然地回答。大蝴蝶带着被捉弄的恼火，想多产些卵，让童子军好好儿整治整治西番莲。可是，俯身一看，只见西番莲的叶片上早已被其他大蝴蝶产下了密密麻麻的虫卵。大蝴蝶心想，姐妹们的手脚好快啊！一下子便产下了这么多的卵。西番莲，这下可够你受的了。大蝴蝶衷心感谢姐妹们齐心合力为自己报仇雪恨，她心满意足地扇动着色彩缤纷的大翅膀，轻快地飞舞在鲜花丛中。

她碰到了姐姐就问："姐姐在西番莲上产卵了吗？""没有呀。"

碰到了妹妹，大蝴蝶又问："妹妹在西番莲上产过卵吗？""没有呀！""奇怪，这卵是谁产的呢？"大蝴蝶边飞边自言自语。

"是假卵吧！"妹妹说。

"假卵，"姐姐说，"肯定是假卵！"

大蝴蝶恍如大梦初醒。"我又被西番莲骗了。"大蝴蝶恨恨地说，"走，找她算账去！"

"姐妹们跟你一起去！"成群结队的大蝴蝶们飞向窗台，如飞机投弹似的轮流在西番莲的叶子上产下密密麻麻的虫卵。"等着瞧吧！西番莲，过不了几天，你的叶子就会变成鳝鱼刺。""哈，哈，哈！"大蝴蝶们发出了得意的笑声，仿佛稳操胜券。"西番莲，这次你是必死无疑。"大蝴蝶阴冷地说。"等着瞧吧，恶魔，看谁笑在最后！"西番莲边说边紧急施放化学武器。大蝴蝶冷不防吸入了一股难闻的气味，连忙叫道："快逃，西番莲放毒气了！"可是，为时已晚。大蝴蝶的姐妹们猝不及防纷纷中毒跌落地上。"哈哈哈！"西番莲仰天大笑。笑声震得正在逃遁的大蝴蝶胆战心惊，几乎跌落。

兵来将挡，水来土掩。西番莲为了对付潜在的敌人早已做好两手准备。她一边让体内的一些腺体枕戈待旦，进入临战状态，在大蝴蝶的幼虫们即将破壳而出时立即分泌"花外蜜露"，及时招引天兵地将——金蝇和蚂蚁前来助战，捕食大蝴蝶的幼虫；一边在叶面上长出许多成排的细小钩状表皮毛刺，使叶面成了长满刀山剑树的阵地。过了几天，大蝴蝶的幼虫纷纷破壳而出，当它们在刀山剑树丛中爬行时，由于皮肉太嫩，绝大部分被钩刺刺伤甚至刺死。侥幸未伤的小毛虫也被困在钩刺阵中出不去。这时，闻到"花外蜜露"香甜味的金蝇成群结队飞来，仿佛神兵从天而降；而闻到"花外蜜露"香甜味的蚂蚁则倾巢出动，从地下涌上来……躲在阴暗角落里的大蝴蝶看到孩子们被金蝇和蚂蚁们争食的惨状，叫苦不迭。这时，她突然闻到一股难闻的气味，便昏昏沉沉地跌落到地上，之后立即被潮水般涌来的蚂蚁肢解搬回洞去了。

西番莲与大蝴蝶斗智斗勇连战皆捷的消息立即传遍了鲜花王国，花王牡丹封西番莲为"常胜将军"。

（原载天津《童话王国》2002年第3期）

序和跋

风景这边独好

——《宁溪历代山水诗选注》（代序）

　　宁溪山区，山清水秀。大寺基奇峰触天，小鹰山层峦耸翠；英山湖凝碧，黄岩石含烟；五马叠翠，势腾岚气蹴香埃；狮峰矗立，紫气梳鬓向海天；金潭夜月，轻歌赢得和声起；响岩书声，催人奋进永向前。飞瀑流泉，随处可见；重崖叠嶂，比比皆是。诗人挥毫，状不尽朝晖夕照；画家泼墨，描不完山容水态……

　　二十世纪八九十年代，我应浙江省作家协会的邀请参加儿童文学年会。去过宁波鄞县（今鄞州区）太白山、奉化雪窦山、温州雁荡山、建德新安江、淳安千岛湖、富阳富春江、舟山普陀山、诸暨五泄、杭州灵隐，以及自费去天台山和永嘉楠溪江、仙居永安溪等许多风景名胜区旅游考察，觉得我们宁溪山水兼有雁山空灵、括苍雄浑、台岳清幽三者之胜，

　　完全不比别的风景区差。宁溪山水风景在历史上评价很高。宋状元临海王会龙盛赞曰："嘉山水也，台之奇观萃于斯矣。"（见附录《宁溪八景图赞》）宋代学者洪家葛绍体称赞宁溪山水"比似雁山多秀发，丰稜哪复让天台。"元代黄岩儒学教谕四明马胜余称之为"奇胜"（见《宁溪八景诗序》）。

　　宁溪历史悠久，文化积淀深厚。早在四五千年之前的原始公社时期就有人类活动。1989年，我在上郑发掘出古代农业生产工具有肩石铲

（现存黄岩博物馆）就是明证。山川钟灵秀，天地聚精英。自唐少府王从德始迁以来，宁溪山区人才辈出。著名的有王元禹、王元坦、王叔喻、黄超然、黄献章、李志愿、郑宗前、郑定宙、郑定乐、郑定明、陈禹钦、曾子戚、郑士抡、毛锦诠、王煦亭、王吉人、王琎、王杰夫、王皞南、王天祥、王禹九、陈苍正、陈荣楫、王乐坡、王石风、陈苍中、陈荣桐、陈荣枋、陈荣权、王天眷、郑士明、傅学锋等。他们当中既有才高八斗、著作等身的大师，也有精通韬略、战功赫赫的将军；既有为国捐躯的民族英雄，也有蜚声国际的科学家和救死扶伤的杏林高手……

描写宁溪山水风景的诗也很多。上起六朝，中经宋元明清，下至近现代都有吟咏宁溪山水风光的诗。这些诗中，五古、五律、五绝，七古、七律、七绝，各种诗体俱备。这些诗犹如埋藏在深山中的矿石，散落在民间宗谱中，如《宁溪王氏宗谱》《黄岩柔川黄氏宗谱》《垟头徐氏宗谱》《上郑陈氏宗谱》《蒋东岙李氏宗谱》《金岙黄氏宗谱》等，清代著名学者王棻编的《台学统》《黄岩集》和《黄岩县志》中也有著录。于是，我就给自己下达了一个硬任务：将这些尘封在历史深处的文化遗产搜集起来，经过认真的整理加工，供大家欣赏，以期古为今用，推陈出新。

我编这本书纯属偶然，闲时，经常吟诵揣摩这些以前从未读过的古体诗。1996年春节，我在亲戚家玩，偶然看到《徐氏宗谱·垟头八景诗》（其实只有7首），就随手将它抄录下来。1997年秋，偶然看到《上郑陈氏宗谱》中也有很多古体诗，就将其中描写上郑山水风景的诗抄录下来。

描写宁溪山水风景的诗积累多了，才萌发了编书的念头。后来在《黄岩集》和《台学统》等古籍中又搜集到一些。为了抒发对家乡的情怀，不会写诗的我也欣然命笔写了几首。我写诗是兴之所至，信笔涂鸦，直抒胸臆，不问平仄。有人说，不讲平仄的诗，不算诗。对此，鄙人不敢苟同。试问从原始公社时期的《弹歌》："断竹，续竹，飞土，逐宊（肉）。"到"诗三百篇"和以《离骚》为代表的《楚辞》讲究平仄吗？汉代乐府诗及后来的"三曹"和"建安七子"的诗讲究平仄吗？讲究平仄和对仗的格律诗萌芽于齐梁，成熟于唐代，当时叫近体诗。难道齐梁以前中国就没有诗？"诗言志"，诗是一个人表情达意的工具。愚以为，思想感情或山水风景用诗的形式写出来，就是诗。二十世纪毛泽东在致臧克家的信中说得好，格律诗对人的思想束缚太大，诗歌只要语句大致整齐，大致押韵就可以。"五四"以后，郭沫若的《女神》，以及闻一多、冯至、臧克家、郭小川等人写的新诗讲究平仄吗？谁能说他们的诗不是诗？艾青的诗连韵都不押，谁能说他的诗不是诗？我的意思并不是说拙作可以与大师们的大作相提并论，而是说不论作文写诗，均应"无以辞害意"。没有标明"七律""七绝"或"五律""五绝"的诗，不讲究平仄是可以的。我写诗是抛砖引玉，希望有更多的人来描写宁溪的明山秀水。

从宗谱中搜集来的诗现在许多人看不懂，需要整理加工。如没有标点，就要给它加上标点；许多字是繁体字，就要将它简化；有些字是异体字，就要将它规范；有些是明显的笔误，就要将它改正；有些字脱漏，就要按意思添补。许多词语深奥难懂，就要给它加上注释，并力求准确、明白。我做这些事情的目的，一是为了繁荣乡土文化；二是为了加强对下一代的乡土教育，因为爱国必先爱乡，乡土教育是爱国主义教育的重要组成部分；三是为了促进宁溪山区旅游业的开发。

从山水风景中挖掘文化，在山水风景中注入文化。山水风景一经文人题咏，就提高了它的文化品位。让文化和山水风景紧密结合，让自然景观和人文内涵紧密结合，就会进一步提高宁溪山水的知名度。"永宁溪胜严陵濑，碧水青山处处湾。"希望有更多的人到宁溪来尽情地乐山乐水作诗作赋。因为宁溪不但有好山、好水、好酒（宁溪糟烧）、好菜（宁溪豆腐）和好的风味小吃（麦鼓头），还有好诗（不包括拙作）！

2003年5月30日于黄岩溪畔

注：本文所指的宁溪是长潭水库以西的宁溪镇和上郑、岭头、富山三乡在内的广大地区。

《宁溪历代山水诗选注》后记

收录在这本《宁溪历代山水诗选注》中的64位作者写的151首诗，大部分是从宁溪山区各地的宗谱中搜集来的。搜集工作说说容易，做起来却很困难。因为，我从1998年退休后，一直在台州公安报、台州广播电视报和台州日报社等媒体打工，从事编辑或校对工作，并非赋闲在家，无所事事。人在江湖，身不由己。只好利用双休日去搜集。每次从椒江返回家乡去干这些别人以为愚不可及的事，我是心甘情愿的，没有任何人叫我去干，这也许就是社会责任感吧。大部分谱牒很难找，有时明知他有，却推说没有，只好空手而回。有时谱中无诗，劳而无功，白跑一趟。有时仅找到一首，总算不虚此行。有时找到很多首，就像地质队员找到了富矿似的，不禁心花怒放。总之，每次都要花两天时间和二三十元车费。也曾在去年下半年多次去信托人搜集五部、金岙、屿头、富山等地宗谱中描写山水风景的诗，结果均一无所获（《金岙八景诗》是今年5月份搜集到的）。可见，要办成一件事是何等艰难。我当时想以后不打工了，自由了，就逐村逐姓去搜集去发掘，如果搜集到100首以上，则再编续集。

古诗搜集来之后，整理加工也是很不容易。注解古诗需要渊博的知识，我虽然兴趣广泛，但仍碰到了很多困难。有时为了一条注释，绞尽脑汁，想啊，想啊，一下子就过了午夜。有时坐久了，下肢麻木，站起来几乎跌倒。有时翻遍手头所有资料仍找不到确切的答案……有时一连给出几条准确的注释就喜如雀跃。花了五年时间，共作了1400多条注释。搜集作者的生平简历，更像大海捞针，可谓备尝甘苦。为了专心编好这本书，我从3月份起辞去了有些人以为地枇槛蛮高、进去不容易的台州报社的校对工作。

本书在选注过程中，承蒙台州耆宿、临海博物馆丁伋老先生不吝珠玑多多赐教；承蒙橘乡彦俊黄岩中学正副校长童昌森、曾传智两位先生惠赐佳作，为本书生色；承蒙《黄岩志》主编、黄岩历史学会会长严振非老师大力支持；承蒙黄岩博物馆、椒江图书馆在查阅古籍中提供方便；黄岩文史界前辈魏贻孙、王观岳两位老先生也都提出了很好的意见。书编好后，承蒙黄岩区人大常委会主任朱锋先生审读全书并予指正；承蒙台州市政协文史委主任王中河先生审读全书并作多处修改，并作为《台州市政协文史资料》（第10辑）先行出版；承蒙台州市政协主席朱福初先生和黄岩文艺界泰斗、著名诗人夏矛先生作序；承蒙黄岩区文联常务副主席沈雷先生审读全书、设计封面并题写书名。本书在出版过程中得到台州市文体局、宁溪下周村、桥亭村、横街村、浙江鸿发集团有限公司、美籍华人陈福临女士等单位和个人的资助，并得到黄岩区人大、政协、文联、上郑乡党委、政府，黄岩区文体局黄昌荣先生和宁溪镇下周村吴立庆先生等单位和个人的大力支持，谨在此一并致谢。

由于本人才疏识浅，时间仓促，差错一定不少。恳请读者和方家多多教正，不胜感激。

郑钦南

2003年5月1日于黄岩溪畔

《荣兴老本》跋

　　小时候，我很喜欢听故事，我的姑婆和父母亲经常讲故事给我听。我们上郑村上街头有一处泰山岩，可以坐十几个人，夏夜乘凉时，黄肖梅、郑钦令、何英万、郑纪招等许多人在这里讲民间故事和地方掌故。这些故事在我幼少心灵中留下了不可磨灭的印象，有许多故事至今仍记忆犹新。执教40年，一半时间在山乡中学度过，业余搜集了许多民间故事。有时还结合教学让学生们去搜集民间故事写成作文，再把好的挑出来在班会上讲给大家听，并在墙报上出一期特刊。现在还有十几篇保存在手头，有的经我修改后编入这本书中。

　　我原本以为民间故事是在社会上流传，你传我，我传他，在流传过程中不断地充实、提高、完善，因而没有固定的作者。二十世纪九十年代，我根据史料创作的历史故事《马隆巧摆磁石阵》，却被上海《故事大王》编辑部发表在"民间故事"专栏中，我马上致函该刊主编朱家栋先生提出异议，朱在复信中说："本刊发表的民间故事有很多是作者创作的，或含有很大创作成分的……"后来，吉林的《民间故事》和本省的《山海经》等一大批民间文学刊物都转向以发表创作为主的通俗文学作品。民间故事和其他体裁一样是一种形式，一种载体，作者完全可以用这种形式去写心中想写的人物故事。1992年秋，黄岩市政协特邀我参加开发朱砂堆风景区的先期考察，风景区的开发少不了民间故事，我们就结合当地实际情况创作了《朱砂堆的传说》等许多民间故事。

　　收入这本书中的《曹鼎慎独》《凿骨取箭》《报告风波》《四全其美》等许多故事都是创作的。在社会上流传的民间故事绝大部分都是一鳞半爪，都是一些线索或梗概，情节完整的民间故事是很少很少的。整理，实际上就是再创作。搜集整理民间故事并非"你说我记，不花力气"，而是也要经过艰辛的脑力劳动的。

　　有些人认为，民间故事之类的民间文学作品是下里巴人，土得不能登大雅之堂。鄙人并不以为然。历史上，许多经典作品来自民间，如《诗经》中的"十五国风"、《楚辞》中的"九歌"和汉代的许多"乐府诗"等，在当时都是民歌。《三国演义》《水浒传》《西游记》和《聊斋志异》中的许多故事在成书前都曾在民间广为流传。中国四大民间故事《孟姜女》《白蛇传》《牛郎织女》和《梁山伯和祝英台》之所以能流传几千年而不衰，具有顽强的生命力，就是因为它们为广大人民群众所喜闻乐见。

　　有些人认为，只有像他们那样的文人所创作的作品才是真正的文学作品（其实有许多是文化垃圾），才是流传千古的杰作，才可以登上大雅之堂。愚以为，平平淡淡才是真，时间会作出公正的评判。

　　姑婆走了，父母亲和纪招公、英万叔等也都走了，他们都带走了很多的民间故事。我也不觉早生华发，年近古稀。但我不想带走这些故事，因此，就将它编辑出版，留给后人。黄岩素称"小邹鲁"，不论是创作的故事，还是流传了千百年的故事都很多，让我们在讲故事、听故事和读故事中受到启发受到教育，获得美好的精神享受，愿本书能与您共度良宵。

　　　　　　　　　　　　　郑钦南 2005年深秋于黄岩溪畔

《台州市区西部历代诗词校注》自序

　　台州市区西部历史悠久。二十世纪八十年代末，我在上郑村发掘出有肩石铲（农业生产工具，现存黄岩博物馆），证明四五千年之前就已进入农耕社会。耕读传家勤劳好学是西部人的优良传统。南宋台州十大儒，黄岩就占了百分之七十，西部山区就出了理学家车若水和经学家黄超然。两宋至清末，黄岩考中进士的有183人，西乡仙浦喻喻长霖是赫赫有名的榜眼。举人秀才则更多，还有许多学问渊博而不屑事举子业的人。他们创造了灿烂的历史文化，而诗词则是文化宝库中的熠熠明珠。挖掘和整理文学遗产，钩沉被岁月湮没的光辉，让先贤先哲的清风高节与他们的诗词重放光彩，是整个文学事业的重要组成部分，也是我们这一代人义不容辞的职责。

　　台州人的精神蕴含在台州灿烂的文化中。诗词是台州文化宝库的一朵奇葩，散发出厚重的台州人文精神异香。"大宋忠臣牟大昌，义兵今起应天祥。赤城虽已降于掳，黄山不愿为之氓。"牟大昌的《题帜》一诗，慷慨激昂，骨气奇高，集中体现了作者强烈的爱国情怀和高尚的民族气节。南宋德祐二年（1276）一月，元军攻陷临安，铁马金戈所向披靡。在国难当头民族危亡之际，在京的丞相陈宜中、左丞相吴坚、右丞相贾余庆等达官贵人"或走或降"。然而，同年十一月一日，这支战无不胜的铁骑在黄土岭却遭到了强有力的阻击。牟大昌召集乡人响应文天祥勤王抗元，率乡兵数百扼守黄土岭，奋勇抵抗元兵的进攻，终因兵寡力疲，牟大昌与大部分乡兵壮烈殉国。牟大昌与数百乡民的壮举，感天动地，充分体现了"台州式的硬气"；这首用鲜血与生命凝结成的诗，气壮山河，在台州文学史上放射出夺目的光辉。

台州历代诗词大家不多，但好的作品却层出不穷。牟筠圃的《掘蕨行》描写了劳动人民掘蕨救荒的苦难生活，对劳动人民寄予深刻的同情。牟怪民的《松门筑城歌》，反映了松门筑城工程的艰巨和劳动人民所负徭役的繁重。南宋台州十大儒之一的屿头黄超然和超凡入圣的宁溪南峰公王所的《古风》和《尚默轩》等都富有深刻的哲理。黄超然的《迎送神乐歌》与屈原的《九歌》如出一辙，可见楚文化对台州的影响。特别值得一提的是，宁溪王氏始迁祖唐代王从德的《古荆篇》写得雍容典雅，思想性和艺术性都很高。等等。但这些诗词被大量散落在民间宗谱里，藏于深闺，束之高阁，光辉被岁月湮没。挖掘和整理文学遗产，让先贤先哲的清风高节与他们的诗词重放光彩，为台州精神的培育和弘扬提供历史文化文本，是我们的愿望。

诗无达诂。对于诗词作品的解读，历来见仁见智。我们在选注中，侧重于规范文字，拾遗补缺，对深奥难懂之处加以明白易懂的注释，力图通过提供真实丰富的文本，引领读者对作品本身的感悟。

西部人在反抗封建压迫，抵御外族入侵的过程中，涌现了许多可歌可泣的事迹。在抗日战争和解放战争中，西部作出了卓越的贡献，是革命老区。在建造台州大水缸长潭水库过程中，西部，尤其是乌岩和宁溪作出了巨大的牺牲。饮水思源，西部应当成为关注的重点。由于种种原因，西部经济发展严重滞后，西部迄今还没有真正的脱贫。开发西部，不光是政府的事，也是咱老百姓自己的事。有钱出钱，有力出力。郑某不才，愿为发掘西部历史文化，激发西部人的乡土自豪感稍尽绵薄。是为序。

郑钦南

2005年冬于黄岩溪畔上郑村

《台州市区西部历代诗词校注》前言

文化遗产是前人留给我们的宝贵的精神财富。"发掘历史文化、促进经济发展"愚以为是当前的共识。所谓"发掘"就是搜集整理。就是通过辛勤劳动，消除文字障碍，将原来许多人看不懂的东西变为许多人能够看懂的东西，为继承和借鉴创造有利条件。其社会意义是不言而喻的。

整理文化遗产，我国古已有之。据历史记载，大约到东周末年，不仅三皇五帝时代的《三坟》《五典》《八索》《九丘》等各种古籍基本上已无人能看懂，就连夏代的陶文、商代的甲骨文和周初的钟鼎文等真正能看懂的人也是凤毛麟角寥若晨星。为了让更多的人能看懂，孔子和他的学生们花了许多时间和精力整理古籍，删述六经（《诗》《书》《易》《乐》《礼》《春秋》）等。现在看到的《诗经》只有三百零五篇，就是孔子删定的。孔子删诗之前，诗很多，至少有好几千篇。

现在看到的《易经》，又叫《周易》。其实，《易经》并非仅仅《周易》一种。在古代，《易》有三种，除《周易》外，还有《连山》和《归藏》。为什么后两种没有流传下来？其主要原因是古文字难认难读，内容深奥难懂。在人们的心目中，看不懂的东西就是无用的东西。无用的东西就没有保存的必要。有人说，失传的古籍比流传下来的还要多，这种可能性是存在的。《四库全书》中有目无文的确实很多。

到了汉代，许多人对先秦古籍及其注解看不懂，刘向父子和郑众、郑玄等一大批学者对古籍又进行了一次大规模的整理，对有的注解再加以解释。到了唐代，孔颖达、陆德明和颜师古等一大批学者对古代的文化遗产又作了一次大规模的整理。总之，各朝各代每隔几百年或百把年都对文化遗产作一次整理。其目的都是为了让更多的人能看懂。台州素称"小邹鲁"，文化积淀深厚。新中国成立前后，著名学者项士元和目前仍健在的丁伋先生等对台州文化遗产的整理作出了卓越的贡献。

一位好心的朋友说，清末民初有人编过《台诗四录》，言外之意是你们编此书未免为时已晚。众所周知，清末民初迄今将近百年。近百年来，中国社会经历了辛亥革命、"五四运动"、抗日战争、解放战争等多次翻天覆地的变化。且不说各种战争的炮火硝烟毁坏了多少古籍，就是在土改、"大跃进"和"文化大革命"等运动中被烧毁的古籍也是不计其数。我家中的《康熙字典》《本草纲目》《昭明文选》《古文观止》《唐诗三百首》《十三经注疏》《史记》《汉书》《三国志》《文心雕龙》《老子》《庄子》《列子》《荀子》及《红楼梦》等四大名著等许多古书都是在"文革"中被宁溪小教界的一班红卫兵大将抄去销毁了的。因此，几经劫难留传下来的古体诗词就更加显得珍贵。另外，自从推行简化字以来，认得繁体字的年轻人又有几个？

党对文化遗产的方针政策是"古为今用、推陈出新"，"去粗取精、去伪存真"，"取其精华、去其糟粕"，"批判地继承"。如果连看都看不懂，又怎么能分辨得出哪是精华？哪是糟粕？怎么"取"？怎么"去"？怎么"批判"？怎么"继承"？因此，也就更谈不上怎么"用"了？

这次搜集来的古诗词内容非常丰富。反映重大历史事件的就有宋末牟大昌《题帜》诗。这首用鲜血和生命凝成的诗是战斗的号角，是出征的誓词。气壮山河，感天地而泣鬼神。充分体现了"台州式的硬气"，在台州文学史上放射出异样的光辉。歌颂民族英雄牟大昌率兵抗元，激战黄土岭壮烈牺牲的诗很多，如牟筠圃《读北黎公家传》、牟松溪《次和筠圃叔读北黎传》、牟勉庵《和筠圃叔读北黎公传》等。南宋末年，国难当头。文天祥丞相在外率兵抗元并号召各地勤王。在京的丞相陈宜中等官员逃跑，左丞相吴坚、右丞相贾余庆屈膝投降。茅畲牟大昌敢于以弱抗强，这种大无畏的精神和崇高的民族气节确实应当大书特书发扬光大。也有歌颂清初不畏强暴、坚贞不屈的农村妇女金呑黄嘉文妻蔡慧奴的高风劲节，并披露了平定叛乱、保境安民的清王朝的仁义之师乘机大肆掳掠妇女儿童的滔天罪行。从一个侧面揭露了封建社会的黑暗的诗很多，如蔡础的《哭女诗》、张天佐的《烈妇行》和牟学圣等人的《追表蔡烈妇》等。这些诗对于时下一些甘作二奶和三陪女的人不啻当头棒喝，富有深刻的现实意义。牟筠圃的《掘蕨行》描写了劳动人民掘蕨救荒的苦难生活，对劳动人民寄予深刻的同情。牟怪民的《松门筑城歌》，反映了松门筑城工程的艰巨和劳动人民所负徭役的繁重。南宋台州十大儒之一的屿头黄超然和超凡入圣的宁溪南峰公王所的《古风》和《尚默轩》等都富有深刻的哲理。黄超然的《迎送神乐歌》与屈原的《九歌》如出一辙，可见楚文化对台州的影响。特别值得一提的是，宁溪王氏始迁祖唐代王从德的《古荆篇》写得雍容典雅，思想性和艺术性都很高。卢秀灿的诗词融现实主义和浪漫主义于一炉，意境深远。别出心裁，自成一家，既含蓄又形象，言有尽而意无穷。本集还编进了描写山水风光的《畲川八景》和《乌岩十六景》，读后更感到西部山区的可爱。此外，还有许多祝寿诗、哀挽诗、爱情诗和描写风花雪月的诗等。

　　永宁江滚滚东流，鱼龙混杂，泥沙俱下。收入这本诗集中的676首诗词中，有的慷慨豪迈，令人荡气回肠，一唱三叹。有的则比较清淡，明白如话，老妪能解。就是同一首诗词，各人有各人的见解。仁者见仁，智者见智。伟人说得好，你要知道梨子的滋味，亲口尝一尝就知道了。

郑钦南

2005年冬于黄岩溪畔

《台州市区西部历代诗词校注》后记

　　编入这本诗集中的223位作者的676首古体诗词，从搜集到的900多首中选出。这些诗词绝大部分是从宁溪《王氏宗谱》，上郑《陈氏宗谱》，屿头《黄氏宗谱》，杨岙《杨氏宗谱》、茅畬《牟氏宗谱》、乌岩《卢氏宗谱》、金岙《黄氏宗谱》和坑口《刘氏宗谱》等各地宗谱中搜集来的。有些是过去搜集《宁溪历代山水诗》时一并搜集来的，有些是近年为了发掘市区西部历史文化而特地搜集来的。去年七月，我去圣堂搜集《杨氏宗谱》中的古体诗时，室外骄阳似火，廊下闷热异常，女主人看到我写得满头大汗，就端来电风扇助我清风阵阵。傍晚，我踏着落日的余晖回家。途中巧遇区旅游局翁维国局长考察旅游资源回来。我一招手，他马上停车，顺便将我带到家门口。

　　去年八月，我离开椒江返故居上郑，对搜集来的古诗词逐字逐句进行点校。在家里写书，还要自己做饭。饭菜下锅后，特地提醒自己：过十分钟后来看看，千万不要烧焦了。谁知一拿起笔来，就物我两忘。直到浓重的焦臭味钻进鼻孔，"哎哟，我的饭菜！"才三脚两步奔向厨房，揭开锅盖一看，半锅成了焦炭。只好安慰自己，烧焦的东西消食化气。九月，应永嘉县南正广福寺负责人王春芳之邀，去该寺帮忙。闲时抓紧时间继续点校，利用别人打麻将、烤火的时间加速这项社会文化工程的进度。10月，将近二十万字的书稿送交区政协文史委（应六月份胡主任之约）。

　　此后，我就着手进行注释和撰写作者简介或小传。高处不胜寒。广福寺地处千米高山之上，冬天气温零下五六度是家常便饭，最冷的一次达零下15度。我活了66年，以前从未经历过如此奇寒。天寒地冻，影响不了我的注书工作。手冻得发麻时，我想了一个防冻御寒的办法：将热水注入两只盛过枇杷膏的60毫升玻璃瓶中盖紧放衣袋中，再将手伸进去握住瓶子，冻麻的手指便会很快地解冻复苏。手暖和了，又振笔疾书。就是除夕夜和大年初一也夜以继日，一刻不停。越到老年，就越感到时间的可贵。这种心情年轻时是没有的。

虽说有了编撰第一本古诗选注的经验，编第二本时顺手得多，但任务还是相当艰巨的。仅标点符号就加了三四千个，注释2300多条（勘误约600处）。点校古诗，本当以善本为依据，可是从民间宗谱中搜集整理古体诗词是一项开创性的工作，没有善本。因此，就只好凭我胸中所学为依据。说白了，就是凭我个人感觉来进行点校。"个人感觉"不可能都对，敬祈方家不吝赐教。

这本书从搜集至定稿，我和苍钧两人花了近三年时间。今年六月初，书稿被区文史委退回，只好自己出版。朋友们说，有货不愁穷。好书一定会经得起时间的考验和读者的欢迎的。

今年四月，我应区委宣传部的邀请，协助池太宁教授编撰《永宁江文化史话》。工作之余，常将注释中碰到的许多疑难之处向他请教，获益匪浅。本书在校注过程中，临海博物馆丁伋老先生不吝珠玑，多多赐教。谨在此向两位前辈致以衷心的感谢。

本书在资料搜集过程中得到黄国富、黄昌岳、虞敏行等同志的支持，谨在此一并致谢。

由于我们才疏识浅，加之成书仓促，书中差错一定不少。恳请广大读者多多指正，不胜感激。

郑钦南

2005年秋于黄岩溪畔

《台州市区历代诗词选注》前言

　　台州市区负山面海，山海雄奇，历代诗人辈出，历史文化积淀非常深厚。

　　椒北章安是西汉回浦县（前85），东汉章安县（25），三国吴临海县（221）、临海郡（277）……直至隋文帝开皇十年（590）的郡县治所在地（开皇十一年，隋文帝在大固山麓设置临海镇，并将郡县治从章安迁入）。历史悠久，是一座曾经辉煌过近700年的历史文化名城。黄岩建县于唐高宗上元二年（625），迄今有1320多年历史。宋室南迁，人文鼎盛。南宋台州十大儒黄岩就占了70%，他们是徐庭筠、赵师渊、杜晔、杜知仁、杜范、车若水和黄超然，其中杜范为右丞相。加上章安石䃤，市区占了80%。

　　元代是继南宋之后，台州市区乃至整个台州文化的又一个鼎盛时期。对于元代的历史，一个普遍的看法是，蒙古入主中原，异族统治。尤其是元代统治者将国人分成四个等级，即蒙古人、色目人、汉人和南人。台州人属"南人"范畴遭到极其残酷的剥削和压迫，文化备受摧残……元代是台州乃至整个中国历史上的最黑暗时期。愚以为，这不是历史唯物主义者的看法，这是大汉族主义者戴着有色眼镜看历史的结果。纵观历史，不论哪朝哪代，一个新的政权建立之后，执政者的当务之急，无不竭力镇压政治上的反对派以巩固自己的统治。郭沫若先生说得好："历史上的商纣王并不像人们所说的那么坏。人们之所以认为他是一个暴君，那是受了周初反商宣传影响的结果。"明太祖朱元璋上台之后的三四年内，将黄岩县约十六万青壮年迁往安徽凤阳等地。明成祖朱棣篡夺了亲侄儿建文帝朱允炆的皇位之后，命台州人方孝孺起草即位诏书，方孝孺不仅严词拒绝，还大骂朱棣不仁不义。朱棣将他十族全诛，杀了873人。朱棣还杀了建文帝的另一个忠臣黄岩王叔英及其亲属627人。血流成河，惨不忍睹。朱棣还将黄岩富户15万人迁往安徽、河北和山东等地。明太祖、成祖严重摧残了黄岩的经济和文化。难道汉人压迫汉人就不算残酷？难道汉人杀汉人就不算暴虐？元代建立之后，经济恢复很快，人口增长也很快，元成宗元贞元年（1295）黄岩户口超过5万，黄岩由县升格为州，史称"黄岩州"。这在历史上是绝无仅有的。大德三年（1299），黄岩州知州韩国宝修筑常丰清、混二闸及东南沿海水利，进一步促进了黄岩经济的发展。元顺帝至正十二年（1352），台州路达鲁花赤泰不华在黄岩王林洋与方国珍领导的农民起义军作战时为国捐躯，范秋蟾、牟南轩等许多南人不为方国珍赋诗祝捷，却为泰不华赋诗吊唁，表示沉痛哀悼，并为他歌功颂德。黄岩人把讲历史故事叫作"讲大元朝"，而从来没有叫作"讲大宋朝"或"讲大明朝"的。可见元代的文治武功是多么深入人心。笔者无意为蒙古贵族开脱或歌颂，但尊重史实是每个文化人最起码的良知。

为了弘扬市区历史文化的优良传统，让更多的读者了解、热爱、继承和发展市区的优秀文化，古为今用，推陈出新，在建设椒黄路文化大区和台州经济文化大市中发挥自己的聪明才智，贡献自己的力量，我们编选了这部诗集，并作了点校和注释。

宋诗中杨蟠、左纬叔侄、徐似道、杜范、戴复古、车若水、丁朗等人的诗思想性和艺术性都很高。杨蟠的诗，清丽中略显豪放，诗风接近欧苏，在中国文学史上占有一定地位。欧阳修"卧读杨蟠一千首，乞渠秋月与春风。”可见他对杨蟠的推崇。左纬的诗格律严谨，诗意隽永。他的《送许左丞至白沙为舟人所误》诗中“短棹无寻处，严城欲闭门。水边人独立，沙上月黄昏。”脍炙人口，是一幅意境深远的“惜别图”。学者魏庆之评云：“此二十字，可谓道尽惜别之情矣。至今读之，犹使人黯然销魂也。”尚书右丞孙傅评论左纬的诗集《委羽居士集》云：“此非今人之诗也，若置之杜集，谁能辨别？”称赞左纬的诗可与杜甫的诗相媲美。左纬的侄子左誉的诗词都写得很好。评论家王明清认为他的作品清新妩丽，调高韵胜。其弟左鄯亦善诗，尚书左丞许景衡赠诗云：“吾子叔侄皆咸籍，主人兄弟亦机云。”诗中的“咸籍”是东晋“竹林七贤”中的阮籍、阮咸叔侄，“机云”是西晋文学家陆机、陆云兄弟，可见评价之高。青年诗人丁朗以诗游历江湖，曾到京城临安（今杭州）拜访刘锜和岳飞。两位元帅不仅亲切地接见了他，还对他的才华极表赞赏，他写的《上刘岳二大帅》等诗，中书舍人陈傅良评云：“只字南金，齐名郊岛。”称赞他的诗字字如金，可与唐代孟郊贾岛齐名。徐似道是陆游的老师，他的诗词，清新泼辣。其《一剪梅·道学》对顶头上司，假道学者某州官极尽讽刺之能事，对他的装腔作势，不学无术及其虚伪本质的揭露可谓一针见血入木三分。他的《游庐山得蟹》直抒胸臆，形象生动，把酒持螯，飘飘欲仙。江东提刑刘克庄对徐似道及其作品评价很高，称其“才气飘逸，警句巧对，殆于天造地设……品在姜尧章诸人之上。”可见他在南宋文坛上的影响之大。戴复古的诗评论颇多，本文不再赘述。王居安为南宋一代名臣，诗也写得很好。堪称珠圆玉润意境高远。《丁未廷唱》除了写出他金榜题名进士及第的喜悦心情之外，还表示要为国尽忠兴利除弊的决心。陈耆卿正视现实，直面人生。他的《闻湖寇》，真实地记录了连年战争民不聊生，血染长河白骨盈船的惨况，深刻地揭露了官昏吏恶的黑暗现实，并用反语“吾皇圣德如天大"对皇上作了极为辛辣的讽刺。诗如其人,杜范的诗体现了他的一贯的忠君忧国思想。《募兵》中"戮力济王功,期以捐微躯。"作者借老母少妇之口勉励从军的亲人为国立功,直至壮烈牺牲。这首诗情真意切,可与杜甫《三别》媲美。《葱羹麦饭》中,"多少人家午未炊"寄托了他对广大劳动人民的无限同情。郑大惠的《哀夏孝女》刻画了一位打虎女英雄的光辉形象,并热忱鼓励猎户披甲张弩勇除虎患。郑大惠公开谴责老天纵虎为患的思想,确实高出流辈。礼部尚书真德秀称"其诗清绝可爱,读之如咀冰雪。"永嘉学派领袖叶适则认为"其佳者可比唐代大诗人李白和杜甫(的诗)"。戴复古赠郑大惠诗云:"闭门觅句饭牛翁,囊有新诗不怕穷。十里梅花生眼底,九峰山色满胸中。"理学家车若水的诗别具一格,自成一家。他的《思远》《不寐》和《儳言》等诗都洋溢着浓郁的书卷气,《游灵岩》等都含有深刻的哲理。《明妃》中"不道当年虏自衰"一语破的,深刻地揭露了政治婚姻的虚伪,"和亲"政策的失败,还历史以本来面目。

元初,汉族知识分子的诗抒发了兴亡之感和故国之思。陈国琥的《春日感兴》很有代表性,诗的颔联"宛马嚼残吴地草,蜀鹃啼老楚山花。"两句暗指蒙古人主中原汉人遭异族统治。"嚼残"二字突出了统治者的残暴,一个"草"字形象地写出了广大劳动人民的无力反抗,不得不任其大嚼。颈联"荒烟淡淡多遗垒,乔木青青几故家。"中一个"多"字点出了元军对当地百姓的血腥屠杀,一个"几"字写出了殷实的故家所剩无几,时序虽是春天,但诗人的眼前却是荒烟落照一片悲凉。贺坝的《花犊翁歌》写出了他晚年悠游林下的闲适生活。"薄薄酒,呷两盅,醉倒岩前夕阳下。"快乐逍遥,溢于言表。从贺坝的这首诗中我们可以看出中华文化高度的兼容性,特别是汉文化的主体化与文学的渗透力使蒙汉融合,汉族知识分子与蒙古贵族之间的对立情绪早已消失殆尽。陈德永的诗格调清新，比喻恰当。如《送同知黄岩州事林起宗满归》中"贪官如苦雨，好官如流电。"形象地写出了老百姓对官的感受，巴不得"苦雨"立即停止，苦雨却渐渐沥沥下个不停。巴不得好官长期留任，好官却像闪电似的一闪而过。《陪泰兼善贡泰甫修禊分韵得矣字》"波行羽觞进，意洽燕客喜。"写出了蒙汉两族多么亲密无间。青年诗人林彦华的《八台咏》是一组意味深长的咏史诗。每一首诗都写得非常凝练深刻，每一首诗都是一段沉甸甸的历史，历史学家要用几百几千文字写成的史料，诗人只用了56个字就把它概括出来。这种高超的概括能力令人佩服得五体投地，难怪这些诗在他生前就广为传咏。刘仁本是元代才高学博的进士，后来成了农民起义军领袖方国珍的军师。清纪晓岚在《四库全书总目提要》中称其"学问淹雅，工于吟咏"，学者朱右称其"性情所发，指意所归，皆有唐人法度。长诗宗韩，短律师杜，乐府歌曲有李白风度，而四言诗又不在魏晋下（见《羽庭稿·序》）。他的许多诗都是在金戈铁马刀光剑影的战斗间隙中吟成的。如《过枫亭驿和周草亭巡检韵就寄》"馈粮千里又南征，笑犯弓刀拥将星。"气概豪迈，显现了叱咤风云的风流人物的本色。《蕨萁行》揭示了劳动人民采蕨充饥流离失所的苦难生活，大官们却不断地呈祥献瑞粉饰太平的黑暗现实。《田父吟》语言流畅，亲切动人，对处于水深火热之中的广大农民寄予深切的同情。具有很高的思想性和艺术性。文史大家陶宗仪的诗抒写了他勤劳好学耕读传家的隐居生活。《南村杂赋》中"鹅鸭清波绿，牛羊晚照红。"活画出了生动的田园风光，"汗简修书史，持杯阅酒经。"又写出了他饮酒读书著书立说的快乐。陶宗仪的许多题画诗也写得十分生动，成了画意的点睛之笔。如《题云庄耕隐图》"晓起一犁春雨足，夕阳牛角挂书还。"写出了隐士与世无争的精神风貌。潘伯修才华横溢科场失意，报国有心投效无门，一生郁郁不得志。他写的诗又多又好，《江槛》中"年来收拾心情坐，怎奈云山绿水何？"面对青山绿水，发出了壮志难酬的浩叹。《甲午六月卧病柔川呈地主五首》"困饿只余皮骨在，不堪华发病伤心。"再现了他在兵荒马乱中颠沛流离贫病交加的真实生活。值得一提的是，种小租田和贩私盐出身的农民起义领袖方国珍在投降朱元璋前夕也写了一首耐人寻味的《无题》诗，"盖世英雄独谁与？""三公齐坐台温庆"气概豪迈，"事不成功天数定"投降姓朱的内心实在有所不甘，迫于形势而已。这首诗也是方国珍领导的轰轰烈烈的农民起义的总结。方国珍的儿子方礼和侄子方行都是兼资文武的少年英雄，他俩的诗也写得很好。限于篇幅，元代之后的诗词不再点评。

　　本书所收古体诗词内容非常丰富。反映重大历史事件的就有南宋赵构《金鳌阻潮》，牟诚叔《公无出门》，徐似道《唐使君与正新建浮桥》，杜范《闻喜宴和御诗》，戴木《贺杜立斋入相》，郑大惠《哀夏孝女》，文天祥《使北赠杜贵卿》《入浙东》；元代刘仁本《兰亭补诗》，朱右《次刘伯温都事感兴》、方国珍《无题》，范秋蟾《吊达普化元帅》；明代冯淮《蜀中峨眉亭》、陈泰《别族人》、谢铎《白枫河》、王铃《吊正学先生》、张凤翼《东湖樵夫》；清代蔡础《乙卯即事》、王铭锡《喜河闸告成》、王永清《戴家汇即事》、卢俪兰《避乱石墩》；现当代朱文劻《记恨》《三十四年八月十日日本向我投降志庆》，王松渠《米荒行》，项士元《少年游·海门作》，任重《十二月十四日杭州沦陷纪念作》《日本投降志庆》，王苏香《冒雪率救护队赴沪》，林奏丞《昏夜逃飞机遇雨》《西江闸告成纪事》，黄若周《迁厂》，王禹九《浩气如虹吞落日》，叶仲荪《吊蔡松坡将军》，胡步川《西江月·西江闸完工有感》，陈苍正《八十忆往·结合青年》，许世友《浪淘沙》等都堪称史诗。"他人有宝剑，我有笔如刀。"揭露社会黑暗，同情劳动人民苦难的诗有北宋陈耆卿《闻湖寇》，明代谢省《当窗织》、王弼《永丰谣》；清代蔡础《春燕秋雁吟》、朱国权《田家叹》、李飞英《弃儿行》；现当代方通良《感时竹枝词》、胡咏洋《抒怀—辞去空军总司令部秘书后》等。"谁知盘中餐，粒粒皆辛苦。"歌唱劳动，珍惜劳动果实的诗有南宋叶适《竹枝词》，戴复古《白纻辞》《乌盐角行》；元代盛象翁《北垄春耕》，於初翁《田家初夏》；明代曾启申《东浦渔歌》，金础《牧牛词》，何及《打粟歌》，章克震《咏橘》，黄承德《田家即事》；清代叶起曾《山庄杂咏》，张平《西江橘》，朱廷简《采棉歌》，王乐雕《踏麦行》，曾若济《故山歌》；现当代王苏香《范村山中植树归来》，林奏丞《登楼观橘》，王佩芸《编草帽》等。山盟海誓，永结同心。爱情是诗词创作永恒的主题，歌唱爱情的诗词有南宋左誉《眼儿媚》，戴复古《题亡室真像》，丁世昌《古乐府》，左瀛《妾薄命》；明代许伯旅《采莲曲》，何愚《节妇吟》，谢绩《相思曲》，王弼《古词》，蔡绍科《竹枝词》，黄绾《江南曲次夏小保》，王承祖《郎白马》；清代黄宜中《春闺曲》，赵嘉《子夜歌》，陈銮《古意》《冶春词》，牟德秀《南楼怨女吟和竹坡》，李飞英《东湖竹枝词》《东湖采莲曲》《东湖采菱曲》，蔡涛《台城竹枝词》，蔡篯《灵江航船曲》；现当代赵连城《悼亡》，郑开甸《蝶恋花》，陈慕濂《悼念乐坡》等。江山多娇，秀色可餐。游山玩水，人人喜欢。精美的山水诗不仅是自然景观的升华，也是重要的人文景观之一。本书收入的山水诗有南朝谢灵运《游赤石进帆海》《题委羽山》；唐代顾况《委羽山观》，杜光庭《委羽山》；宋代左纬《石新妇》《游委羽山》，王十朋《委羽山》，范成大《春游九峰》，朱熹《委羽山怀古》，石𡒊《题金鳌山如画轩》，王居安《游九峰》，郑瀛《葛井涵秋》，戴昺《夜过鉴湖》，毛鼎新《丹崖》；元代于演《金鳌山》，毛彦《丹崖》，盛象翁《五龙山》《题丹崖寺壁》，卢纶《金鳌吊古》，潘士骥《委羽寻仙》，叶嗣孙《方石》，钟铭《山行》，潘孟翔《洞谷》，方礼《登九峰绝顶》；明代王谏《丹崖》，张羽《柏山八景》，李璲《长屿》，叶诜《游金鳌山》，王启《登海门枫山》，徐庆亨《澄江夜泛》，应士芳《金鳌山》，王永钝《游剑山》；清代蔡元镕《澄江晚棹》，卢士良《赤栏望雪》，张泰《澄江晚眺》《石夫人》，牟濬《答人问葭沚风景》，夏雯《澄江晚棹》；现当代朱文劼《咏石大人》等。名人效应，影响无限。名人与台州市区关系密切。名人的诗除了山水诗人谢灵运等人的作品之外，还有宋代欧阳修《读杨蟠〈章安集〉》，苏轼《次和杨公济奉议〈梅花〉》，陆游《谢君寄〈一犁春雨图〉求诗为作绝句》，朱熹《委羽山题二徐先生宅》《次韵吕季克〈橘堤〉》《题洪氏壁》、《题洪氏菊》，姜夔《送王简卿归天台》，孙应时《东海》，文天祥《椒江夜潮》《过黄岩》；明代戚继光《韬钤深处》《春野》《铁马》，王世贞《天台蔡去疾醉坠山池赋诗赠之》；清代袁枚《黄岩道中》，宋世荦《黄岩杂诗》，梁启超《船过台州海面遥望浙东山有感》，章梫《赠杨定敷》；现当代宾凤阳《次和王默庵观察〈中秋宴公园〉诗》，蔡元培《祝陈太夫人七秩华诞》，郭沫若《赠吴汶》等。此许还有许多和韵诗、送别诗、祝寿诗、哀挽诗和寓言诗等。

　　读了本书中的1100多首古体诗词之后，你一定会为台州市区这么深厚的历史文化积淀感到骄傲，你一定会激发出强烈的乡土自豪感，台州市区是多么的可亲可爱，是多么的了不起啊！从而将台州市区乃至整个台州建设得更加美好。如果真的这样，我们将感到莫大的欣慰。因为，我们的心血没有白费。

郑钦南

于2009年荷月吉旦

《台州市区历代诗词选注》后记

　　编入这本书中的600多位作者的1140多首古体诗词，绝大部分是从市区的民间宗谱中搜集来的。也有少数几首是从《万历黄岩县志》《光绪黄岩县志》《台学统》《黄岩集》和上个世纪的《椒江市志》《黄岩史志通讯》《黄岩政协文史资料》等史志中录出。本书在校注过程中，得到浙师大教授张继定先生、椒江区政协文史委主任楼祖民先生、黄岩区旅游局副局长翁维国先生、黄岩区西城办事处党工委书记杨正敏先生、黄岩区沙埠镇镇长林自国先生等支持和帮助，谨在此一并致以衷心的感谢。

　　本书在去年夏天就可以出版，之所以推迟一年，是为了防止被人抄袭和剽窃。（已发现有人从我的《宁溪山水诗选注》和《台州市区西部历代诗词校注》中抄袭、剽窃了20多首诗的勘误和注释）不断修改，提高质量。

　　为了积攒本书的出版费用，我一边打工，一边修改书稿，但打工难打，2006年，我在某杂志社打工（当编辑），杂志承包商要我在编杂志之余给他编一本书。亲口许我编书月工资3500元，这本40万字的书，从七八十万字的材料中整理而成，最快也要两个月。书编好后，他只给我加班费800元，工资不付一分钱，活活赖去7000元。编书过程中，由于日夜加班连续半个月，血压升至200/100，身体几乎被拖垮。又如去秋在某报打工（当校对），奥运会期间，连续熬夜半个月多，夜夜都到下半夜两三点钟，有时甚至通宵达旦，没有一分钱夜班补贴，甚至连夜餐费都没有，致使神损阴耗，虚火上升，牙痛、下肢浮肿，左耳能清晰地听到心脏跳动的声音。

这些都足以证明打工者的生活何等艰辛。但带病坚持工作，是我几十年的老习惯，何况现在还有医疗保险哩。今年一月份，去某医院检查，血压160/90，左心室、左心房扩大，尿蛋白3+，医师说是高血压三期，引发心脏病和肾脏炎（要我住院治疗）。但我的精神状态很好，没有丝毫痛苦的感觉，就像没病似的。我不愿住院，就一边吃药，一边打工，一边继续修改书稿。

2008年春，我搬进了椒江和平家园"亦可居"，虽然房子小得像鸡笼，但这个亲手垒起来的窝能遮风挡雨，是自己的天地。从此免除了经常搬迁的烦恼。注书需要大量的时间和精力。买菜费时，烧菜费时，我就买来豆腐乳下饭（其实一半是上年自己种的薯丝）。从而节省出许多时间。一箪食，一瓢饮，在陋巷。没有车马喧，心远地自偏。为了写好这本书，家中自留山、饲料山被人占去，都无暇去收回。

今年4月中旬，我又到某医院看病，挂的是专家号。专家看了化验单和彩超报告单并作了简单的检查之后，说："马上住院。"我说我没时间，再过十几天，到"五一"来住吧。他说："再过十几天，你命都没了。"并开出《入院许可证》。我不信我的这颗在苦水中泡大的心脏会在十多天后停止跳动；我不信，我的经过半个多世纪艰苦奋斗的顽强的生命会这么脆弱，会在十多天后驾鹤归西，乘鸾仙去！我带着这张《入院许可证》，带着对这位专家的"危言耸听，缺乏诚信"的感觉不辞而别，到另一家医院去买了一些治疗高血压、心脏病和肾脏炎的药，继续打工和进一步修改书稿。可以说，这本书中的注释和勘误，融入了我大量的心血，融入了我的健康，融入了我的生命。

《易》云："天行健，君子以自强不息。"编撰这本书的工作量是很大的。除了搜集资料之外，整理工作也花了大量的时间和精力。我和苍钧都花了三四年时间，加上标点6100多个，作出注释4000多条，勘误800多处，破解典故150多个。有些标点、勘误和许多注释都经过反复推敲，绞尽脑汁，终于完成了这项社会文化工程。但由于水平有限，书中谬误在所难免，祈请方家和广大读者多多指正，衷心感激。

书成之日，恰逢我来到这个多灾多难的人世间七十周年，胡诌八句，以资纪念。《七十抒怀》："常忖自己年尚少，不觉头白到古稀。童心未泯不服老，壮志难酬缘数奇。自信挥毫能挂日，不信晚霞逊晨曦。老骥伏枥慢嚼草，尚思为国再奋蹄。"

郑钦南

2009年夏于椒江畔

感谢生活的厚爱和馈赠

——《天有多大》代序

　　我虽然在生活中吃过不少苦头，但我没有被生活压垮，而且还获得了生活的厚爱与馈赠。中国文人大都"穷而后工"，穷，为什么会穷？这是正直的文人受权豪势要剥削和压迫的结果。工，为什么会工？这是由于在受剥削受压迫过程中深刻地认识了这些一向道貌岸然而又有权有势横行霸道者的狰狞面目和丑恶灵魂，为文学创作提供了丰富的素材和不竭的动力。这就是收获。这就是生活的厚爱和馈赠。老话讲"吃亏是福"，"磨难也是财富"确实言之有理。

　　文学源于生活，不泥于生活，高于生活。例如，寓言《瓶子里的沙蜂》，是由生活中的一件小事引发创作灵感的。一次，我看到窗台上残存着糖浆的玻璃瓶中钻进了三只沙蜂和一只苍蝇在吃糖浆。后来，瓶子被风吹倒后滚落到地板上，多次滚翻之后停在半明半暗的地方。瓶口在暗处，瓶底在亮处。沙蜂朝亮处爬去，多次碰壁。苍蝇朝暗处爬去，终于脱离了困境……这时，我的脑子里突然灵光一闪，将这个事情与"瞎指挥"融化在一起，挥毫写下了寓言《沙蜂与苍蝇》，发在夏矛老师编的《橘花》报上。后来我把标题改为《瓶子里的沙蜂》，投寄钱国丹老师主编的《台州小儿文苑》。钱老师帮我把"苍蝇"改为"小沙蜂"。后来，不知怎么的被中国寓言文学研究会的安武林老师看到了，将它编入"经典里的真善美寓言"《月亮挂在树梢上》，广东教育出版社2010

年版。后来又被编入"教育部语文新课标必读丛书"《中国现代寓言故事》，人民文学出版社2012年版，受到读者的好评，"寓意深刻，耐读。"

创作产生了巨大的快乐。《天有多大》是古代寓言《坐井观天》的续写，却反其意而用之。描绘了形形色色的带"长"字者的形象。他们一向认为，"在我的势力范围内，我就是沙皇，我就是上帝。"顺我者昌，逆我者亡；滥用职权，迫害无辜。把权力发挥到极致。日常生活中，这样的货我们见得还少吗？这篇寓言发表在刘星老师编的《台州日报·华顶》副刊上，由于切中时弊，当时曾引起反响。后来得到台州文坛大姐大钱国丹老师的肯定和赞赏，编入《台州少儿文苑》。后来又被浙江省作家协会编入《浙江省儿童文学作品精选》（2009—2011），浙江省少年儿童出版社2012年版。

《黄牛与豺狗》这篇寓言得益于我童年时代牵牛砍柴的生活。我的家乡在黄岩西部山区，峰峦起伏，丰草长林。豺狗搂牛是常见的自然现象。豺狗看到黄牛之后，就用它锯利似的舌头舔牛的屁股，给牛以痒酥酥的很舒服的感觉，麻痹了牛的脑袋，使牛放松了警惕，后来它把牛肠子拉扯出来，要了牛的命。这跟人类社会中，那些"当面讲好话，背后下毒手。"的人何其相似乃尔？一次，在省儿童文学年会上，上海《故事大王》主编朱家栋老师一看就说："好！"带回去很快就发表了。这篇寓言后来被中国寓言文学研究会编入《当代中国寓言大系》（1949—1988），辽宁少年儿童出版社1989年版。

寓言《猴子吃蛤蜊》的创作，得益于儿童时代的生活。一次，一个下乡人挑着一担鲜蛤蜊到我们山村卖。一个人说，仙居人吃蛤蜊，把肚肠刮刮干净，放山坑里洗洗清爽，放镬里煮三日三夜煮勿嫩，硬咬，咬三个。这话一直记在心里，后来碰到不少缺乏真才实学，却装出很有学问的样子的"内行三叔公"，两者自然而然地融化在一起，并结晶析出。我把写成的寓言寄给远在北京的人民文学出版社《文学故事报》编辑部从未见过面的黄伊老师。很快就收到他寄来的采用通知，不久就收到了他寄来的样报和稿费。作者和编者的心意是相通的，不管有没有见过面。

寓言诗《猫头鹰之歌》是我出于对党的"落实政策"的感激。1958年，我在台州农校读书，校领导瞎指挥，校里不上课，让学生到校办农场或马铺农场劳动，或上九峰开荒种橘。我所在的农208班的班主任是一个很会投机钻营卑鄙无耻的小人。他为了自己向上爬，一方面千方百计迫害学生，一方面大拍上司马屁，积极放高产卫星。叫我们把自己亲手插下去的已经孕穗的早稻，拔起来移栽到另一丘去。把三四丘早稻合并成一丘。我那时双十年华，不懂世故，说了一句大实话："水稻插下去一星期之内可以移，现在水稻已做肚，要拔死的。"不料，积极分子向团支部告密，团支部向班主任回报，班主任就给我扣上"反对放高产卫星"的帽子。校领导在全校师生大会上扬言要开除我。我被迫自动退学（我们班原来有60多名学生，1959年毕业时只有28人。遭迫害离校的有30多人）。1982年，台州农校打报告，台州农委批复，为我平反，落实政策，重新安置工作。天上掉下大馅饼。我由民办教师，转为公办教师。工资增加一倍多，还享受公费医疗。心情非常激动，挥毫写下了《猫头鹰之歌》。在省儿童文学笔会上，我把它送呈著名儿童文学作家，省《寓言》杂志主编金江老师，请他斧正。他看了之后击节赞赏，说："好！抒发了我们老一辈人的心声。"这诗就很快地在《寓言》杂志上发表了。这首诗后来被寓言家许润泉先生选入《当代中国寓言选》（奥林匹克出版社1990年版）。

我的生活坎坷曲折，但比我更加坎坷曲折的却大有人在。我在"不惑"后三年被平反，后半生温饱无忧，真是不幸中之大幸也。作家要关心周围的生活，落实政策留有后遗症。许多应该给予落实的，迄今却落实不了。文章有感而发，不做无病呻吟。寓言《大灰狼申诉》折射了这种不合理的社会现象。在1990年省儿童文学年会上，我把这篇稿子交给省《少年儿童故事报》编辑部主任周群雅老师。她看了之后，高兴地说："写得好！题材新颖，寓意深刻。"很快地在该报二版头条发表了。

我的许多作品，台州学院的俞益莉老师在《借你一双慧眼——漫步在郑钦南的童话世界》一文中，作过中肯的评论。她的这篇文章编在《编织在时空中的生命审美——论台州散文创作》一书中（作家出版社2009年版），本书作了附录。限于篇幅，我就不再在这里"王婆卖瓜"了。总之，生活丰富多彩，作家要热爱生活，要善于捕捉生活中的闪光点，就会有取之不尽的创作素材。

《天有多大——郑钦南寓言童话故事选》后记

编在这本书中的寓言、童话和故事共100多篇，是改革开放以来利用业余时间创作而成的小结。去年，杭州省儿童文学年会上，我曾将书稿带给方卫平、邱来根等老师看过，后来又请高蕾女士过目，他们都提出了很宝贵的意见。后来接受邱校长的建议，寓言单独出版（附童话）。由于篇幅不是很多，从今年二月份起（春节也不休息）到五月半，花了三个半月时间，翻译了元末明初刘基的《郁离子》寓言50多篇。又将原来"童话"中的《飞翔》《千里蝇的故事》《乌鸦吃栗子》和《螃蟹大虎和牡蛎小玉》等抽出插入"寓言"中（童话与寓言，有时是很难区分的。例如，彭文席的《小马过河》，童话家认为是童话，寓言家则认为是寓言。我的《猫头鹰之歌》，金江先生认为是寓言诗，俞益莉女士则认为是童话诗。真是仁者见仁，智者见智。愚以为，属什么体裁并不重要。重要的是作品的思想性和艺术性，作品的深度和广度）。6月17日下午，我先是冒着炎炎赤日，后来又冒着狂风暴雨将书稿送到夏矛老师家，请他赐序。回家后，由于受狂风暴雨的冲击，心里有点不踏实。上网一查，才知道王立群等人去年已将《郁离子》翻译出版。为了避免跟人家撞车，只好从50多篇中精选数篇，剩下的40多篇忍痛割爱。恢复原来"寓言·童话·故事"三合一的样子，心中才踏实。

我从20世纪50年代末开始业余创作（1957年11月初，我在卢秀灿任总编辑的《黄岩报》上公开发表《十月革命颂》）以来，与文学结下了不解缘，迄今已有半个世纪多了。现在只记得1959年发表在《黄岩报》上的组诗的标题《海门造船厂十二标兵颂歌》（共13首），一篇短篇小说的标题《星期天》，发表在1962年7月×日温州《浙南大众》报副刊和一首诗《山区有了水轮泵》，发表在1964年9月×日的《浙江日报·钱塘江》上，其他都记不起来了。"文革"结束后，被压抑的激情如火山爆发。重新提笔，没有稿费也写稿投稿。1982年暑假，省作协发函邀请我参加在宁波天童寺举行的为时三星期的儿童文学笔会（台州仅我和临海龚泽华两人）。会议期间，我写出了第一篇儿童小说《捉蟹》，省《当代少年》杂志编辑王雯雯老师当场表示采用（发表于1983年9月），这是对我极大的鼓励（此文后来入选省少年儿童出版社出版的《浙江中青年作者儿童文学作品选》和《浙江儿童文学60年作品精选》）。倪树根、沈虎根等领导和老作家朱为先、老诗人田地等对我都很关心。此后，我多次应邀参加省作协儿童文学年会。在省内外报刊上发表的作品也越来越多。1992年，浙江省作家协会接纳我为会员。

诗歌、散文、小说、评论、杂文、寓言、童话、故事、报告文学和科普文艺等各种文体，我都作过尝试。但写得最多，发表得最多的是寓言。也许是我的性格适合于写寓言吧。在省级以上报刊发表的500多篇作品中，寓言几乎占了将近40%。可是，保存下来的却只有四分之一左右。这是怎么一回事？由于时间跨度过大，资料保存不易，水土流失严重。退休前发表的作品，样报样刊有时被学生借去看看，传来传去，找不回来。有时报社或杂志社只寄稿费，不寄样报或样刊（有时甚之连稿费也不寄）。有时将样报样刊放在家里，被目不识丁的山荆剪鞋样，或包番蒔粉送人。甚之，当作旧书旧报纸送人。特别是1998年退休后在椒江打工，老家房子空着，借给远房亲戚住。不料，他竟两次将我卧室的门打开，图书、资料和古画再次遭劫。在椒江打工期间，经常搬家，加上记忆力衰退，许多资料散失……最明显的是《庄子》寓言已翻译了七八十篇，写在一本蓝皮的笔记本上的，几时丢了也不知道。还有一本黑色封面的作品剪贴集也不翼而飞。如果再不结集出版，再过10年，这100多篇作品，很可能会只剩下几篇，甚之一篇不剩也说不定。

我虽然当了几十年的孩子王，但起初并不喜欢儿童文学（我喜欢的是古典文学和历史）。是省作协的倪树根老师（时任省作协儿童文学创委会主任）、沈虎根老师（时任省作协主席）、王雯雯老师（时任省少年儿童出版社编辑）、温州的金江老师、上海《故事大王》的朱家栋老师、天津新蕾出版社的柯玉生老师、陕西《童话世界》的延龄玉老师、云南《春城儿童故事报》的康复昆老师、中国寓言文学研究会的安武林老师、北京《文学故事报》的黄伊老师，浙江《幼儿故事大王》的冯季庆老师和前面已提到的田地老师、朱为先老师等对我关心帮助，使我走上儿童文学和寓言的创作之路。值此本书出版之际，谨向他们致以最诚挚的谢意。最后，衷心感谢著名诗人、黄岩文坛元老夏矛先生在百忙中拨冗为本书作序，使本书大为增色。

由于水平有限，成书仓促，书中的问题一定不少，恳请方家和广大读者不吝珠玑多多赐教。

郑钦南于椒江亦可居

二〇一三年荷月吉旦

英辞润金石　高义薄云天
一代大儒车若水
——《〈脚气集〉点校注释》前言

一

括苍钟灵，澄江毓秀。宋宁宗嘉定三年，黄岩西乡讴韶村车倬家中一个婴儿呱呱坠地。他就是后来的南宋台州十大儒之一、著名理学家车若水。

车若水（1210-1275）字清臣，号玉峰山民，黄岩西乡讴韶村（今属北洋镇前蒋行政村）人。家学渊源，曾祖父车瑾、祖父车似庆都是远近闻名的学者，父亲车倬才高学博，为乡里所倚重。车若水生长于书香门第，自幼聪颖绝伦，读书一目十行，过目不忘，并养成了勤学好问刻苦钻研的好习惯。稍长，拜陈耆卿、杜范等名家为师，还跟叔父车安行学过"太极先天，阴阳五行"之学。闻一知十，触类旁通，卓然不群，青出于蓝。后来与柔极村黄超然一起，拜著名学者金华王柏为师，深得朱子三传之学。使所学知识融会贯通，自成一家。

学起于思，思源于疑，读书贵疑。车若水在研读朱子《大学章句集注》过程中，发现《大学》原文有很大疏漏。源于《礼记》的《大学》，秦汉之际始编为单行本，历经千余年，传至北宋时，书中错乱甚多。经理学家程颢、程颐校勘，后又经朱子考证与整理，并补撰"格物、致知"两章，成为官定的通行本。二程和朱子都是理学大师，但车若水并不迷信权威。他经过仔细分析，反复推敲，认定历代儒家均认为在汉代就已失传的"格致"两章并未失传，而是错简。朱子补撰，纯属多此一举，且辞意不如古人宽厚。于是挥毫写下《重证大学章句》一卷。文中云："自'知止'而后，'有定'以下，合'听讼'一章，俨然为'致格'一传。'知止、有定'以下，合'听讼'章为'致知'传。"书中以大量确凿的证据，来证明自己的观点，使之立于不败之地。文章送到正在临海台州上蔡书院讲学的著名学者王柏手中，王柏阅后，既深感震惊，又极为高兴。欣然挥毫写下《大学沿革论》一文，文中高度评价车若水的《重征大学章句》乃"洞照千古之错简！"年轻的车若水为整理古籍作出了重大贡献。那程朱三大家错在什么地方呢？错就错在"听讼"本在"止於"之下，程颢移在"没世不忘"之下，程颐移在"首章"之下，朱熹移在"诚意"之前，造成了"格致"之阙。原因并非程朱三大家析章分句不精，而在于不以为传何哉，此章偶在"止於、至善"之下，错简为甚。从此，一颗新星在学术界冉冉升起。

车若水深入研究，勤奋写作，硕果累累。《道统录》《宇宙纪略》《世运录》《玉峰冗稿》等著作，一部接一部不断问世。著名学者王柏对车若水的作品作了高度评价。王柏序其《道统录》云："照耀万古，与天地相与终始。"序其《宇宙纪略》云："乾坤端倪，民物寻则，礼乐制度之详，经传义理之奥，莫不备载，经世之具也。"车若水著作等身，成了全国有名的大学问家。

才高八斗，学富五车。道德文章，自成一家的车若水不慕荣利，视富贵如浮云。却把钻研学问看得很重。因此，台州知府王华甫聘于上蔡书院山长，赵景纬以遗逸荐，崇政殿说书、吏部侍郎杨文仲又以名士与王柏并荐、右丞相贾似道几次相聘史馆都被他婉言谢绝。因他压根儿对官场不感兴趣，淡泊名利，宁静致远，清风劲节，世所钦仰。后来台州知府赵景纬礼聘他和车若绾为本府上蔡书院客职，则欣然应聘。学而不厌的车若水讲学东湖，传道授业，释疑解惑，口讲指划，谆谆善诱，诲人不倦，为国家培养了大批人才。门人盛象翁、於子惠、於相等后来都成名成家。车若水一生布衣蔬食，生活清贫，专心研究"义理"，一生从事考据和讲学，桃李满天下。

车若水为人严谨，不苟言笑，但却具有非凡的人格魅力。他的朋友胡立方说，若水相貌清瘦，口才不好，加上衣着朴素，看起来确实是一个地地道道的山头人。但与他交往一段时间之后，朋友们无形之中会受到他的影响：胸襟狭窄者，变得宽阔了；思路闭塞者，变得活络通脱了，知识浅陋者，变得丰富而深广了。因此，许多人都乐于与他交朋友。

咸淳十年（1274）冬，66岁的车若水患脚气病，下肢酸胀疼痛，软弱无力，不能下地行走。但他不为病痛所屈服，既来之，则安之。他认为，我的脚虽然有病，但我的心，我的手均无病。我能思，我能写，岂能坐着、躺着，让光阴白白闲过？他想到三国时关云长在名医华佗给他刮骨疗毒时，与马良下棋来分散刮骨痛的注意，就以写文章来分散、转移自己对脚气痛的注意。以写文章的乐趣来化解疾病的痛苦。他一边吃药治病，一边将自己几十年治学过程中所见、所闻、所思、所感加以整理，写成文章。车若水寂然凝虑，思接千载；悄焉动容，视通万里。思如泉涌，笔不停挥，有时一日数篇，有时数日一篇。风雨无阻，著书自娱。窗竹影摇病榻上，山泉声入砚池中。滴水成冰不怕冷，岁寒才知松柏心。整整一个冬天，车若水写成语录体文章130多篇，计20000多字，编成两卷。这些文章，文字精练，见解独到。由于是在跟脚气病作斗争过程中写成的，车若水就将它命名为《脚气集》。

车若水写文章殚精竭虑，过度劳神。次年仲春病情恶化，脚气攻心。药石无效，鹤驾归西。一代大儒，溘然长逝。享年67岁。车若水仙逝之后，牌位入黄岩乡贤祠，《黄岩县志》《台州府志》《台学源流》《台学统》《宋元学案》《浙江通志》《大清一统志》和《中国人名大辞典》等均为之立传。

二

《脚气集》一书，内容非常丰富。广泛涉及天文、地理、政治、经济、文化，还谈及文学、历史、音乐和为人治学之道等。《脚气集》是议论文，作者就事论理，一针见血，入木三分。常被后人引以为据。

车若水在病中惜寸阴、惜分阴，经常收视反听，耽思傍讯；精骛八极，心游万仞。他在该书第42章中明确指出，儒家《十三经》之一的《周礼》（汉郑玄注，唐贾公彦疏）历经千余年的辗转抄录后，因各家批注穿凿附会，以讹益讹。加上古代文字用刀刻在竹简上，竹简用牛皮筋贯串成册，读书时翻动的次数多了，串竹简的牛皮筋断了，"编帙散乱，俗儒补葺，不得其说"。许多人都说《周礼·冬官》早佚，车若水经过反复考证之后，认为《冬官》并未失传，而是错简。肯定《冬官》不亡，散在诸《官》之中，而《地官》尤多。清末民初，著名学者夏敬观在《跋〈脚气集〉》中，引《四库全书总目提要》评其谓"《冬官》不亡，止当证以《周官》之尚存三百五十为确。"肯定了车若水在整理古代文化上所作的贡献。车若水还对俞庭椿在《复古篇》中认为《冬官》"断定拨置，此在《天官》，此在《地官》，此在《某官》"。发表评论云："以二千余载以下之凡夫，而妄臆圣人之述作，其不审如此。盖其浅浅之为人，偶得此说，喜不自持，不觉成此。其为此说之累多矣。"

车若水在《脚气集》第48章再次指出"《周礼》乱失"及许多牵强附会之处，对后代知识分子正确理解这部经典作品帮助很大，特别是他的这种好读书而不迷信经典的独立思考精神，更为后人树立了榜样。

"他人有宝剑，我有笔如刀。"车若水在《脚气集》第82章中，以极其犀利的笔锋把秦桧这个当朝一品的画皮剥了下来，将他卖国求荣的汉奸嘴脸淋漓尽致地揭露出来。他以金国直学士孙大鼎的奏疏和金国《南迁录》等翔实的史料为依据，证明这个状元出身，在北宋历任左司谏、御史中丞等要职的小人，在靖康二年（1127）被俘到北方后，靠出卖国家机密巴结上了金太宗完颜晟的弟弟忠献王挞懒（完颜昌），成了他的亲信，在金国过着"温足"的生活。建炎四年（1130），金国王公贵族在黑龙江柳林开会，研究派遣间谍打入南宋朝廷上层核心。研究结果，一致认为"只有秦桧可用"。这年，秦桧随挞懒率领的金军南下至楚州（今江苏淮安），被挞懒"遣归"。可见秦桧是一个地地道道的派遣间谍。秦桧在高宗朝两任宰相，前后19年，力主议和。"废刘锜、韩世忠、张浚、赵鼎，杀岳飞"，自以为做得天衣无缝。不料日后金人在《南迁录》中言之甚详。车若水评当时枢密院编修官胡铨《戊午上高宗封事》时说："'乞斩桧以谢天下'，岂为过论！"车若水的"岂为过论"正气凛然，掷地有声。"而后世至今有为桧出脱者，可痛也！"车若水鲜明的是非观念、强烈的爱国精神跃然纸上。百足之虫，死而不僵。秦桧虽死百余年，但阴魂不散，为秦桧辩护开脱罪责者不论朝野都还大有人在。车若水对那些为汉奸卖国贼涂脂抹粉开脱罪责的无耻言行痛心疾首，特在《脚气集》中独辟专章对他们进行口诛笔伐。车若水是勇敢的斗士，爱国的志士仁人。

车若水在《脚气集》第8章中，将《孔子家语》与《孔丛子》两本书作了认真的比较，严肃指出《孔子家语》虽然"俚伪杂糅"，但《孔丛子》却"句句伪"。对后人帮助很大。

车若水在《脚气集》第14章中，引苏东坡"画竹必得成竹于胸中。执笔熟视，乃见其所欲画者，疾起从之。振笔直遂，以追其所见。兔起鹘落，稍纵则逝矣。"之后，说"此语甚妙，岂但画竹？"言下之意是，要紧紧抓住创意，不但画竹如此，就是写诗、作曲、编舞、设计、写文章等都无不如此。

车若水在《脚气集》第56章指出，"'卫人杀子路，送醢于孔子。'《礼记》乱道。"《礼记》是儒家经典之一，说"《礼记》乱道"，这是需要何等的胆魄和勇气啊！车若水确实是典型的具有台州式硬气和灵气的伟大学者。

清乾隆年间，大学士纪晓岚在《〈四库全书〉总目提要》中对《脚气集》作了非常中肯的评价。"论《周礼·冬官》，讥俞庭椿断定拨置，其说甚正。其论史，谓诸葛亮之劝取刘璋，为深明大义。其论文，谓《周礼》园廛之征，非田赋之制，驳苏洵说之误，论《春秋》蔑之盟，主程子盟誓结信、先王不禁之说，及宋人盟于宿，主公羊以及为与之说。宰咺归赗，主直书天王，而是非自见之说，均有裨经义。"又谓"《诗集传》当于纲领之后列诸家名氏，使之有传，此书不比《论》《孟》，自"和鸣挚别"以下皆是取诸家现成言语，若不得前人先有此训，《诗》亦懵然。"亦为公论。其他，论蔡琰《十八拍》之伪，论白居易《长恨歌》非臣子立言之体，论《文中子》鼓荡之什为妄，论钱塘非吴境，不得有子胥之潮，论子胥鞭尸为大逆，论王羲之《帖》不宜字，皆凿然有理。论击壤为以杖击地，论应劭注《汉书》误以夏姬为丹姬，皆足以备一说。论杜鹃生子百鸟巢一条，虽未必果确，亦足以广异闻也。

据车若水的侄子车惟一在《脚气集》的《跋》中说，《脚气集》是一代大师车若水的"绝麟之笔"。车若水以前的许多著作由于兵灾火灾全都化为灰烬，只有这最后一部《脚气集》保存下来。真是鲁殿灵光，硕果仅存，亦是不幸中之幸也。《脚气集》是车若水学问的结晶，思想的升华，也是车若水生命的最后迸溅出的光照千古的灿烂火花。《脚气集》137章中有15章被《说郛》所采录，有21章被《宋元学案》所采录，有7章被《台学统》所采录。清初，《脚气集》被大学士纪晓岚选入《四库全书》子部杂家。

现代大型工具书、上海辞书出版社出版的《辞海》中有许多辞条释义也采自《脚气集》。可见《脚气集》在学术史上的地位之高。

车若水对台州文化的发展，对台州文明的传承作出了卓越的贡献。

宋末黄岩王原吉有诗赞车若水云："有宋车先德，生成道学资。义辞丞相聘，经证大贤遗。泮水涵鱼藻，高岗老凤枝。再观世运录，仰企不胜思。"对车若水及其著作作了高度的评价。

三

文化遗产是前人留给我们的宝贵的精神财富。"发掘历史文化，促进经济发展"是当前的共识。所谓"发掘"，就是搜集整理。就是通过我们的辛勤劳动，消除文字障碍，将原来许多人看不懂的东西，变成许多人能够看得懂的东西。蔡奇先生在台州任市委书记时说得好，历史文化有着鉴往知来，开拓未来的巨大力量，历史文化在已经到来的知识经济时代，具有不可估量的开拓和创造力量，能有力地推进经济社会向前发展。习近平主席在2014年11月26日考察孔府、孔子研究院时强调指出，传统文化是我们民族的"根"和"魂"。不忘本，才能开拓未来；善于继承，才能更好地创新。

我们在浩如烟海的古籍中，选中南宋车若水的《脚气集》进行点校注释，所具有的意义是十分重大的。首先，作者车若水是台州的国学大师，是乡贤，是乡先辈，我们对他和他的《脚气集》具有亲切感和乡土自豪感。学术名著《脚气集》是南宋台州十大儒中的佼佼者车若水患脚气病时撰写而成的。他带病坚持工作半年多，在著述过程中克服了许多意想不到的困难。书成之后，由于劳累过度而致使病情恶化，与世长辞的。车若水是真正实践了北宋名将范仲淹的"先天下之忧而忧，后天下之乐而乐"的光辉典范。车若水一不怕苦，二不怕死的艰苦奋斗的精神，为繁荣学术而献身的精神是多么地感人至深。我们之所以选中了它，就是为了学习并继承、发扬和光大这种崇高的精神。用这种精神武装自己，就会在工作中信心百倍地克难攻坚，披荆斩棘，奋然而前行。我们纪念车若水，就是要学习并继承和发扬车若水的高风劲节，坚决与不正之风作斗争，激浊扬清，使精神文明层楼更上。另外，车若水严谨的治学精神，也是一剂治疗时下那些买卖学术成果和抄袭、剽窃他人劳动成果等不正之风的良药。

为了继承和发扬一代大儒车若水的高风劲节，为了让车若水走近人民大众，为了让台州的国学经典——《脚气集》进入千家万户，最近，我们花了六年时间，对《脚气集》这部古籍进行整理——点校注释（已由中国言实出版社出版）便于广大读者阅读。

我们认为，将车若水的《脚气集》点校注释并出版发行，这是对台州乡贤车若水的最好的纪念。

《〈脚气集〉点校注释》后记

车若水《脚气集》，是台州的古典名著，是台州文化宝库中的瑰宝，是台州人民珍贵的精神财富。

1962年之前，我对《脚气集》一无所知，虽然偶尔在查《辞海》时看到过引自《脚气集》的词条释义，却犹如过眼烟云，并没有往心里去。1962年秋，我在黄岩中学上完了温师院中文函授部黄嘉浩等老师的面授课之后，到黄岩文化馆玩，与该馆干部陈顺利先生闲谈时，他谈到了车若水的《脚气集》，说这是我们台州的经典之作，内容非常非常丰富，清代大学士纪晓岚将它编入《四库全书》时，为它写了很长很长的简介。并说《脚气集》的作者车若水是南宋台州十大儒之一，是我们黄岩西乡讴韶村人。陈老师的谈话大大地激起了当时只有24岁的文学青年的乡土自豪感，因为陈和我也都是黄岩西乡人。车若水是台州大儒，仿佛我们也沾了光似的。心中想，以后找到《脚气集》，一定要认真拜读。从此，我便与黄岩文史结下了不解之缘。

1992年初夏，我在宁溪新华书店搜到寻找已久的《脚气集》，立即买了下来。一路上喜如雀跃，仿佛得了宝贝似的。

读这本书困难重重。困难在于它是竖排，繁体字，无标点，无注解，但我热情不减。越是难以读懂的书，就越是要读懂它。这样才会有所收获，有所进步，有所提高。开始的时候，我用右手食指戳着书中的文字逐字逐句地读。碰到不认识的字或意思不懂的词语，就查《康熙字典》或《辞源》《辞海》等工具书；碰到句读（逗）困难的地方，就反复读，边读边忖，读到顺口为止。自己解决不了，就把疑难之处摘出来，向宁溪中学陈仁华老师、向黄岩文化馆陈顺利先生或写信给温州师范学院游任逵老师、黄嘉浩老师等人请教，决不轻易放过。花了三年的业余时间，到1995年暑假，我才将这本只有两万多字的《脚气集》读完，并将书中繁体字全部换上简化字。

在熟读的基础上，1995年下半年，我试着给这本书加上标点符号。给没有标点符号的古文加上标点，可不是一件容易的事。例如，105章"魏文侯自请于周为诸侯田和迁齐康公又为之请为诸侯吾以卜子夏段干木耻矣"第一次，我在"周"字后加逗号，在"侯"字后加句号，在第二个"齐"字后加逗号，在"侯"字后加句号，在"夏"字后加顿号，最后加句号。经我标点之后，此章就成了"魏文侯自请于周，为诸侯。田和迁齐，康公又为之请为诸侯。吾以卜子夏、段干木耻矣。"

到1998年夏天，退休时重读才发现一个地方加错了："齐"字后不应加逗号，这个逗号应移至"公"字后。原来"康公又为之请为诸侯"不对，齐康公是一个被田和放逐的人，怎么可能去请求周天子封他的仇人为诸侯呢？这也太不合乎情理了吧！这是对历史的严重歪曲，这是对读者的不负责任。把"齐康公"分为"齐"和"康公"是破句。请求周天子封田和为诸侯的人，明明是魏文侯！标点不当，就变成了齐康公。导致这个标点加错的原因是思维定式在作怪的缘故。"田和迁齐"是一个重大的历史事件，这四个字在头脑里印象很深刻，逗号就顺手加了下去。重读时意识到，田和迁齐，迁的是齐国君王齐康公，逗号应该移至"公"字后。"又为之请为诸侯"是无主句，主语"魏文侯"三字承前省，也为逗号加错创造了条件。花了三年多时间，给没有标点的《脚气集》加上了4300多个标点符号。许多标点都是经过反复修改后才确定的。

标点加好之后接下去是勘误。勘误是改正明显的或隐藏的错字，并规范异体字、古今字、通假字、假借字等。勘误必须以善本为依据。没有善本就没有依据，怎么办？没有善本，就凭我胸中所学为依据，也就是凭我的直觉。

最明显的错字是，原文第32章开头"天子"的"天"字误，应为"夫"。凭什么判定"天"字错？凭什么断定"夫"字对呢？凭的是《论语》第十九篇《子张》的最后一章。读过《论语》的人都知道"夫子之得邦家……"，"天子之得邦家"那是笑话！又如原文第33章开头"赵几道"的"几"字误，应为"致"。凭什么判定"几"字误？凭什么认为"致"字对呢？就凭我的直觉！就凭我对地方文史几十年的爱好和钻研所养成的直觉。如果没有对地方文史深厚的涵养功夫，就不可能有如此高度敏感的直觉。当我第一眼看到这个"几"字时，心中就说"几"字错！应为"致"。又如原文第62章"狸歌之愈鼠"，"歌"字误，应为"头"。又是如何判定其正误的呢？狸唱歌怎么会治愈老鼠的创伤或人被老鼠咬伤呢？我抓住"狸"字和"愈"字深入思考。"愈"是用药的结果，对"狸"这种药有疑问，不妨请教李自珍的《本草纲目》。查至"兽部狸条"，原来狸肉作羹，可治鼠瘘。由此可见"歌"误，"鼠"是鼠瘘的省称。鼠瘘就是老鼠疮，俗称疬串，中医叫瘰疬，西医称为"颈淋巴结结核"。"头"与"歌"音近，头是词尾，无义。狸头就是狸。读书贵疑每事问，大有好处。又如67章《张主一》中的"范明友好再生"中的"好"字误，应为"奴"。这是个隐藏得很深的错字。这句话未校改之前，读过几十遍，无论怎么读，总是读不通顺。知道它肯定有错，却不知道它错在哪里？后来有一天，校勘累了，随意浏览宋代李昉的《太平广记》，作为休息。无意之中翻到375卷，看到

第二篇《范明友奴》，这才茅塞顿开，恍然大悟："'好'字错也！"这个"好"字的改正，真乃"天助我也！"。也许，这就是融会贯通的好处吧。凭着我的执着、较宽的知识面、较为扎实的古文功底，和对读者高度负责的精神，到2008年，我改正了原文中的错别字100多个。这些错别字的改正都是经过反复咀嚼后才敲定的。

点校之后是注释。给古文注释是件难度很大的事情，但我并不怕难。我知道，正是因为难，所以《脚气集》问世740年来迄今没有注释本，连点校本都没有。我们做的事情，是前人没有做过的，是很有历史意义和现实意义的。正是认识到这一点，我才信心十足地迎难而上。从2010年春结束报社打工之日起，就全力以赴，对《脚气集》的点校注释进行全面攻坚。对以前所下的每一个标点符号和校改出的每一个错别字都进行严格的审查，发现不妥或有误，就立即改正。并逐字逐句地，反复阅读原文以加深理解。到今春，花了整整五年（其实不止5年，因为在这5年中，绝大部分的双休日、节假日都不休息，并且早上5点钟就起来工作，每天要干十二三个小时，简直到了废寝忘食的地步）时间，对《脚气集》中的疑难之处探赜索隐，查漏补缺。为了给《脚气集》中的知识点作出准确的注释，我重读了《台学统》《近思录》《诗集传》《台学源流》《十三经注疏》和《二十五史》等书中的有关章节及各地的有关方志。《脚气集》内容丰富，涉及面很广。如果没有相应的文化知识要想作好注释无异于缘木求鱼。教师要想给学生一杯水，自己就要贮备一桶水。注解古籍又何尝不是如此。早在2004年秋，黄岩民主人士王观岳先生读了我的《宁溪历代山水诗选注》之后说，不博览群书，就无从下笔。给古书作注确实需要非常丰富的知识才能应付裕如，游刃有余。何况我们的文化知识并不怎么丰富，因此，碰到很多困难。例如，在给67章第32条"夫人子氏薨"作注时，就颇费斟酌。先看原文，《春秋经》"隐公二年十有二月乙卯，夫人子氏薨。"再看《春秋三家注》怎么说。一向擅长以事实阐释经义的《左传》不予记载。装聋作哑，回避事实。《谷梁传》认为，子氏是隐公的夫人，"夫人者，隐公之妻也。"《公羊传》认为，"夫人子氏是隐公之母声子。"究竟是"母"，还是"妻子"？令人无所适从？听谁的？如何取舍？如何抉择？经过再三考虑，我们认为《谷梁》的说法是精确的，《公羊》的说法是错误的。为什么？"隐公之母"惠公之夫人也，惠公早已亡故，可以合葬矣！为什么"不书葬"？"不书葬"者，国君未死也！正因为隐公健在，所以"不书葬"！《公羊》之说非也！我们不能采信。又如，76章"金国以赵妃亡"作注时，心中想，金国是被宋蒙联军攻灭的，这赵妃究竟起了什么作用呢？我遍览了《金史》中从金太宗完颜晟的钦仁皇后到金哀宗完颜守绪的徒单皇后等八位皇帝的后妃传记，可是始终找不到与金国灭亡有关的那位赵妃。起初，我还以为能找出一位像西施那样的美女间谍来呢。后来幸得高人点拨，才解开了这个谜（详见该章注）。又如，123章《予登》中三处提到的"立斋先生"，是车若水的老师，纪晓岚等人编撰的《四库全书总目提要》和夏敬观的《跋》都认为是陈文蔚。2010年春，我为该章所作的第（31）条注释便写了陈文蔚的籍贯、师承、职业和成就等生平情况。去年底重新校阅时发现这位陈文蔚并非车若水的老师。这是怎么一回事？原来，上饶陈文蔚是一位学者，只做过地、县教育局长等小官，并未做过大官，当我读到"立斋已登侍从"时大吃一惊，儒学"侍从"是翰林学士和六部尚书等正部级大官才能充当的显贵。那么，这位"立斋先生"是谁呢！经过反复推敲，应该是我们台州黄岩的杜清献。杜清献名范，号立斋先生，"立斋已登侍从"，是指杜范当时已当上礼部尚书，并经常给皇帝上课讲解经义。那么，纪晓岚、夏敬观等名家认定"立斋先生"是江西上饶陈文蔚又有什么依据呢？依据是陈文蔚是朱子高足，得朱子亲传，才高学博，中过进士，最主要的是他名立斋，号克斋。推翻权威的定论，否定他为车若水的老师的关键，是他未"登侍从"的重大事实，另外，《民国台州府志》、《宋元学案》、《台学源流》和《台学统》等都认为车若水是杜范的学生，都没有提到过陈文蔚是车若水的老师。这些佐证都很有力。谢铎说得好，"渊源师友，清献鲁斋"。因此，我就决定撤销原来的注释，重写这条注释。错误的结论，不管它是权威作出的，还是名著上写着的，都是文化垃圾，都应该在扫荡之列。不唯上，不唯书，为读者改正错的，为读者坚持对的。又如，102章《章雪崖》注（8）"顾斋"条，2013年冬作的注释是，"顾斋（？–1213）：复姓宇文，名绍节，字挺臣，顾斋是他的号。成都（今属四川）广都人。理学家张栻外弟，得意门生。车若水文友。才高学博，以父荫补官，仕州县。孝宗淳熙六年进士及第。累迁显谟阁待制，知庐州，历任兵部侍郎兼中书舍人兼直学士院，以宝文阁待制知镇江府，权兵部侍郎，除华文阁学士，湖北京西宣抚使，知江陵府，升宝文阁学士，试吏部尚书，寻除端明殿学士，签书枢密院事。宁宗嘉定六年正月卒，谥忠惠。《宋史》有传。"注文的末尾附有"疑为同名者，待考！"字样。待考！待考！怎么考？我绞尽脑汁，一筹莫展。我无意识地反复朗读他的卒年"宁宗嘉定六年（1213年）"，读着，读着，脑海中突然闪出"车若水生于宋宁宗嘉定三年（1210年）"二十个大字，像一道闪电照亮了漆黑的思路，顿时大喜过望。顾斋这个朝廷大员死时，车若水还只是一个年仅4岁的幼儿。说他们两人是文友，岂非成了天方夜谭？岂不让人笑掉大牙！我毫不可惜地立即将这条注释删了个精光，并重写一条。也许，这就是所谓的"精诚所至，金石为开"吧。真是"山重水复疑无路，柳暗花明又一村。"许多注释都是经过反复修改后才定下来的。

　　叶剑英元帅说得好："攻城不怕坚，攻书莫畏难。科学有险阻，苦战能过关。"经过多年的呕心沥血，我们给原来没有注释的《脚气集》作出注释1800多条，加上勘误，共计近2000条，近二十万字。

　　我是一位年逾古稀的老人，身患高血压、慢性心衰、慢性肾衰和前列腺肥大等病症。但我的精神状态很好，就像没病似的，一点儿都不觉得苦痛。一边吃药，一边注解古籍，每作出一条正确的注释，就感到非常快乐。由于心衰，导致脑供血不足，有时头晕，天旋地转。但我认为这不是写书引起的，这是老年人的通病。发作时，就吃"晕通定"或自己掐住百会和人中穴。从2010年至2015年，心功能从60%下降至53%，特别是去年一年下降了3%。肌酐却从95%上升到115%。但我无怨无悔。

　　这本书的读者对象的定位是具有中等文化程度的人，即中小学教师、机关工作人员和大中专学生（包括部分优秀的小学高年级学生）以及社会上一切爱好传统国学和乡土文化的人们。注释是为社会上的这群人作的，不是为专家、教授作的（专家、教授们的文化水平很高，他们毋需看注释就能读懂原文）。我很早就有一个愿望：打破权威对学术的垄断，把学术从象牙之塔中解放出来，进入寻常百姓家，让广大群众也能看懂学术名著。随着这部《脚气集》点校注释本的出版，我做了多年的美梦终于成真了。这项非常艰巨非常复杂的社会文化工程终于胜利完工了。我终于可以喘一口气了！我感到前所未有的轻松和愉快。本书在校注过程中得到浙江师范大学张继定教授、台州职业技术学院李同乐老师和台州广播电视大学姚艳老师的帮助，谨在此致以诚挚的感谢。

　　此书在点校注释过程中，深得台州职业技术学院教师郑苍钧臂助。

　　为了便于读者阅读，我们将《脚气集》原文竖排改为横排。并给每章都编了序号。没有标题，我们参照《论语》，摘录每章开头的一二个或三四个字作为标题，并编成目录。使原来每章没有序号，没有标题，全书没有目录的《脚气集》，第一次有了序号、标题和目录。这本古籍的注释是一项开创性的工作（本市的古籍注释以前未见报道），我们确实是摸着石子过河，加上水平有限，书中一定还存在着不少差错，恳请方家和广大读者不吝珠玑，多多赐教。

郑钦南

2015年夏于东海之滨亦可居

南宋台州葛绍体其人其诗

——《东山诗选校注》代序

一

由于葛绍体的《东山诗文选十卷》《四书述》以及《墓志》《行状》等均在宋理宗淳祐年间（1241–1252）遗佚无存（见南宋赵希弁《郡斋读书附志》），故后人对他的作品及生平知之甚少，甚至有点陌生。据考证，葛绍体（约1165—？），字元承（承，一作成，又作诚、城），号东山。原籍福建建安，后举家迁黄岩东山（今椒江）。勤学好问，出口成章。后与弟葛应龙一起师事永嘉叶适，学业大进，深受叶适的器重和赞赏。叶适《送葛元承》诗云：“不愁好龙龙不下，只愁爱玉售石价”，表达了他对葛元承的充满信心和无比关切。《赠二葛友》诗云：“翻然舍我去，东风初涣冰。”对二葛的热忱鼓励，寄予厚望，溢于言表。

南宋史学家、藏书家赵希弁的《郡斋读书附志》载有“葛绍体《东山诗文选》十卷。”希弁又称“家大酉应繇为之序，叶梦鼎跋其后，行状、墓志附焉。”为葛绍体的《东山诗文选》作序、跋的赵大酉和叶梦鼎都是南宋名家，可见葛绍体在当时的名气和他的作品的影响力都是很大的。

葛绍体的诗文散佚之后，过了二三百年，到了明代。明成祖朱棣重视整理全国的历史文化。他在永乐元年（1403）要编一部名叫《永乐大典》的大书。台州才高学博的黄岩药山张羽先生被征召参加编纂。出于对先辈乡贤的尊敬，出于对家乡历史文化的热爱，经过多方搜集，整理，张羽将葛绍体的197首诗编进了《永乐大典》。

最早为葛绍体立传的是明代史学家、文学家、礼部尚书谢铎。他在《赤城新志》中称，葛绍体"家于黄岩，字元承，尝师事永嘉叶适，得其指授"，为"葛绍体的师承和乡里"提供了历史证据。明代叶盛在《绿竹堂书目》中，称葛绍体的《东山集》为《葛东山集》，透露了葛绍体号"东山"的信息。《万历黄岩县志》《同治黄岩县志》《光绪黄岩县志》和《民国台州府志》等地方史志均为之立传，称赞他"博学，善属文，著有《四书述》《东山集》。"清初文学家厉鹗所撰的《宋诗纪事》几乎囊括了宋代的所有诗人，却没有葛绍体和他的诗，可见葛绍体的《东山集》遗佚实在太久了。清季大藏书家，湖州陆心源编撰的《宋诗纪事补遗》，选辑了葛绍体的《袁从道山庐》等11首诗，并在《作者简介》中，明确地称他是"黄岩人"。晚清著名方志学家，黄岩王棻先生在他的文史名著《台学统》中选辑了葛绍体的《江心长句》等19首诗，并在《作者简介》中，引《同治黄岩县志》，称赞他"博学，善诗文。著有《四书述》《东山集》。"牢固地确立了葛绍体的"黄岩人"的历史地位。黄岩有几个东山？只有一个。这就是民国二十年（1931）置镇，2001年撤镇，辖区并入椒江区葭沚街道的东山。

葛绍体的近两百首诗被编入《永乐大典》之后，过了三四百年，到了清代乾隆皇帝年间，清高宗三十八年（1773）五月，皇上要开展大规模地整理历史文化，要编一套大书，要把全国几乎所有的书都编进去的《四库全书》。四库馆臣把散见在《永乐大典》中的葛绍体的197首诗加以整理，编成两卷，并写了《东山诗选二卷提要》，编入《四库全书》集部别集类。编纂者在《提要》中说，由于《永乐大典》中"不着时代爵里"，他们只好从葛绍体的诗中去查考，得出结论说葛绍体是"天台人"，不确。为什么？因为，四库馆臣没有读过南宋理宗绍定年间，海盐县令尚棠修撰的《澉水志》。他们如果读过这本方志中葛绍体撰写的《思贤碑》，读过落款处所署的"建安葛绍体撰"六字，他们就会知道葛绍体原来是福建建安人了。《四库全书·东山诗选二卷提要》最后称"然有此一集，已足以传绍体矣。"清初大学士纪昀等《四库全书》馆臣的这一个"足"字，充分肯定了葛绍体和他的作品在文学史上的地位。

<h2 style="text-align:center">二</h2>

近年，我们从嘉兴《澉水志》中挖掘出1首，从《四库全书》中挖掘出《东山诗选》二卷计197首，又从《全宋诗》中挖掘出14首，共计212首，仍分上下两卷，花了三年时间悉心校注。发隐钩沉，以飨读者。

葛绍体也和当时其他读书人一样，多次参加科举考试，不幸的是他每次都名落孙山。但他是一位坚强的人，不因下第而潦倒，不因挫折而悲伤。磨难也是一种财富。"不戚戚于贫贱，不汲汲于富贵。"他一边纵情山水，一边致力于诗歌创作。衔觞赋诗，以乐其志。他走到哪里，朋友交到哪里，诗歌写到哪里。

葛绍体足迹遍天下。从《东山诗选》中可见，一次，他先到乐清雁荡山游览，写下了《乐清道中二首》《雨后到芙蓉村》等诗。后来，去温州游江心屿，赋《江心长句》、《过江心寺》等诗，然后南下福建。在翻越仙霞岭时，赋《分水岭》诗。游闽侯县饭溪岭时，赋《饭溪石》诗。他在游览福建的名胜古迹之后，到江西、湖南、湖北等地游览。分别写了《小憩梵安寺》《游本觉寺》和《雪中月波即事》等许多诗篇。

另一次，他从京城临安（今杭州）出发，北上江苏，游吴江县时，写下了《夜步垂虹》《锦园晚雨》等诗。游太湖时，写下了《太湖吟》。游无锡时，写下了《遂初东园》《东园池上》《猗澜池上》《猗澜即事》等诗。之后，游历扬州，写下了《水陆寺》《入竹西道院》《竹西午坐》等诗。之后，折而向西，到安徽、河南、陕西等地旅游，分别写下了《晚泊三高亭》《题新安汪氏心远亭》，《青坚即事》，《渭南考室》《宿磻溪》等许多诗歌。

葛绍体在会稽（今绍兴）、嘉兴、临安等地各住过好几年，分别写下许多诗歌。他还到过省内的其他许多地方，也写下了许多诗歌，这里就不再一一赘述了。

葛绍体朋友遍天下。他的朋友中，有一人之下，万人之上的宰相叶梦鼎和大学问家赵大酉等名人，但更多的是中下级官员和许多正直、博学的文人。《东山诗选》中有名有姓的就有赵潜夫、袁从道、王子文、陈良卿、韩时斋、王深道、高文父、余直卿、赵献可、韩次公、谢晦斋、赵希远、林子柄、王伯逢、赵紫芝、翁灵舒、薛子舒、谢德庆、高仲发、周西麓、汪焕章、卢子高、韩季默、唐晦叔、韩伯直、韩仲和、袁抱瓮、李好谦、尹惟晓、仲彝、高九万、蔡贯之、叶敬叔、陈平父、戴子安、王兼叔、汤升伯、王孟同等，以及黄县尉、王秀才、杜十三丈、叔愚县尉、袁宫讲、黄友、陈老丈、沈老丈，松台老丈、胡五九丈、陈友、吴友，仙居令，还有渭南文友、越中文友、永嘉文友等许多许多人。

葛绍体与永嘉"四灵"同时代，诗歌风格也相近，又都是叶适门下，因此，互相唱和的诗不少。葛绍体的诗上承晚唐，又受东晋陶渊明的影响，反对北宋"江西派"干涩诗风，追求平淡自然，是南宋江湖派的先驱人物之一。他一生写了许多诗词和文章，在当时大名鼎鼎，成名比戴复古还早。由于种种历史原因，他的著作在南宋理宗淳祐年间便散佚无存。幸好《永乐大典》保存了197首，加上近年《全宋诗》编纂者从各种古籍中搜集到《永嘉王孟同适安堂》等葛绍体的诗15首，一共212首，才得以流传至今。其中，骚体诗1首，五言古诗21首，七言古诗6首，五言律诗25首，七言律诗6首，七言绝句153首。他的诗中，五古、五律有唐人之风，七绝又多又好。

葛绍体的诗既充满现实主义精神，又富有浪漫主义色彩。五古《江心长句》诗中，在描绘温州江心屿美景的同时，抒发天心民意。"皇帝南巡意，生灵北望眼。"高度概括了宋室南渡之后，宋高宗率文臣武将一边避敌兵锋，一边号召各地起兵勤王，保家卫国，击退入侵金军；眼巴巴地盼望朝廷收复北方失地的广大百姓奋起响应的这一段史实，堪称点睛之笔。

五古《嘉兴尉府教阅即事》写嘉兴县参加军事演习的部队军容整肃，军纪严明；广大战士意气风发，斗志昂扬，一个个武艺高强，战阵娴熟。"跳梁勇投掷，呼喝骄凭陵。左旋忽右转，此伏俄彼升。路分寻丈斗，锋合毫厘争。目与手不谋，须臾悬死生。"使读者仿佛看到了"战斗"的激烈，仿佛听到了震天动地的喊杀声……"固将宣国威，非惟振家声……嗟乎真将军，亚夫细柳营。"热忱地赞扬嘉兴部队战斗力很强，并严阵以待，敢于歼灭来犯之敌。演习的成功宣扬了军威国威。诗的最后，作者以他的凌云健笔热忱地讴歌这场演习的组织者、指挥者和平时的训练者嘉兴黄县尉是"真将军"！赞扬他是南宋的"周亚夫"！葛绍体的这首《嘉兴尉府教阅即事》诗高扬爱国主义主旋律，传递广大官兵誓死保卫祖国的正能量，字里行间洋溢着现实主义精神的诗，好得很！

七古《雪中月波即事》诗，"梅腮破红笑卷舒，柳眼含赤窥荣枯。水鸭飞去投平芜，野雁鸣来落寒芦。"冰天雪地中，作者看到初绽的红梅像微笑的美人霞飞颊上，垂柳的叶芽像美人初展的睡眼，偷偷地看着一点儿一点儿舒展出来的花朵和枯枝，一个"窥"字十分传神地写出了柳眼含春的神态。作者在月波楼上不仅看到梅腮和柳眼，还看到并听到水鸭和大雁在空中边飞边叫的声音，黄冈城外的雪景多美啊！城内呢，并不冷冷清清，而是热热闹闹。"巷妪追逐携双姝，巧花入时压鬓梳。艳歌逸响和笙竽，酒酣意气高阳徒。"小巷里，一位妇人带着两个如花似玉的少女在追逐嬉闹，酒楼里传来阵阵和着笙竽的美妙歌声，微醉的秀才们酒酣胸袒尚开张，一个个像高阳郦生，指点江山，激扬文字……葛绍体笔下的雪景不像柳宗元笔下的"千山鸟飞绝，万径人踪灭"的"寒江独钓"，冷冷清清，而是热气腾腾，生机勃勃。读这首描写下雪天的诗，不仅不觉得冷，反而觉得一股热气扑面而来，令人精神为之一振。

五律《道傍酒家》写作者在滨海酒家喝酒时的所见所闻所感。他一边慢慢地品尝美酒，一边悠闲地观赏着眼前的风景。映入眼帘的是，远处，碧海上耸立着高而尖的青山，客船的帆樯正在穿云破雾而过，沙鸟从雨中飞来。近处，篱脚的苔藓吐出新绿，缤纷的梅花花瓣飘落井中。这时豪放的渔歌伴着梅花的幽香飞近酒杯，在这里喝酒是多么赏心悦目啊！这些良辰美景风烟情趣在作者的心中留下了深刻印象，今后一定还会常常在他的梦中再现。这首五律对仗工整，意境深远。

七绝《晚春》："过了红芳又绿阴，绿荫多处觉春深。东皇自是成功早，取次南风入舜琴。"红花谢了，春天匆匆地走了。春天跑到哪儿去了呢？原来，她并未走远，她就在绿荫深处呢。作者用简洁的语言，写出了暮春的景色，然后，笔锋一转，写完成了司春任务的东皇，轻轻松松地拿起大舜的五弦琴演奏大舜创作的诗歌《南风》。琴声悠扬，凤凰来仪，百鸟起舞……熏风南来，标志着春天真的走了。作者以"南风入舜琴"作结，既含蓄而又形象。

《旱中早起》："桔槔声里恨难平，似诉民劳彻上清。料得为霖只今日，满天风露看云生。"大旱天，田土龟裂，禾苗枯焦。早起的诗人，看到农民正在紧张地用桔槔提水抗旱。桔槔一上一下提水时发出的声音，是农民恨恨不绝的心声，桔槔似在倾诉农民的劳苦上达天听。今日，老天一定会甘霖普降。你看，天上已经风起云涌，草地上不也凝结着露珠吗？第三句"料得为霖只今日"，诗人用他的彩笔表达了广大农民的愿望，整首诗闪耀着人民性的光辉。

七绝《元直弟梧坡》："东山山下碧梧坡，映照朝阳岁月多。好是凤凰栖泊处，一鸣天地起春和。"这首诗不仅点明了兄弟俩的住址是东山东麓，小地名叫碧梧坡。还称这里是凤凰栖泊过的宝地。直接抒发了热爱东山的思想感情。

七绝《溪上》："少立沙头夕照明，柳风吹面酒初醒。东皋好雨一犁足，麦半黄时秧半青。"这首诗写春天傍晚，夕阳满山，作者在溪滩上休息时的所见所感。他在沙滩上站了一小会儿，春风拂面，吹醒了他刚才的微醉。看着眼前一大片蓄足了水的农田，想到农民们就可以开犁春耕了，他仿佛看到了一幅热热闹闹的《春耕图》。麦子丰收在望，秧苗长势良好……作者心中的欢乐跃然纸上。

七绝《荷渚即景》：轩槛空明照野塘，闲看渔父濯沧浪。相忘一笑一杯酒，荷叶雨声生晚凉。这首诗写傍晚，我坐在宽敞明亮的亭子里，观赏野塘中的匀匀荷叶。打鱼归来的渔父正在清亮亮的塘水中洗涤清理渔具。我忘掉世上的烦恼，一边饮酒，一边听雨打荷叶的声音，心旷神怡，不禁笑出声来。这笑声感染了读者，仿佛把读者也带进了荷渚中的亭子里，闻到了荷叶的清香，听到了雨打荷叶大珠小珠落玉盘的卜卜声，一起分享他的这份难得的闲适心情……作者融情入景，引人入胜。

七绝《嘲蛩》："浮沙篱落乱鸣蛩，永夜相寻客梦中。尽是秋风借余力，声声却似怨秋风。"这首诗写蟋蟀因为有了秋风的帮助，才得以声名远播，可是，蟋蟀有了名气之后，却又声声埋怨秋风。意味深长地讽刺了社会上那些忘恩负义反复无常的卑鄙小人。"声声却似怨秋风"，言有尽而意无穷。

《招鹤所词为溆浦监税赵潜夫作》是一首极富浪漫主义色彩的好诗。开头写赵潜夫乘坐白鹤从曲折深远的沼泽中飞来，参加虞妃们为他举办的一场盛大的月光晚会。晚会结束，回去时驾着白鹤快乐逍遥地遨游宇宙。在他的心目中，天地都变得很渺小。他穿着洁白的上衣，黑色的下衣，神情潇洒地掠过波涛汹涌的大海……

第二节写晚会的地点，是在青山之上，黄湾之下。一路上，云旗开路，随后是随风飘扬的霓旌。月光皓洁，风声飒飒。第三节写晚会开始前，赵潜夫和众神祭拜北斗，并奠以香味很浓的美酒。椒是香料，浆是未过滤的酒。赵潜夫头戴纶巾，手挥羽扇，潇洒得很。走动时，身上佩着的金器和玉器发出悦耳动听的璆锵声。笑起来，白玉似的牙齿闪闪发光。第四节写晚会盛况空前：鸾凤和鸣，鼋鼍起舞，水神冯夷击鼓，湘水女神娥皇女英纵情高歌，鱼和龙们积极陪唱。蛟和螭寸步不离地卫护着赵潜夫。最后一节写月落星稀，东方微明，热闹了一整夜的众神，都纷纷想念起自己的家来。晚会到此结束，众神告辞，赵潜夫在南面的水边送别众神。水上，有的神乘坐的帆船飞快地超过那些摇橹的小船……赵潜夫在天上过着快乐的生活，从春到秋，直到永远。

这首为赵潜夫招魂的骚体诗，写赵潜夫死后在天上做了神仙，过着快乐逍遥的美好生活。充分表达了当地百姓对清官赵潜夫的美好祝愿和深切的怀念之情。

葛绍体的诗风格多样，有的婉约，如《晚春》《招鹤所词为溆浦监税赵潜夫作》等；有的豪放，如《对月简松庐》《送余直卿廷对》《嘉兴尉府教阅即事》等。

至于说葛绍体有没有做过官？只要读一读下面的七律《寄谢周西麓国博》中的"思到九原哪可答？近来和泪看除书。"你就会知道了。

经过历史长河大浪淘沙后留下来的葛绍体的200多首诗，犹如千年陈酿散发出阵阵浓郁的醇香，品之，令人陶醉。

台州历史文化积淀深厚，"发掘历史文化，促进经济发展。"是近二三十年来形成的共识。蔡奇同志在台州任市委书记时指出，"历史文化有着鉴往知来、开拓未来的巨大力量。历史文化在已经到来的知识经济时代，具有不可估量的开拓和创造力量。"习近平主席在2014年11月26日考察孔府、孔子研究院时强调指出，"传统文化是我们民族的根和魂。不忘本，才能开辟未来；善于继承，才能更好地创新。"

为了继承和发扬葛绍体的高风亮节，为了让诗人葛绍体走近人民大众，为了让葛绍体的《东山诗选》走进千家万户，最近，我们花了三年时间发掘、整理了《东山诗选点校注释》（团结出版社即将出版）。限于水平，差错一定难免，诚挚希望广大读者和方家不吝珠玑，多多赐教。

参考文献：

1.《郡斋读书志校证·九.读书附志》上海古籍出版社1990年版。

2.《叶适集》中华书局2013年版。

3.《澉水志》台湾成文出版社1983年版。

4.《永乐大典》中华书局2012年版。

5.《赤城新志》上海古籍出版社2016年版。

6.《宋诗纪事补遗》（二）山西古籍出版社1997年版。

7.《万历黄岩县志》明袁应祺撰（家藏）。

郑钦南

2018年秋于东海之滨

《东山诗选校注》后记

时间过得真快，我从1998年退休至今，不觉已有二十年了。二十年的时光，绝大部分都是在椒江打工中度过的。椒江成了我的第二故乡。平时省吃俭用，退休金加上打工积攒的钱，买了一套不到68平方米的小屋，总算有了聊避风雨的小小窝。打工之余，兴之所至，信笔涂鸦。投寄报刊，承蒙编辑老师热忱鼓励，常被采用，非常高兴，给单调的生活注入了一丝快乐。

由于出版了六本书（其中4本为古诗文点校注释，一本为民间文学作品选集，一本为儿童文学作品选集）共计约150万字），被椒江区作协接纳为会员，被椒江政协连续两届聘请为文史专员。当我接过聘书时，感到沉甸甸的。深知这聘书不仅仅是荣誉，更是一种责任。

椒江历史文化积淀深厚，我能干点什么呢？我想到了我的黄岩老乡、原东山小学校长徐礼邦先生对我的嘱托，挖掘整理东山的乡土文化，以便对学生进行乡土教育，激发学生们的乡土自豪感，使他们更加热爱家乡，热爱祖国。我又想到了收录在2004年出版的《宁溪历代山水诗选注》中的宋代葛绍体的三首诗。葛绍体是南宋著名诗人，黄岩东山人，东山现属椒江。葛绍体的诗是地地道道的椒江传统文化。葛绍体受业于永嘉学派领袖叶适，与永嘉"四灵"齐名，他的诗淡远自然，很有特色。自成一家的葛绍体，成名比戴复古还早。于是，决定把葛绍体的《东山诗选》加以发掘和整理。我们从浩如烟海的《四库全书》中挖掘出《东山诗选》两卷198首诗之后，又从《全宋诗》中挖掘出《四库全书》中未曾收录的葛绍体的诗14首，共计212首。并搜集了一些有关葛绍体的资料（由于宋元鼎革，加上火灾、水灾，鼠咬、虫蠹等多种原因，葛绍体的诗文及其生平史料早佚，明代台州人张羽等参与编修《永乐大典》时搜集了他的200多首诗，才保存下来）。然后，加上标点，共加了1875个（含附录中的448个），给律诗和绝句加标点不难，但给骚体诗《招鹤所词为澉浦监税赵潜夫作》加标点就颇费推敲和斟酌了。再把繁体字加以简化，再把错字、异体字、通假字、假借字和古今字等加以改正和规范，一共改了460多处。最后一道工序是给深奥难懂的词语作出注释。全书共作注释1460多条（其中含破解典故近50个）。

本书在校注过程中，台州文史权威徐三见先生不吝珠玑，多次赐教，仅在此表示衷心的感谢。

《东山诗选》的校注，是一项开创性的工作，困难是可想而知的。加之我们水平有限，书中谬误在所难免，祈请方家和广大读多多指正，衷心感激。

郑钦南于东海之滨亦可居

2017年11月28日

《天台集点校》说明

一

《天台集》是我们台州的第一部诗歌总集，它是台州历史宝库中的一颗熠熠生辉的明珠，是我们台州人宝贵的精神财富。

《天台集》共十三卷（前集三卷，前集别编一卷；续集三卷，续集别编六卷）共收三国晋唐两宋诗人405人的1532首诗歌。其中，近三分之二是有关天台山的诗篇，近三分之一是有关台州其他各县的诗篇。这对于了解和研究台州，特别是天台山文化，具有重要价值。

这书的前集三卷和续集的前两卷系南宋初年临海人李庚所编，前集别编一卷系台州州学教谕林师蒇之子林表民所编。续集后一卷系林师蒇、林表民、李次谟（台州知府李兼的儿子）所编，续集别编六卷系林表民所编。

诗集中搜罗了三国、晋、唐、两宋的许多著名诗人，如曹植、孙绰、谢灵运、孟浩然、李白、杜甫、白居易、项斯、刘禹锡、李绅、温庭筠、司马光、苏轼、杨蟠、王安石、陈襄、晏殊、宋祁、戴复古、陈克、朱熹、陆游、谢伋、谢直、尤袤等许多人的诗篇。

诗集内容丰富。第一，反映了天台山名胜历史悠久。从集子中的许多纪游、纪赠之作，不难看出早在唐代，天台山的"佛宗道源，山水神秀"的名胜特色已经形成。

第二，有史料价值。杜甫怀念、寄赠郑虔的诗中，对于考证郑虔的生平很有价值。郑虔贬台之前为著作郎而不是协律郎。武元衡《送吴侍御司马赴台州》诗中，以"烟林繁橘柚"赞美台州景色，可见中唐时期台州的柑橘生产已具相当规模。清末黄岩榜眼喻长霖编纂的《民国台州府志·寓贤》中客籍名人传记的内容，有40多人采自《天台集》。

第三，反映了民生疾苦。如《天台续集》卷下，北宋仙居县令陈襄《和郑闳中仙居十一首》之三，自注："予始至邑，豪民有以债负凭折细民田土者，迹验分明，予治而归。或有年深而无稽者，亦妄诉词讼，三年分户二千，凡有产而无业，积年空纳其租，诉而还主者，不可胜数。"又如，《通判国博命赋假山》："去年水潦百谷死，居民无食食糟秕。州之饿者数千人，黄岩之民犹倍蓰……"水患严重，直接反映了水利失修所造成的广大农民的苦难生活。又如，《天台续集别编》卷二，司马光《和圣俞咏昌言栝苍石屏》结尾"慎勿示要人，坐致求者繁。将使栝苍民，呼嗟山谷间。"表现了司马光的心里装着百姓。又如，《天台续集别编》卷四，尤袤《台州四首》之一："三日霪霖已渺漫，未晴三日又言乾。自来说道天难做，天到台州分外难。"反映了台州农田水利失修的严重情况，含蓄地反映了台州农民的苦难生活。《天台续集别编》卷五，李琪《赈荒到天台有作》二首："我亦田夫偶得官，深知茅屋有饥寒。纷然遮道呻吟状，一作同胞疾痛观。水际山陬多隐瘼，风餐露宿敢图安？破襦裹米皆珠玉，粒粒当知帝泽宽。""驱驰徒步问民饥，似我寒儒负笈时。偪仄荒村随户到，萧疏几屋有烟炊？平林带暝投山驿，苍鬓冲寒湿雨丝。野老不知巡历至，相逢尔汝话家私。"诗中的"水际山陬多隐瘼""破襦裹米皆珠玉""萧疏几屋有烟炊？"和萧振《示邦人诗》中的"顷遭两年荒，十九皆菜色。"等多处反映了民生疾苦，闪耀着人民性的光辉。

第四，反映了唐宋年间台州开发的大势。《前集》收入有关天台山的诗作280首，而有关台州其他各县的诗却只有19首。宋代以来，特别是南宋建都临安，台州成了辅郡，大大地促进了台州各县的开发。《续集》收入的北宋诗歌388首，有关天台山的诗作有247首，其他各县的只有141首。《别编》收入南宋诗歌684首，有关天台山的只有201首，而有关其他各县的诗却上升到483首。从一个侧面反映了台州经济的繁荣和开发的力度。

第五，记载了宗教活动盛事。中唐，天台山桐柏宫高道司马承祯应召入京讲道辞归，唐玄宗亲自赋诗赠别，大臣多人赋诗送行。北宋天台山琼台高道张无梦应召入京讲道辞归，宋真宗亲自赋诗送行，大臣31人赋诗赠别。北宋高僧梵才大师应召入京讲经说法，辞归时，大臣钱惟演等24人赋诗赠别。

第六，开台州诗文集编纂的先河。《天台集》问世之后，影响巨大。《赤城集》《嘉定赤城志》《清献集》《脚气集》《佛祖统纪》《天台胜迹录》《三台诗录》《台诗三录》等诗文集一部接一部地相继问世。究其渊源，《天台集》开了一个好头。她促进了台州文化的发展和繁荣，功不可没。

二

在点校过程中，我们觉得《天台集》中的有些问题确实需要作些说明。例如：《天台山赋并序》的标题，四库本和别的许多版本的标题"天"字前都没有"游"字，中华书局1958年版《全上古三代秦汉三国六朝文·全晋文》和吉林文史出版社1988年版《昭明文选》所收之《天台山赋》，以及汉语大辞典出版社1995年版的《天台县志》等，"天"字前均有"游"字。这是为什么？这是由于坚持事实的人们认为，孙绰没有亲身去天台山游览过，所以标题中没有"游"字。有些人以为孙绰去天台山旅游过，所以标题中加上"游"字。其实，加上"游"字是错误的，是不符合历史事实的。那么，孙绰究竟有没有去天台山游览过？我们认为：没有！何以见得呢？

过去，我们也和许多人一样，认为句句金玉，字字珠玑，掷地有声，流传千古的《天台山赋》，这么优美生动的文章，如果没有亲身经历，没有亲身体验，肯定是写不出来的。但是，客观事实是不依人们的意志为转移的。任何事情都是真的假不了，假的也真不了。事实胜于雄辩。

我们在点校《天台集》过程中，发现宋代有两位诗人都说到孙兴公没有到过天台山。一位是临海人李庚，他在《题尤使君郡圃十二诗·凝思斋》诗中说："孙绰赋天台，伻人以图至。"意思是说，"孙绰写《天台山赋》时，使人取《图》来，根据前人所画的《图》，再写出来的。"言下之意是，孙绰没有到过天台山。那么，这《图》究竟是什么《图》呢？当然是《天台山图》了。李庚，何许人也？他的话可信吗？李庚，字子长，宋高宗绍兴十五年（1145）进士，做过监察御史、提举江东常平，历任福建南剑州、江西抚州、袁州等地知府。著有《诊痴符》集。台州第一部诗歌总集——《天台集》中的《前集》三卷和《续集》中的前两卷，都是他在致仕（退休）后搜集整理编辑而成的。他的话应该可信。

另一位是江西人曾几，他在《登玉霄亭》诗中说："作赋兴公虚想象，谪官司户实飘零。"意思是说，孙兴公写《天台山赋》，是靠虚构和想象写出来的。言下之意是，孙绰并没有到过天台山。

曾几是什么人？他的话靠得住吗？曾几是台州知府，上舍出身，赣州人，字吉甫，自号茶山居士。为官清正，为人正直。历任江西、浙西提刑，秘书少监、礼部侍郎、左通议大夫等职。著有《经说》《易释象》《茶山集》等。学识渊博、勤政爱民。他在绍兴二十六年（1156）任台州知府。他的话，应该是靠得住的。

也许，有人会说，诗歌是文学艺术，本身就是虚构和想象的，不是地方史志，不足为凭。

哪我们就来看看地方史志是怎么说的吧。

孙兴公有没有到过天台山，《浙江通志》有记载。《浙江通志》云："孙兴公慕天台之奇，遥为之赋。彼未尝瞻赤城之标，蹑石梁之险也。然能抽思结句，发声金石者，得于《志》与《图》也。"（见文渊阁《四库全书》《浙江通志》卷526——181明代郑明远《碧岩志·序》）

这段话的意思是说，孙兴公对神奇秀丽的天台山十分向往，在远离天台山的（会稽）创作这篇《天台山赋》之前，他没有亲眼看到过赤城建标，也没有亲脚丈量过横空石梁。那么，他的掷地作金石声的《天台山赋》是怎么写出来的呢？他是全靠《天台山志》和《天台山图》啊！当然，还有他渊博的学识和极为丰富的想象力。

其实，孙绰在创作《天台山赋》之前，究竟有没有到过天台山？《天台山赋》本身早就给出了明确的答案。孙绰在《天台山赋》正文前面的《序言》中说："然图像之兴……余所以驰神运思，昼咏宵兴……聊奋藻以散怀。"这段话可以看出，孙绰的《天台山赋》是凭借图像，发挥想象写成的。为什么有些人没有从这里看出答案来呢？哪恐怕是受了东晋田园诗人陶渊明"好读书而不求甚解"的影响吧。读书，只有读熟，读懂，读通，才能悟出书中所蕴藏的道理和事实。至于有些人说，从章安到天台山只有几十里山路（实际上有两三百里），完全可以朝发而夕至。哪恐怕是学得汉代费长房的缩地之术的结果吧？否则，只能是讲笑话、说梦话而已。

又如，谢灵运的《山居赋》，其小序前还有一小段文字："古巢居穴处曰岩栖，栋宇居山曰山居；在林野曰丘园，在郊郭曰城旁。四者不同，可以理推。言心也，黄屋实不殊于汾阳；即事也，山居良有异乎市廛。抱疾就闲，顺从性情。敢率所乐，而以作赋。扬子云云：'诗人之赋丽以则。文体宜兼，以成其美。'今所赋，既非京都宫观，游猎声色之盛，而叙山野草木水石谷稼之事。才乏昔人，心放俗外。咏于文，则可勉而就之；求丽邈以远矣。览者废张左之艳词，寻台皓之深意。去饰取素，俍直其心耳！意实言表而书不尽。遗迹索意，托之有赏。其辞曰："

《山居赋》的结尾，也不是全篇的终结，因为后面还有许多文字。仅结尾这一段，后面还有"上嶔崎而蒙茏，下深沉而浇激。"两句。这两句之后，还有许多段落。《天台集》中的《山居赋》是节录，而并非全文。

又如，曹植的《游仙诗》，《天台集》所载只是下半首六句，并非全诗。全诗一共有十二句。其上半首为"人生不满百，戚戚少欢娱。意欲奋六翮，排雾凌紫虚。虚蜕同松乔，翻迹登鼎湖。"

又如，庾信《道士步虚词》，原文一共有十首，《天台集》所载系第三首。千万别以为，庾信的《道士步虚词》仅仅有这一首。

又如，宋之问的《灵隐寺》诗，底本标题为《题杭州天竺寺壁》，考虑到《全唐诗》的影响比《天合集》还要大，故从《全唐诗》，改为《灵隐寺》。这首诗的正文之前，《全唐诗》有小字题注："《纪事》云：之问贬黔放还，至江南游灵隐寺。夜月极明，长廊行吟曰：'鹫岭郁岧峣，龙宫隐寂寥……'久不能续。有老僧点长明灯，问曰：'少年夜久不寐，何耶？'之问曰：'偶欲题此寺，而兴思不属。'即曰：'何不云，'楼观沧海日，门对浙江潮。'之问愕然，讶其遒丽。迟明更访之，则不复见。寺僧有知者，曰：'此骆宾王也。'"

又如，李白《送王屋山人魏万还王屋并序》，《全唐诗》诗前小序与《天台集》稍有不同。《全唐诗》卷175《题注》：一作"见王屋山人魏万云，自嵩历兖，游梁入吴，计程三千里，相访不遇，因下江东寻诸名山，往复百越。后于广陵一面，遂乘兴共过金陵。此公爱奇好古，独出物表。因述其行，遂有此作。"

另外，这首诗的开头四句，《全唐诗》卷175《夹注》：一作"东方不辞家，独访紫泥海。时人少相逢，往往失所在。"与《天台集》不同。

又如，《天台前集别编》中的晚唐诗人皮日休《送董少卿游茅山》与《全唐诗》中的皮日休《送董少卿游茅山》标题相同，但诗却没有一个字相同。《全唐诗》中的皮日休《送董少卿游茅山》："名卿风度足枌斜，一舸闲乘二许家。天影晓通金井水，山灵深护玉门沙。空坛礼后销香母，阴洞缘时触乳花。尽待于公作廷尉，不须从此便餐霞。"

又如，《天台前集别编》卷二，姚宽《下章安杜渎七首》的第一首："京洛风尘久不开，晚寻云水到天台。如何更向章安浦，缥缈山城首重回。"与南宋台州十大儒之一的石子重的《题金鳌山如画轩》"京洛风尘久未开，晚寻云水上天台。如何更下金鳌浦，缥缈江山首重回。"大同小异。

三

《天台集》确实是我们台州人的无价之宝，但玉有瑕疵，亦毋庸讳言。例如，底本文字脱漏。一首诗中，只要有一个字脱漏，就会大煞风景。《天台集》中有多处文字脱漏。因此，查漏补缺，就成了这次点校的重要任务之一。

例如，《天台前集别编》李白《江上答崔宣城》第六句"湍波□几重"，中间脱漏一个字。我们据《全唐诗》第178卷，李白同题诗第六句校补"歷"字，使之成为完整的诗句。

又如，《天台前集别编》李敬方《喜晴》诗第三句"林果垂□尽"，这句诗，脱漏了一个字。我们就找到《全唐诗》508卷，李敬方同题诗《喜晴》诗第三句"林果黄梅尽"，不仅补上了一个"梅"字，还带便将错字"垂"改为"黄"，一举两得。

又如，《天台集拾遗》，贯休《寄诠律师院》，标题"寄"字下脱漏"题"字，我们据《全唐诗》837卷，贯休同题诗校补。

又如，《天台续集》卷下，陈襄《和郑闳中仙居十一首》第三首末句脱漏末字"斯道未能□"。我们据《全宋诗》第三册陈襄同题诗校补为"宏"字，使成完璧。整首诗为"我爱仙居好，临民必以诚。簿书无日暇，狱讼积年生。百疾求箴补，千钧待准平。嗟予不如古，斯道未能宏。"

又如，《天台续集》卷下，左纬《送齐上人游方》脱漏第四句整句，以及第五句开头第一个字。我们据《全宋诗》卷1679左纬同题诗校补，第四句为"空谷响残冰"，第五句开头第一个字为"离"。整首诗为"往究一乘法，期明诸祖灯。远山衔落日，空谷响残冰。离物心无染，谈经义有凭。世人多顶礼，为是石桥僧。"

又如，《天台前集别编》卷一，钱惟济《送从进长老归天台》第七句"道猷法窟从兹□"脱漏末字，第八句整句7个字全部漏落。我们据《全宋诗》钱惟济同题诗校补，第七句最后一个字为"始"，第八句为"应叹吾生空二毛"。整首诗为"枢府多年识相毫，又飞镮锡出神皋。霞标起处瞻鸳刹，风信平时过鹭涛。月露空蒙迷桧楫，天香芬郁湿兰袍。道猷法窟从兹始，应叹吾生空二毛。"

又如，《天台前集别编》卷一，王尧臣《怀天台隐士》第三句脱漏末尾二字"自是鸾皇终□□"，第四句脱漏开头二字，"□□鱼鸟便忘机"。第七句中间脱漏二字，"他日□□如应聘"，这样的诗，实在令人难以卒读。我们据《全宋诗》王尧臣同题诗分别校补为"瑞世"二字、"莫同"二字和"彤庭"二字，把这六个字补进去，这首诗就完整了。整首诗为"先生高蹈晦岩扉，沐发晞阳远帝晖。自是鸾皇终瑞世，莫同鱼鸟便忘机。江凫泛泛随波远，朔雁冥冥避弋归。他日彤庭如应聘，梦魂休绕故山薇。"

又如，《天台前集别编》卷一，郑望之《建炎丞相成国吕忠穆公退老堂诗》第二首，脱漏第三句整句，及第四句前四字。我们据《全宋诗》郑望之同题诗校补第三句为"应料于今台岳畔"，第四句前四字为"还同自昔"。整首诗为"一从奉得去年书，报道江山已定居。应料于今台岳畔，还同自昔辋川图。君臣终始如公少，将相声名自古无。何日雍容陪杖屦，松风山径竹篮舆。"

又如，《天台前集别编》卷六，唐仲友《题盖竹洞》第26句"□事栋宇非良谋"，开头脱漏第一个字。我们据《全宋诗》卷2506唐仲友同题诗校补为"专"字，使之成为一句完整的诗——"专事栋宇非良谋"。

四

底本中明显的错字不少，异体字特别多。改正差错是这次点校的基本任务之一。

例如，《天台前集》卷上，谢灵运《山居赋》，"捷清旷于山川"，"捷"字误，应为"栖"。据《二十五史·宋书·谢灵运列传·山居赋注》（浙江古籍出版社1998年版）校改。

又如，李德裕《金松赋并序》第四句"晚春色景"，"色"字误，应为"夕"，径改。

又如，骆宾王《久客临海有怀》第七句"欲知凄断望"，"望"字误，应为"意"，径改。第八句"江上涉安流"，"涉"字误，应为"步"，径改。

又如，杜甫《哀故著作郎贬台州司户荥阳郑公虔》，倒数第十句"操紙终夕酬"，"紙"字误，应为"纸"。

又如，刘长卿《送台州李使君兼寄题国清寺》，第一句"露冕新承明主□"，"□"，应为"恩"。径改。

又如，《天台前集》卷中，张祜《游天台山》，第31句"彭蠡不分杯"，"分"字误，应为"盈"，径改。第34句"万纽青壁竖"，"纽"字误，应为"仞"，径改。

又如，《天台前集》卷中最后一首《送台州唐兴陈明府》，底本为"陆"字错，改为"陈"。又，作者署名为"资吟集"。大错！"资吟集"是书名，是五代郎中钟安礼编的一部诗选，怎么可以当作作者来署名呢？经考证，这首诗的作者实为唐代诗人李频（两处差错均据《全唐诗》九册588卷6887页校改）。

又如《天台前集》卷下，陈光《题桃源僧》，倒第二句"定拟辞鹿境"，"鹿"字误，应为"尘"，径改。

又如，罗隐《送程尊师东游有寄》，第四句"必恐犀轩过赤城"，开头"必"字误，应为"又"，径改。

又如，贯休《送道友归天台》，第一句"薜浓秀湿冷层层"，"秀"字误，应为"苔"，径改。

又如，张为《秋醉歌》，倒第三句"上楼十二重"，"上"字误，应为"玉"，径改。

又如，《天台前集别编》，谢灵运《登永宁江望海》，这个标题明显违背常理。"登"的意思是升、上。如登楼，登山、登高等，都是从地面向高处走。那么，永宁江的江面比地面高呢，还是低呢？众所周知，永宁江江面低于地面，否则，岂不江水泛滥，造成水灾？既然永宁江江面低于地面，那怎么个"登"法呢？又如何望海呢？你要到江上去，必须从地面往下走（这就违背了"登"的原意，因此，就不能称"登"），到了江上，也仍然会望不到海？为什么？因为江面比海面高不了多少。从南朝刘宋到赵宋，经过近六百多年的风雨沧桑改朝换代，谢灵运的诗几经传抄，很难保持原貌。据我们推想，标题中的字有所脱漏，作者要登的，恐怕不是永宁江，很有可能是永江宁的源头？只有站在一千多米高的源头，才能望到大海。何况，永宁江源头一带还有个望海尖呢？因此，我们就给这个标题加上"源头"二字，使之成为《登永江宁源头望海》，使它变得合乎情理一些。

又如，吴均《别王谦》第五句"离歌玉玄绝"，"玄"字误，应为"弦"，径改。

又如，庾信《道士步虚词》，第五句"凤林采桐实"，"桐"字误，应为"珠"，径改。第六句"春山种玉荣"，"春"字误，应为"龙"，径改。

又如，刘希夷《春日行歌》第五句，"携酒向春台"，"向"字误，应为"上"，径改。

又如，杨衡《登紫霄峰赠黄仙师即李绅所题北峰黄道士也》，倒第四句"兹马悟佳旨"，"马"字误，应为"焉"，径改。

又如，钱起《送丁著作佐台郡》，倒第三句"脍鲤偶乡人"，"偶"字误，应为"待"，径改。

又如，卢士衡《游灵溪观》，倒第三句"道士留连说子书"，"子"字误，应为"紫"，径改。

又如，《天台续集》卷上，《题北山松轩》，作者左知微，"微"，底本为"征"，我们据《全宋诗》卷1706校改。

又如，《天台续集》卷下，左纬《宁海簿厅交翠亭》，末句"枳棘若为容"，"棘"（两个束）字误，应为"棘"。

又如，《天台集拾遗》，贯休《秋夜玩月怀玉霄道士》，第三句"今霄刚道别"，"霄"字误，应为"宵"，径改。

又如，《天台续集别编》卷二，吴说《题梁皇寺清辩大师房》，开头"云收鹜落天围净"，"鹜"字误，应为"雾"，径改。

又如，綦崇礼《题张子正观察溪风亭》，第一首倒第二句，"冷然便欲乘风去"，"冷"字误，应为"泠"，径改。

又如，《天台续集别编》卷三，曾几《戏作盆池四于和青堂》，"少退阶前雁鹜行"，"鹜"字错，应为"鹜"。径改。

又如，楼钥《送赵仲礼守天台》，倒数第九句"金印当击肘"，"击"，字错，应为"系"。径改。

又如，《天台续集别编》卷四，范成大《寄题鹿伯可见一堂》，第三首末句"转入湖山寻惧来"，"惧"字错，应为"吴"。径改。

又如，林宪《梅花二首》，第二首第四句"鲜剥风萧骚"，"鲜"字错，应为"薛"。径改。

又如，高侣孙《寄桐柏山王尊师》，倒三句"朝阳紫木肥"，"木"字错，应为"术"。径改。

又如，高侣孙《石桥歌》，第三句《玉翰狞鳞万松古》，"翰"字错，应为"干"。径改。

又如，《天台续集别编》卷五，萧振《示邦人诗》，倒数第十三句"沙田已龟拆"，"拆"字错，应为"坼"。径改。

又如，洪迈《短韵送吕子约丞郡天台》，第五句"榴花结子荷成的"，"的"字误，应为"苭"。径改。

又如，颜度《题康济泉》，第三句"更有灵康是知巳"，"巳"字误，应为"己"。径改。

又如，杨楔《题天台福圣观瀑布》，第四句"倒写千巘万壑间"，"写"字误，应为"泻"。径攻。

又如，袁复一《昨暮侍玉霄亭坐新月初上凉风迭至配以丹荔白醋景物具美赋诗呈知府丈》，倒第二句"只尺玉峰应好在"，"只"字误，应为"咫"。径改。

又如，《天台续集别编》卷六，李擢《前日草具无以为娱重蒙叔厚贶以佳篇虽已攀和辄再次韵作一首》，末句"援豪犹欲赋闲情"，"豪"字误，应为"毫"。

又如，498页綦崇礼《德升尚书再用前韵见示五绝·右窗下独酌》，"细兴麵生论"，"兴"字误，应为"与"。

又如，500页朱熹《题谢少卿药园》二首，第一首第六句"三掇散沉痾"，"痾"字误，应为"疴"。"沉疴"是重病；"痾"是大解，排泄。

又如，《梁源〈异松图行〉为台州赵别驾作》的作者，底本署为"无名氏"，大错！经考证，实为"林宪"！

又如，510页林宪《梁源〈异松图行〉为台州赵别驾作》的第十句"声撼水府鲸棹头"，"棹"字误，应为"掉"。又如，第二十句，"元气淋漓钟此夫焉廋"，"廋"字误，应为"瘦"。又如第二十二句，"轮魁飞来排斡予交樛"，"斡"字误，应为"干"。

五

我们在点校过程中，还发现底本中前后重复多处。例如，《天台续集拾遗》，梁鼎《奉送崇教大师归天台》："谈空玉殿君恩厚，归兴兰舟泽国赊。禅室冷思沧海雪，吟楼晴忆赤城霞。径吴屦滑当梅雨，到寺衣香近桂花。深愧尘缨未能去，石桥煎瀑共尝茶。"与《天台续集》卷上，梁鼎《送僧归天宁万年禅院》："谈空玉殿君恩厚，归兴兰舟泽国赊。禅室冷思沧海雪，吟楼晴忆赤城霞。径吴屦滑当梅雨，到寺衣香近桂花。深愧尘缨未能去，石桥煎瀑共尝茶。"重复。

又如，《天台续集拾遗》，杨亿《诗一首奉送崇教大师归天台山寿昌寺》："暂别云山几度瓜，方袍初日耀兰芽。吟诗池上生春草，说法庭中散宝华。桂楫去依随岸柳，松轩归赏赤城霞。御书满箧新颁得，应向三吴到处夸。"与《天台续集》卷上，杨亿《送僧归天宁万年禅院》："暂别云山几度瓜，方袍初日耀兰芽。吟诗池上生春草，说法庭中散宝华。桂楫去依随岸柳，松轩归赏赤城霞。御书满箧新颁得，应向三吴到处夸。"重复。

又如，《天台续集拾遗》，赵抃《恶诗五十六言送新崇教大师谢恩后归旧山》："振锡携瓶谒未央，薜萝衣湿惹天香，晓辞丹陛君恩重，笑指旧山归路长。何处漱泉吟夜月，几程闻雨宿云房？他年松下敲门去，应许尘襟拂石床。"与《天台续集》卷中赵抃《送僧归护国寺》："振锡携瓶谒未央，薜萝衣湿惹天香，晓辞丹陛君恩重，笑指旧山归路长。何处漱泉吟夜月，几程闻雨宿云房？他年松下敲门去，应许尘襟拂石床。"重复。

又如，《天台续集别编》卷一，左纬《交翠亭》："地胜多乔木，亭幽阚古墉。春梢经雨合，晚色过烟浓。影落琴书遍，声穿户牖重。鸾栖应不久，枳棘若为容。"与《天台续集》卷下《宁海簿厅交翠亭》："地胜多乔木，亭幽阚古墉。春梢经雨合，晚色过烟浓。影落琴书遍，声穿户牖重。鸾栖应不久，枳棘若为容。"重复。

又如，《天台续集别编》卷一，汪藻《建炎丞相成国吕忠穆公退老堂诗》："心如金石气如虹，整顿乾坤指顾中。挽去蝁成调鼎事，归来还作钓璜翁。东山胜践今人见，西洛耆年几客同？圯上一编浑未用，赤松那得便从公！""我公英爽笑臞仙，来占东南古洞天。几度倾身安社稷，一朝袖手向林泉。长劳海内簪缨望，小作山中杖屦缘。谩使吴儿生意气，凉台燠馆记他年。"二首，与《天台续集》卷下，汪藻诗重复。

又如，《天台续集别编》卷二，陈襄《马篆潭报雨二十韵》："皇佑岁庚寅，阴阳久郁堙。二时愆雨泽，百物闵膏屯。穀价方翔踊，民言备苦辛。原畴无播种，道路有饥贫。县令忧忘食，斋房退省身。朝归占甲子，暮出看星辰。埜祀曾徼福，雩坛示礼神。所求观古法，询访得龙津。遣吏苹蘩洁、斋书肺腑陈。灵泉汲坎窌，仙杖下嶙峋。雷斧潜嗔树，天波忽洒尘。音官沉鼓吹，市户湿衣巾。降应声何速，盘旋志未伸，经纶惟四日，滂沛即踰旬。万谷仙源发，三农水利均。趋田多耒耨，入里少刍薪。苗稼晨争插，坊庸夜不巡。讴歌兴父老，燕喜集亲宾。捐瘠苏中壑，生成赋大钧。邑人勿忘报，世世荷深仁。"与《天台续集》卷下，陈襄《马篆潭报雨并序》："县久不雨，祈马篆龙。既应，县令陈襄作诗以报之：

皇佑岁庚寅，阴阳久郁堙。二时愆雨泽，百物闵膏屯。穀价方翔踊，民言备苦辛。原畴无播种，道路有饥贫。县令忧忘食，斋房退省身。朝归占甲子，暮出看星辰。埜祀曾徼福，雩坛示礼神。所求观古法，询访得龙津。遣吏苹蘩洁、斋书肺腑陈。灵泉汲坎窌，仙杖下嶙峋。雷斧潜嗔树，天波忽洒尘。音官沉鼓吹，市户湿衣巾。降应声何速，盘旋志未伸，经纶惟四曰，滂沛即踰旬。万谷仙源发，三农水利均。趋田多耒耨，入里少刍薪。苗稼晨争插，坊庸夜不巡。讴歌兴父老，燕喜集亲宾。捐瘠苏中壑，生成赋大钧。邑人勿忘报，世世荷深仁。"两者正文重复。

又如,《天台续集拾遗》,刘少逸《谨吟七言四韵恶诗一首攀送崇教大师归天台寿昌寺》:"道高尘俗住应难,携锡东归暑未残。紫殿已承新雨露,白云终忆旧峰峦。孤村路僻牵吟远,峭壁泉飞入梦难。满箧御诗兼御札,到时松院与谁看?"与《天台续集》卷上,刘少逸《送僧归天宁万年禅院》:"道高尘俗住应难,携锡东归暑未残。紫殿已承新雨露,白云终忆旧峰峦。孤村路僻牵吟远,峭壁泉飞入梦难。满箧御书兼御札,到时松院与谁看?"重复。

又如,《天台续集拾遗》,阮思道《送崇教大师回天台谨吟七言四韵诗一首》:"碧云高价彻天涯,珪璧清无一点瑕。双阙再承新雨露,三吴重赏旧烟霞。水轩散味朝贤句,松院分尝御府茶。闻说赤城终未见,画图何日寄京华。"与《天台续集》卷中阮思道《送僧归护国寺》重复。

郑钦南于东海之滨亦可居

2018年3月

参考文献

1.方山:《〈天台集〉天台山现存第一部诗歌总集》《东南文化》1990年6期。

2.《全上古三代秦汉三国六朝文》中华书局1958年版。

3.《二十五史》浙江古籍出版社1998年版。

4.《全唐文》中华书局1983年版。

5.《文苑英华》中华书局1996年版。

6.《全唐诗》中华书局1999年版。

7.《全宋诗》北京大学出版社1991年版。

将帅诗人戚继光

——《戚继光诗歌校注》代序

伟大的民族英雄戚继光（1528—1588），字元敬，号南塘，山东蓬莱人。不仅是武艺高强精通兵法骁勇善战的常胜将军，还是一位才华横溢的诗人。他的丰功伟绩彪炳青史流芳百世，他的诗歌也是文学宝库中光芒四射的瑰宝。之所以很少有人知道他写的诗，那是由于他的诗名被他的赫赫战功所淹没。他写的诗慷慨豪迈，感人至深；深沉刚健，自成一家。

一

诗言志，诗歌是抒情达意的工具。将帅诗人戚继光的诗真实地反映了他辉煌的岁月，战斗的历程和人生的轨迹。

戚继光的诗高扬爱国主义主旋律，传递爱国爱民正能量。大气磅礴，字字铿锵。读之，如闻战鼓，如聆号角，催人奋进。戚继光的诗内容健康，意境深远，有很强的艺术感染力。读戚继光的诗，是一种高雅的精神享受。春温秋肃，潜移默化。文笔增华有望，身心获益无涯。

戚继光的诗在思想内容上，一根爱国主义红线贯穿到底。艺术手法上，现实主义和浪漫主义相结合。在明代中期的诗坛上异军突起，独树一帜，自成一家。

戚继光之所以能在戎马倥偬中拨冗挥毫赋诗，并取得成就，跟他的家教很有关系。戚继光出身将门世家，年轻时"笃志读书"，"日孜孜慕古，博览群书。"才华奕奕，"精举子业，衷然以经术鸣于时。"（见《戚少保年谱耆编》，简称《年谱》）戚继光生性勇武，武艺和兵书战策深得父亲戚景通（京师禁军神机营副将）亲传，为其后成为文武双全的"风流儒将"打下了坚实的基础。

二

戚继光流传下来的250首诗，大致可分为四个时期：一.登州时期；二.南方抗倭；三.北方备虏；四.南调广东至最后。前两个时期，慷慨豪迈。后两个时期，慷慨悲壮。清四库馆臣在抽毁《止止堂集》的同时，在《四库全书总目提要·存目提要》中赞扬他的诗"伉健，近燕赵之音。"

登州时期。戚继光17岁（明世宗嘉靖二十三年，公元1544年）袭父职任登州卫指挥佥事。21岁（嘉靖二十七年，1548年）起，连续5年率兵戍蓟。26岁，戚继光优异的军事才能受到山东巡抚王忬（王世贞之父）的赏识，被提拔为省都指挥佥事（驻登州），负责山东沿海备倭。总督全省三营二十四卫士兵备倭海上。整军备战，严阵以待。赏罚严明，不徇私情。以国事为家事，谋兵如谋身。上司欣赏，众将折服。

在登州期间，流传下来的诗有20多首。代表作《部兵戍蓟》："叱马过幽州，横行北海头。朔风喧露枝，飞电激蛇矛。奋臂千山振，英声百战留。天威扬万里，不必侈封侯。"诗人吆喝着战马率兵经过幽州，在北海之滨纵横驰骋。带露的树枝在北风中喧闹，蛇矛激射着寒光像空中闪电。奋臂一呼千山震撼，奋勇杀敌打出威风万古留名。只要大明国威远播万里，没有必要谈什么拜将封侯。这首抒发强烈爱国豪情的五律使他在诗坛上崭露头角。

戚继光的诗风格多样，大部分都是抒发爱国爱民之情，除《部兵戍蓟》外，还有《辛亥年戍边有感》《过文登营》《元宵王万户席上》等，也有少数几首抒写闲情逸致的写景诗和闺情诗，如《寄怀》《雪树》《闺意》等。

明嘉靖三十四年（1555）七月，28岁的戚继光奉调任浙江都指挥佥事。次年，浙闽总督胡宗宪提拔他任参将，分守宁绍台三府，直到隆庆元年（1567）十月奉诏北上，整整十二个年头，奋战在东南抗倭最前线。他参加和指挥了浙江舟山的岑港之战，宁波龙山大捷、台州九战九捷、福建横屿大捷、平海卫大捷和广东南澳岛大捷等许多著名战役，在东南沿海筑起了一道数千里固若金汤的钢铁长城。戚继光率领戚家军，跃马驾舟，南征北战，横扫妖氛，攻无不克，战无不胜，所向无敌。高度发挥了他卓越的军事才能，歼灭敢于来犯的倭寇两万多人，解救被掳百姓两万多人。为保卫国家、保卫人民立下了千古不朽的丰功伟绩，赢得了广大人民群众的爱戴和敬仰。

这期间，由于战斗频繁，他的诗作流传下来的只有40多首，代表作七绝《马上作》："南北驱驰报主情，江花边月笑平生。一年三百六十日，多是横戈马上行。"一个"笑"字，含蓄而形象，准确而传神地表达了戚将军在战略上对敌人的傲视和蔑视的冷笑，字里行间洋溢着战斗岁月的乐观豪迈的欢笑，冲锋陷阵时的从容沉着、稳操胜券的莞尔一笑和取得胜利后的喜悦和自豪的仰天大笑。短短四句，二十八个字，句句金玉，字字珠玑。慷慨豪迈，脍炙人口。此外，还有《韬钤深处》《春野》《凯歌》《纪事》《宁德平》等，都写得非常生动。《望阙台》诗，诗人展开想象的翅膀，把一腔报国热血凝结成浓重的秋霜，使秋叶如丹。《振衣台》诗形象而含蓄，言有尽而意无穷。作者自喻蓬莱佳人，"义士轻其躯"，为国献身。"鹏抟九万余"，壮志凌云，令人鼓舞。还有一类诗托物言志，借物抒情。《铁马》诗："一簇敲风百炼成，中宵惊起玉关情。总然用尽檐前力，应是无心为利名。"一心为国，不计名利。特别值得一提的是，戚继光还把诗歌用于鼓舞士气、激励斗志上。横屿大捷之后，他写的《凯歌》："万人一心兮太山可撼，惟忠与义兮气冲斗牛。主将亲我兮胜如父母，干犯军法兮身不自由。号令明兮赏罚信，赴水火兮敢迟留？上报天子兮下救黔首，杀尽倭奴兮觅个封侯。"并亲自教唱。"一唱三和，声震林木。兴逸起舞，上下同情。抵掌待旦，浩然南征。"收到了非常显著的效果。

戚继光作于台州，或与台州有关的诗歌，有《天台道中柬林尹》《关岭寺有感》《巾帻山》《过清风岭节妇寺》《船厂阻雨》等20多首，限于篇幅，现将其中五首作些简介，以飨读者。

《天台道中柬林尹》："乱后遗黎始卜家，春深相与事桑麻。绿云万顷无闲地，浪说河阳一县花。"这首诗是嘉靖三十九年暮春，戚继光率兵追歼倭寇路过天台时，一路所见，有感于心，寄给县尹林耀的一首七绝。诗中热忱讴歌勤劳的天台人民发扬自力更生精神，积极开展生产自救所取得的丰硕成果，"乱后遗黎始卜家，春深相与事桑麻。"战乱之后，老百姓陆续返乡，积极从事农业生产。"绿云万顷无闲地，浪说河阳一县花。"这里的天台，不仅仅指天台县，因为，天台是台州郡望，代表整个台州。"绿云万顷"，形容一望无际的农田翠浪平铺丰收在望。"无闲地"，没有荒芜的土地。能种上庄稼的都已种上，并且长势良好。"浪说河阳一县花"河阳，古县名。即今河南省焦作市孟州市。河阳一县花，喻地方之美。典出北周庾信《春赋》："河阳一县并是花，金谷从来满园树。"说的是西晋潘岳任河阳县令时，满县栽花。后遂用"河阳一县花"喻地方之美。"浪说河阳一县花"，看到台州绿云万顷之美后，就不要再说"河阳一县花"了。因为台州之美远远地超过河阳之美。表达了诗人热爱台州，热爱台州人民的深厚的感情。

《关岭寺有感》："圣治于今天地宽，危岑何事尚名关。客中幞被因秋薄，月下禅钟入梦闲。寒水绕溪喧古树，晴烟破曙满空山。平生却遗群鸥笑，一片孤忠两鬓斑。"这首七律是戚继光率兵追歼倭寇至关岭时天晚，夜宿关岭寺时看到山名和关名所引发的感想。"圣治于今天地宽，危岑何事尚名关。"朝廷的仁德遍及四海，这里为什么还要用关字来命名高岭？关岭，山名，在天台县与新昌县之间。关岭寺，关岭上的佛寺。颔联写山高天寒，幞被单被，战士们却都不怕冷。山林寂静，月光如水。夜半钟声声声传入枕戈待旦的戚继光耳中。颈联写寒冷的溪水绕过古树林下山奔流发出喧闹的声音，凌晨，升空的烟岚划破了满山的曙色，高耸入云的关岭风光如画。当他看到溪边安闲觅食的鸥鸟时想到，鸥是水鸟，是隐逸之士的象征。"平生却遗群鸥笑"，这个"笑"字，既流露了诗人对隐逸生活的欣赏，但更表达了他要卫国杀敌，消灭倭寇的乐观豪边的思想感情，看似矛盾，故说"遗群鸥笑"。"一片孤忠两鬓斑"，孤忠，忠贞自持的人。典出宋曾巩《韩魏公挽歌词》："覆冒荒遐知大度，委蛇艰急见孤忠。"戚继光将青春和热血献给卫国保民的抗倭大业，在频繁的战斗中两鬓渐渐斑白。结尾两句，使我们听到了诗人内心的独白：让群鸥笑吧，笑我傻吧，笑我一片孤忠吧！

《船厂阻雨》"春雨下危墙，烟波正渺茫。好山当幕府，壮士挽天潢。鸟立林边石，人归海上航。驱驰还我辈，不惜鬓毛苍。"船厂，嘉靖三十九年（1560），戚继光在临海、海门和松门开办造船工厂，督造亲自设计的新式战船。至次年春三月，共造成战船44艘，为建立强大的水师创造条件。阻雨，被雨所阻。船厂阻雨，戚继光视察海门造船厂，回府时被大雨所阻，赋《船厂阻雨》诗。危墙，危，高。危墙，高墙，即海门卫城墙。下危墙，城里城外，春雨绵绵。好山，太和山，当：对。幕府，旧时将帅办公的地方，典出《史记·廉颇蔺相如列传》："以便宜置吏，市租皆输入幕府，为士卒费。"这里指戚继光参将府署。挽：引。天潢，天河，形容雨很大。挽天潢，暗喻洗甲兵。戚继光从大雨联想到天河水。从天河水联想到洗甲兵。诗圣杜甫说得好，"安得壮士挽天河，尽洗甲兵长不用。"预见抗倭战争一定会胜利。"驱驰还我辈，不惜鬓毛苍。"我们这些人南征北战，为国家奔走效力，两鬓灰白也毫不可惜。戚继光借雨抒情，表达了对国家的耿耿忠心。

《过清风岭节妇寺》："清风名岭复名寺，往事依然动客悲。岭下年年驰驷马，何如节妇荐江蓠。"清风岭原名青枫岭，因岭上多青枫而得名。后因纪念临海王氏（太府卿王卿月七世女孙）而改名清风岭。宋德祐二年（1276），元兵入台州，杀死王氏的丈夫与公婆，元兵千夫长（相当于团长）见其美姿容，掳而欲强之，誓死不从，佯称待丈夫与公婆丧服期满方可。千夫长乃命俘妇守之。行至台州与绍兴交界的青枫岭时，王氏乘间啮指血书诗"君王无道妾当灾，弃女抛男逐马来。歧路不知何日尽，孤身料得几时回？两行怨泪偷频滴，一对愁眉锁不开。回首故山看渐远，存亡两字实哀哉。"于崖上，乃投崖而死。四十多年之后，到了元英宗至治（1321–1323）年间，朝廷为了社会稳定，表彰了王氏的事迹，称她为"贞妇"，台州路达鲁花赤捏古伯专门在青枫岭上立祠纪念，并将青枫岭改名为清风岭。戚继光率兵追击倭寇路过清风岭节妇寺时，对王氏的清风高节深为感动，非常钦敬，认为王氏虽然早已乘鸾仙去，但她永远活在人民的心中，"岭下年年驰驷马，何如节妇荐江蓠。"清风岭下那些乘坐驷马高车的达官贵人虽生犹死，远远不如岭上节妇寺中老百姓年年用江蓠祭献的节妇王氏。"荐江蓠"，称颂王氏流芳百世。

《巾帻山》："春城东去海氛稀，城畔人烟绕翠微。山麓高楼开重镇，辕门晓角起晴晖。九天云气三台近，百里江声一鸟飞。极目苍茫忆明主，吴钩高接斗牛辉。"巾帻山，即临海城里的巾子山，俗称巾山。这首诗作于台州大捷之后，倭患消除，老百姓过着太平的日子。"海氛稀"，海氛，喻倭患，海氛稀，倭患基本平息。戚继光遥望东海，心潮起伏。报效国家，永远不放松警惕。"吴钩高接斗牛辉"，吴钩，吴地出产的弯刀，以锋利著称。这里借指宝剑，宝剑的光辉高接斗牛，形容戚家军军威之盛，表达了戚继光报效国家威震海疆的坚强决心。

在戚继光和谭纶、俞大猷等爱国将领的严厉打击下，东南沿海倭患基本平息。这时，北方鞑靼的侵扰日趋严重。明穆宗隆庆元年（1567）十月，戚继光奉诏北上备虏。初任神机营副将，由于兵部尚书谭纶力荐，改任"总理蓟、昌、辽、保"练兵事务，后来，又兼任蓟镇总兵官。蓟镇是明代北方九边重镇之一，防区从山海关到居庸关，长达千里，是京师的"北门锁钥"，地位十分重要。此前的17年中，朝廷撤换守将达10人之多。戚继光走马上任之后，严格整训军队，一扫过去畏敌怯战心理。积极备战，传授车兵、骑兵、步兵三军联合作的方法。加强防卫，修筑空心敌台1000多座，大大地加固了长城防线。这一系列有力措施，收到了显著的成效。取得多次击退狂胡入侵，并活捉长秃的胜利。但这些战绩跟他的战略设想比起来，相差还很远。戚继光认为，进攻是最好的防御。他要训练一支强大的边防军，变消极防御为主动出击，横扫漠北，直捣祁连。犁庭扫穴，一劳永逸。由于朝廷"太阿之剑，不假武人。"的基本国策，戚继光这一宏伟蓝图始终难以实现，英雄无用武之地，令人遗憾。

这一时期他写的150多首诗中，雄心勃勃，荡气回肠的好诗很多。代表作《登盘山绝顶》："霜角一声草木哀，云头对起石门开。朔风边酒不成醉，落叶归鸦无数来。但使雕戈销杀气，未妨白发老边才。勒名峰上吾谁与？故李将军舞剑台。"此诗作于蓟门任上，"但使雕戈销杀气，未妨白发老边才。"慷慨悲歌，亢健豪迈。清初四库馆臣盛赞此诗"格律颇壮"。《汤泉大阅》《登舍身台》《黠虏献俘得封坚志贡市》等诗都体现了这一特色。《出塞》二首，含蓄蕴藉。

　　戚继光这一时期的诗虽然有胜利时的喜悦，但更多的是遭掣肘时的辛酸与无奈。他一到北方，就感到有很多双眼睛盯上他，远不如在南方自由。隆庆三年所作七律《登石门驿新城望塞》："万壑千山到此宽，边城极目自辛酸。援枹志在捐身易，按塞年来报国难。尚有二毛知往事，偶闻百舌送秋寒。圣朝不欲穷佳器，疏草空从午夜看。"就毫不掩饰地流露了这种不满情绪。道出北上之后心中深感报国之难的苦恼，"百舌送秋寒"，暗喻朝中不时有小人在背后说他的坏话，令人辛酸。"圣朝不欲穷佳器"，佳器即兵权，朝廷不打算把兵权全都交给他。表面上虽多次给他加官晋爵，累官特进光禄大夫少保兼太子太保左都督一品武官，实际上对他并不信任。作于隆庆五年的《辛未除夕》诗之二："一奉征书向蓟丘，盐车几度叹骅骝。幽兰堪纫清时佩，薏苡何辞绝塞愁。忽讶光阴明日改，都将辛苦二毛收。狂胡索饷今犹急，闻说边人涕泪流。"诗中戚继光自比"骅骝"，把消极防御比作"盐车"。千里马拉盐车，英雄无用武之地，一个"叹"道出了诗人心中无限的辛酸与无奈。"薏苡"，薏苡明珠，借用东汉名将马援忠而见疑，信而被谤的典故，发泄心中的悲愤。为什么诗中多"感慨悲壮之词"？清代翰林院编修官王懿荣一语破的，"惟公西北之志终未竟耳。"（见《重刻止止堂集·序》）隆庆年间尚且如此，万历年间的日子就更加难过了。

　　这一期间由于战事不多，戚继光挤时间总结军事实践经验，写成了第二部兵书《练兵实纪》，并编成了诗文集《止止堂集》，其中第一卷

《横槊稿上》是诗集。戚继光在北方壮志难酬的郁闷，加上积劳成疾，产生了岁月蹉跎，光阴虚度的感觉，使这个时期的诗充满伤感和忧愁。但他忠心未泯，寄希望于将来。吟出了"恩深不道谋身独，独倚青萍志未恢"，"他时此会燕然上，醉指龙光倚翠微"，"还为国步推豪俊，誓向祁连勒马回"等意味深长的名句。

万历十年（1582），大学士张居正去世。戚继光被指为张居正一党，受到歧视和打击，郁郁不得志。居正去世半年，给事中张鼎思等上疏弹劾戚继光，说"戚继光不宜于北"，朝廷立即将戚继光调离苦心经营了十六年的蓟镇。戚继光"在镇十六年，蓟门宴然。继之者踵其成法，数十年得无事。"（见《明史·戚继光传》）

次年二月，戚继光调任广东总兵。表面上看是平调，实际上是变相贬谪。戚继光闷闷不乐，勉强赴任。他虽然遭到打击和排挤，但仍以国事为重，忠心未泯。途中闻警，立即催促航船飞速前进。《赴粤途中》之三："倏报南天未息氛，楼船飞鹢渡江濆，帆头应挂故乡月，陇外不知何处云？"报国之心仍然是滚烫的。

万历十二年（1584）四月，巡视广东海防。由于倭患早已平息，戚继光抽空整理旧作，校订《纪效新书》，精选《止止堂集》。次年二月，养病小金山，再上《引退疏》。欲加之罪，何患无辞。给事中张希皋等再次上疏弹劾戚继光，竟被罢官归里。居家三年，万历十五年，御史傅光宅上疏举荐戚继光官复原职，重新起用。反而被夺俸。经济来源断绝，家中穷得连买药的钱都没有。戚继光病情加重。这年冬天，一代名将戚继光溘然长逝，享年60岁。戚继光一生南征北战，忠勇为国。光明磊落，不结党营私，不阿附权贵。为官清廉，不以权谋私，不蓄私产，晚景凄凉。

这一时期，戚继光作诗20多首。虽遭贬谪，仍胸怀祖国。《端阳奉邀藩臬诸司观龙舟有作》："参差飞鹢集中流，振地欢声兢楚舟。宪纪高悬明法象，海氛常净见訏筹。江潭独抱孤臣节，身世何须渔父谋。一片丹心风浪里，心怀击楫敢忘忧？"心怀击楫，不敢忘忧。雄心壮志，不减当年。有些诗中不自觉地流露了怨愤情绪。《在告暂憩小金山》之四："戢羽樊笼四十年，水滨亦有白鸥天。君恩自是优功狗，世事浑如看纸鸢。恋客青山到处有，向人明月为谁怜？杖藜徙倚蕉窗下，几度从容检内篇。"君恩优功狗，世事如纸鸢。皇上的封赏是奖励有功的猎狗。狡兔绝，则猎狗烹。淮阴侯、岳武穆尚且如此，何况自己。自己没有被"烹"，已是皇恩浩荡。人生如梦，世事无常，历来如此。戚继光如梦方醒。《别粤中诸公》诗："万里归心系别船，高情直与九霄联。望迷北斗知天远，水尽南邮见地偏。帆逐晚云随去住，鸥浮春雨任蹁跹。圣朝不薄庾关外，新拜元戎已出燕。"原官尚未离开，新官已经出京。这不是明摆着要迫不及待地赶他走嘛。"新拜元戎已出燕"，无比酸楚，字字如泪。戚继光最后以阅尽沧桑，晚节坚贞的奇松自喻。《东海奇松歌》流露了人生在世，任其自然的思想。为什么？因为"龙争与虎斗，转盼即成陈。"

三

戚继光诗歌总的特点是始终洋溢着强烈的爱国主义精神、大无畏的英雄气概，和西北未竟之志的感慨悲愤都在诗中表现得淋漓尽致。这一类诗写得光辉夺目，占全诗的绝大部分。后期的诗，悲壮亢健。明代工部尚书郭朝宾《止止堂集·序》云："公秉鹰扬之气，抱死绥之志，其在师中，凡誓戒、祭告、奏凯、悼亡、纪行、赠答，则因事抒思，搦管成章，故其文闳壮可追乎古；其声慷慨自合乎律也。"道出了戚继光诗歌的风格特点，及其形成原因。

　　戚继光的诗，四言、五言、六言、七言，绝句、律诗、歌谣、小赋，各个类型齐全，各种体裁具备，形式多样，充分体现了他的诗歌艺术上的多样性。

　　戚继光作于台州，或与台州有关的诗歌外，还有《祭松海阵亡义兵》等文章3篇，军事著作，有24.5万字的《纪效新书》。戚继光在台州发明了新的战术"鸳鸯阵"，新的兵器"狼筅叉"，在台州组建了战斗力很强的"戚家军"，改变了明代卫所军队畏敌怯战、不能打硬仗的状况，促进了明代兵制的改革。他在台州发明制造的六合铳、虎蹲炮、无敌大将军炮等新式武器，促进了我国从冷兵器时代到火器时代的过渡。他在台州设计建造的福沧、艟轿、海苍等各类战船，性能明显优于世界各国，为我国海防事业的发展作出了重大贡献。

　　戚继光为了保卫台州人民的生命财产安全，出生入死，浴血奋战，建立殊勋。戚继光在台州扬名立万，留下了丰富的历史文化遗产。除戚继光屯兵处海门城隍庙（后改建为戚公祠，奉以香火。解放后，改建为戚继光纪念馆，成为浙江省重点文物保护单位，浙江省爱国主义和海防教育基地）外，还有健跳戚公祠、临海戚公祠等；还有戚继光抗倭时报警用的庆善寺铜钟、东山抗倭烽火台、山下廊抗倭烽火台等；台州百姓为纪念戚继光，为他勒石纪功的石碑有：三门戚令公去思碑、桃渚新建敌台碑、白水洋歼倭记功碑、新河南塘戚公奏捷实记碑、临海东湖戚继光表功碑等；椒江、温岭城关、新河等地都有戚继光路、临海戚继光街、金清戚继光桥等；桃渚等地百姓400多年来在家门上贴戚继光将军画像，1992年，桃渚群众怀着对戚继光将军的崇敬，自筹资金建立桃渚抗倭陈列纪念馆；台州民间流传的戚继光故事有：戚继光斩子、木城河的传说、戚继光斩赵武、试胆、降服桃渚龙、斩蟒射蛟、上马石、绝倭沥、倭铺堂与埋倭岙、点间间亮、正月十四闹元宵、东门岭头三冲炮、狼筅破倭刀、奋战海门卫、三支神箭、戚继光箭射鲦鳎精、肚脐饼等；
歌谣有戚将军太平抗倭歌、肚脐饼谣、东门岭头童谣等。清代台州诗人
林蓝、林爵、叶华云、叶荫云、叶蒸云等多人以《戚将军平倭歌》为
题，为戚继光歌功颂德。还有连环画《戚继光台州抗倭》，台州乱弹大
型新编历史剧《戚继光》等。

　　为了弘扬戚继光抗倭爱国精神，为了普及戚继光抗倭历史文化，为
了纪念戚继光率领戚家军驻屯海门卫城460周年，为了纪念戚继光诞辰
491周年，我们挖掘并整理了这部《戚继光诗歌校注》。

《戚继光诗歌校注》后记

　　收录在这部《戚继光诗歌校注》书中的诗歌来源有三方面：一是大清光绪十四年山东书局出版的《止止堂集·横槊稿上》（止止堂是戚继光在蓟镇总兵府中的书房兼办公室名，得名于《易经·大畜》卦意"健而止"，和《庄子·人间世》"虚室生白，吉祥止止。"），占全书近90%，二是《戚继光年谱》中附录的（作于万历年间《止止堂集·横槊稿上》付梓之后）占10%左右，三是《止止堂集》和《年谱》中均未收录的，近年外出旅游或从报刊上搜集来的共3首（《部兵戍蓟》原诗手稿照片现藏山东蓬莱档案馆。放大后悬展于蓬莱水城太平楼厅壁。《蓟门雨霁》见于《蓬莱县志》，《题万年宫壁》见福建《武夷山志》）。全书共250首。

　　给戚继光的诗歌作注释困难重重，艰辛备尝。诗中用典非常多，几乎无一字无来处。加上诗人交游甚广，除官场之外，三教九流中人也不少，更增加了难度。我们的读者对象的定位下限是小学中高年级学生。为了让小学生也能读懂戚继光的诗，激发他们的爱国热情。我们把注文改了又改，力求准确。例如，《春日谒圣水庙》诗中，"圣水庙"第一次注释："即北京密云县龙女庙，明戚继光建。据清康熙十二年（1673）《密云县志》记载，"圣水庙：位于密云县城南5公里。此处为圣水山北山麓，有密云南部群山中惟一的泉水，山麓有二泉，相距仅数尺，最后汇为一流，故称圣水泉。明朝万历初年，蓟镇总兵戚继光驻军密云时，曾带领幕僚慕名到圣水泉观赏，并捐款修建圣水亭，在旁边修建了一座龙女庙和凉亭（又称初月亭）。在凉亭的前边，还用鹅卵石砌筑了一座长方形的滴水池，水入池中，叮咚作响，恰似清脆的古琴声，被称为'圣水鸣琴'，成为'密云八景'之一。"我把注文写好后，读读想想，仍觉不妥。有何不妥？圣水庙很早就有，龙女庙系新建，只好再改。诗歌不会产生于真空之中。一首诗歌的创作，离不开特定的时间和地点。戚继光在台州抗倭，怎么可能会跑到北方去游览寺庙呢？因此，这首《春日谒圣水庙》诗与密云县圣水庙风马牛不相及。准确是注释的生命。准确的注释，才能发挥其释疑解难的作用，才能帮助包括中小学生在内的广大读者正确理解原诗的意思。因此，只有重写。后来查找有关资料，并经辨似之后，才改成现在这个样子。又如，《奉挽晓峰张丈》（二）中"谁知楚服天犹妒"句中的"楚服"，第一次注释为"人名，西汉女巫。陈皇后（阿娇）因十余年无子，宠衰。召女巫楚服入宫行巫蛊事，建立神祠祭祀，欲回上意，无效。之后诅咒汉武帝，并女扮男装与陈皇后同寝食。事发，定罪大逆无道，被腰斩於市，连诛者三百余人。陈皇后被废，打入冷宫。"这条注释写好后，与原句连起来读读想想，觉得不妥。女巫与张丈之间缺乏内在联系，只好删去重注。

"楚服"第二次注：楚国的服装。典出《战国策·秦五》："异人至，（吕）不韦使楚服而见。"南宋鲍彪注："以王后楚人，故服楚制以说之。"这条注释写好后，与原诗连起来读读想想，觉得还是不妥。楚国服装与张丈之间也缺乏内在联系，只好删去重注。"楚服"究竟是什么东西？读啊读，想啊想，后来受东汉高诱《战国策注》的影响和启发，作出第三次注释。"楚服"，即"盛服"，"盛"读"成"，"盛（成）服"既不是女巫、也不是楚国贵妇人所穿的鲜衣靓服，而是儒者之服。引申为正直的文人。张丈是"一代风流"的中郎将，这条注释符合诗意（又，将楚服解释为屈原所穿的衣服，借指屈原，以屈原比张丈，也可以）。改改读读想想，足足花了三月二日一个下午。由于长时间盯在电脑桌面上，致使眼珠酸痛，眼前出现成团的飞蚊等。这样的事例何止一次。又如，《普宁寺度岁》，第一次注释：普宁寺在承德。觉得不妥，再改。第二次注释：普宁寺在温州。也觉得不妥，再改。再后才改成现在这个样子。注者是为读者服务的，只要读者结合注释能读懂原诗，我们辛苦一点又有何妨！全书共作出注释4360多条。

为了让广大读者对英雄戚继光有较为全面的了解，我们特地从《明史》中辑出《戚继光传》，并撰写了《戚继光台州大捷》一文。为了让广大读者节省时间，我们特地编写了《简明戚继光年表》。为了让读者对《戚继光诗歌》及版本流传有所了解，我们将明代万历年间的工部尚书郭朝宾的《止止堂集·序》和清代光绪年间的翰林院编修官王懿荣的《重刻明戚武毅公〈止止堂集·叙〉》以及清初四库馆臣所作的《止止堂集存目提要》等附录于后。

本书在校注过程中，上海余鸣鸿先生，台州徐三见先生、夏翟帆先生等不吝珠玑，多方指教，使本书增色不少。台州学院李建军教授赠我许多研究戚继光的资料、椒江戚继光纪念馆馆长罗小萍女士赠我《戚少保年谱耆编》，椒江徐礼邦先生、黄岩郑华泉先生等许多热心人都给予大力支持。谨在此致以衷心的感谢。

《校注》虽几经修改，但限于水平，差错仍然难免。敬请广大读者、专家、学者不吝指正。

郑钦南2020年秋于康平

附录

序《郑钦南〈宁溪历代山水诗选注〉》

◇ 朱福初

宁溪历史悠久，文明昌盛。早在新石器时代，先民们就在这里繁衍生息。今日，则正成为台州市区西部欣欣向荣的重镇。

宁溪山川美丽，人物俊秀。千百年来，对宁溪山水风物的题咏诗文，虽有所见，但皆属零星，未有总其成者。

宁溪上郑中学退休教师郑钦南先生，是一位颇有成就的儿童文学作家，同时也是一位挚爱乡土文化的有心人。五年多来，他怀着对故乡的一片赤忱，于打工之余踏遍宁溪的山山水水，采集了历代题咏宁溪自然与人文景观的诗篇150余章，并潜心选注，完成了一项社会文化工程。艰辛备尝，精神可嘉，殊为难得。

地以文奇，境因语丽。本书的编撰出版，不仅弘扬了台州的历史文化，激发人们的爱乡之情，而且对于挖掘人文资源，促进台州旅游事业的发展，亦多所助益。谨志此，以为序。

2003年7月

（朱福初先生系台州市首任市长、时任台州市政协主席）

序《郑钦南〈宁溪历代山水诗选注〉》

◇夏 矛

宁溪在黄岩西部，那里有锦山秀水，风光如画。自然景观吸引了历代的文人学士，他们屐痕处处，还留下了大量美不胜收的山水诗。但是，这些山水诗却尘封于各地宗谱和各种古籍里。散落于丛莽中的珍珠要一颗颗去捡拾，生长在幽谷中的兰草要一株株去寻觅。郑钦南先生就是这样的一位探宝者，一位有心人。

钦南先生在他的代序里所提到的几处名胜风景点，如雪窦山、雁荡山、新安江、富春江、普陀山、诸暨五泄等，我几乎都曾与他一起去过。去过也就过去了，赞叹一番，正如许多古诗读过也算读过了，只存在记忆里。可钦南先生却并不到此为止，他钩沉着，把玩着，让那雪藏经年的名诗佳句大白于世，让更多的人能欣赏到它们，让故乡的当代人和后人更钟爱前贤咏叹过的一山一水一草一木。听那瀑布的轰响，鸣禽的啼唤，看那满目的山花，苍郁的竹木。晓日、夕照、清风、朗月，无不成诗句；松涛、鹿鸣、双鱼、尖山，均可入画卷。据钦南先生亲口告诉我，他足足花费五年的时间编注此书，还不算上"文革"以来断断续续零零星星的光阴，可以想见这项由他个人完成的社会文化工程浩繁的程度。

山水的灵秀，使宁溪人才辈出，无论是历史上或当今，除军界和政界等外，光在文苑久负盛名和崭露头角者也大有人在。钦南先生就是其中的一位。他在儿童文学和成人作品的写作上均有建树，近年还把主要精力投入乡土文献的发掘和整理，这本山水诗选就是一个明证。

关于此书，资料翔实，注释清楚，并有钦南先生自己的见地。我忽然想到钱钟书先生对宋诗的注解，因为，我想任何一种选本，都必须有编选者自己独到的见解。至于钦南先生在代序里对古体诗的写作及有关平仄等问题，仅作为他的一家之言。假如注明是绝句或律诗，当然就要严格些。钦南先生自选的几首七绝，写得清新、通俗，可随口吟诵，颇似竹枝词，或者说是钦南先生的宁溪竹枝词吧。

读古诗词多年，但未敢涉足，是因为知难而退。仿佛旅游，对那些绝美的山水，对那些异域风景，心向往之，仅作壁上观，卧游一回。数年前，一位二十世纪四十年代的老诗人在一次诗会后对我说："我绝不写古体诗词，在这一点上我不会向我的老师学。"他的老师是三十年代的一位名诗人，从写新诗始，晚年致力于古体诗的创作。人各有志，不可强求，新诗和古体诗的并存，会达到殊途同归的目的吧，只要是好诗。因此说，读了此书后，你如果激起对故乡的热爱，对那美丽的大自然和生命充满敬畏，就会是本书编选者的初衷吧。

2003年6月写于黄岩梅园新村无梅居

序《郑钦南〈荣兴老本〉》

◇夏　矛

　　如今大凡三四十岁的人，在童年时代无不与童谣、故事结缘。在农村尤其是山区，电影一年也难得看几回，更遑论罕见的电视。民间故事，成了我们精神生活上的营养品。我的童是这样，钦南亦然。他生活在黄岩宁溪山区，耳濡目染那各种奇妙无比的民间故事，开启了他的心智，使他日后在搜集整理 民间故事时得心应手。就是他个人创作的如童话、寓言等各类故事，也具有很大的可读性。

　　顾名思义，民间故事就是流传在民间，在老百姓口头讲述的曾经发生的，或可能发生的，或根本不可能存在的人与事。但是，它有人物（或拟人化的动物、植物、矿物，甚至水的液态、固态、气态，包括虚幻的形象），有地点，有时间，有情节。直白的，含蓄的，如山脉的起伏跌宕，如溪流的潺潺湍急。忽如海市蜃楼，可望而不可即；忽如邻家小妹，时时闻其謦欬。讲者老少皆宜，听者男女均可。场院天井，饭桌卧室，登机乘车，他带一张嘴巴，你带两只耳朵，上天入地，天涯海角，千军万马。或听得开怀敞笑，或听得毛骨悚然，或听得黯然神伤，或听得大快人心。这是一桌丰盛的精神大餐。只要没有太多的语言（如方言）隔阂，人人都可享受其精华。

　　一些民间故事的流传，几乎没有太多的地域性或已经跨越了国界。我在童年时 听过我不识字外婆讲的《狼外婆》，当天夜里躲进被窝蒙头睡，总好像听到那狼外婆咬着"外孙女"的手指——胡萝卜的"咯吱咯吱"的声音，太可怕了。后来上小学时听老师讲外国的一篇民间故事，情节差不多，但女孩没有受到伤害，狼外婆却受到惩罚。再后来，读到翻译过来的《小红帽》，情节基本相似。我外婆讲的这民间故事，是中国的，但它又无国界，也无地域之分，它的源头就在老百姓代代口头相传。只要有人居的地方，民间故事就不会消亡。

钦南所搜集整理的这部民间故事选，是他多年的劳作，无论是凡人或名家，或官场，甚至神仙鬼怪、地名，都包含着他的爱憎和是非观，都是他的心血结晶。大爱大恨，大是大非，藏在老百姓心里。也只有老百姓眼里最清楚黑与白，并能分辨香与臭。民间故事从民间来，又回到民间去，它植根在民间，因此永远是鲜活的。如关于蔡缸爿，这是与民间流传的徐文长故事中的徐文长相似的一个人物，一在绍兴，一在黄岩。他的机智、仗义和所谓的恶作剧，深受大众喜爱，拍手称快。如不怕鬼的故事，二十世纪六十年代诗人何其芳先生受命与人合编过一本《不怕鬼的故事》，今天如果拂去那些笼罩的政治迷雾，确是一本好书，但它们选自古籍。钦南的这些篇章，纯是民间的，也值得一读。神鬼是一个永恒的话题，老传说和新编的故事，只要是健康的，催人奋进的，给人愉悦的，都不能一概否定吧。

我想，钦南的这些民间故事是会流传下去的，不是几年，几十年，而是更长久。雅和俗不是水火不相容的，伟大的列夫·托尔斯泰一生与俄罗斯民间故事结下不解之缘。俄罗斯诗歌的太阳普希金更是创作了带着俄罗斯大地泥土和野花芬芳的童话诗如《渔夫和金鱼的故事》等。我们的伟大鲁迅先生童年时也听过长妈妈的民间故事。阳春白雪和下里巴人同样都给我们的生活增添色彩和声音。

2005年12月中旬写于浙江黄岩城关

序《郑钦南〈天有多大〉》

◇夏　矛

　　一场大雷雨过后，钦南兄带来了他的书稿。据他说依照一张手绘的简单地图，辗转多次，终算找到了我目前的居所。风雨的间隙闪电雷声虽消失，但他始终不用手机与我联系，凭着感觉寻找。这就是他处世的风格，直来直去。

　　我与钦南兄虽生活在同一小城，但并不经常见面。以前他在山区任教，现虽移居东海边的城区，除了参加浙江省儿童文学年会和中国寓言文学研究会的年会，难得会晤，更何况后者的年会一般是两年三年或再延迟开。

　　在文学创作和研究上他都涉足过，是个多面手，如寓言、童话、故事、诗歌、散文。还注释了故乡前辈及有关故乡风物的古体诗词。另外也写些科普文章。因此，对他作品的阅读或研究的评介，很难把他归类为寓言作家、童话作家、诗人或散文家，或者说古诗研究家、科普作家。这样也好，使他在各种文体间写他自己愿意写的诗文。

　　上海世博会期间，中国寓言文学研究会年会也在那里召开。大会安排没带家眷的会员全部住宿在寺庙的招待所。我与钦南兄同住一室。晨钟暮鼓交替，空气中弥漫着一种芳香，寂静而庄严。使人在入世与出世间徘徊。但寓言创作却正如火如荼。如出世，万事皆空；而我们仍食人间烟火，为寓言创作呕心沥血。虽无俄国克雷洛夫一样有诗的灵感，写出脍炙人口的寓言诗，但至少大家都在努力创作。钦南兄把自己的作品三番五次送交老作家和同辈作家及年轻作家过目，不耻下问，使我难忘。早晨醒来或晚上临睡前我们闲聊，天上地下，人间百态，最后依旧是关于创作，寓言、童话、诗歌、散文、故事等，如百川归海。这样相处虽短暂，但留下回忆。

钦南兄的寓言、童话都有一定的可读性，这取决于他能讲故事，语言朴素，通俗易懂，适合大众的胃口。人不能没有个性，而个性会影响作家的作品，这是我读钦南寓言、童话所初步得出的印象。他在寓言中所鞭挞的丑恶现象还远远没有在我们的视野中消失，有些还变本加厉堂而皇之存在着。如猫头鹰捕捉的"硕鼠"们，等等等等。这需要我们的寓言作家一同群起而攻之，使我们的生活纯洁、健康而美丽。因为，我们盼望着一个真正美丽的中国。

寓言基本离不开讽刺的手法，这正像讽刺诗，正像杂文。而它更隐蔽些。假如寓言离开讽刺，没有寓意，一味歌颂，那是否叫寓言？当然，跨文体写作，也是存在的。卡夫卡的《变形记》，是小说，又是寓言。这样，又打破寓言以小见大的格局。文学艺术都在发展，但发展着的不可能都是优秀的。这正像"非遗"，它就是这个样子，假如把它改装，让它发展，那就是祸害。钦南兄能把握这个度，创作出一些令人过目不忘或给人思考的寓言。他的童话和故事大致都不错。还有他尚未结集的散文，尤其是关于澄江源头的一系列作品，既有知识性，有史料价值，也有可读性。一些风景逝去了，一些往事灰飞烟灭，钦南兄作为一个历史时期的见证人，他把那些人与事都忠实记录下来，留在自己的作品中。不过，这已属题外话了。

2013年6月下旬于黄岩城关

（夏矛先生为中国作家协会会员，现当代黄岩文坛元老，著名

诗人）

序《郑钦南〈台州市区西部历代诗词校注〉》

◇ 王金生

台州市区西部历史悠久，学风兴盛，人杰地灵，文明昌盛。历代诗词作品记录先贤劳作生息、开拓发展，反映先哲风度神态、情怀操守，妙尽自然，异趣盎然，佳作迭出。但因世事沧桑，朝代更迭，灾祸频仍，诸多古诗词散失，如不及时抢救，则将是台州历史文化宝库的极大损失。

黄岩郑氏父子是台州乡土文化有心人。他们历时三载，跋山涉水，广搜博征，稽古证今，积百万言之资料，数易其稿，方成二十余万字之专著，收录市本级历代诗词之多，可谓集大成者。以草根之力，完成一项社会文化工程。精神可嘉，殊为难得。

历史是城市的根，文化是城市的魂。历史发展到今天，台州文化大市的建设任务已摆在我们的面前，历史文化研究，为文化大市建设所必需。本书的编撰出版，对于抢救台州文化遗产，弘扬台州文化，大有裨益。是为序。

2006年3月

（王金生先生系台州市人大常委会副主任）

序《郑钦南〈台州市区西部历代诗词校注〉》

◇池太宁

　　我和钦南是老朋友了，1960年他在海门造船厂当职工教育专干，夜里给职工夜校上课，日里搞通讯报道。其时，我刚出校门，分配到海门中学。记得温州师院中文函授班黄岩班叫我当班长，他是学员，于是我们就认识了。后来天各一方，直到我退休后回到黄岩，在永宁江指挥部参加文化建设工作，两人才又聚在一起，相隔近半个世纪。

　　2004年初，看到台州市政协文史资料第十辑，是他选注的《宁溪历代山水诗》，欣喜黄岩终于有了一本像样的古诗集。翻开一看，颇令我这个中文系语言、文学教师吃惊。内行人都知道，古诗的校勘、注释，可是学术性很强的一项工作，没有扎实的基本功和广泛的涉猎，谈何容易。我所见到的一些地方文史的注本，往往不如人意，当然有种种条件的限制，而他却能做到这地步，老朋友正当刮目相看。到1981年，早已过了"不惑"之年的他，才成了小学正式教师，五年之后，总算调入富山中学。

　　挚爱乡土文化的有心人，处处关情，处处长眼，新石器时期文物有肩石铲就是他在种菜时发现的，献给了博物馆。他还从宁溪等地的宗谱中发现了反映各个历史时期文化面貌的许多古诗词，一一抄录。直至《黄岩集》《台学统》，好不容易借到手，无钱复印，又不愿揩公家的油，只有利用一切业余时间伏案手抄。直使我这个"大事做不来，小事又不做"的人深感愧疚，想自己一生中多少宝贵的资料在熟视无睹中失之交臂，如能像他这样勤奋，那就没有这么多的遗憾了。

他和我谈起《台州市区西部历代诗词校注》一书时雄心勃勃，我说这可是个大工程。校勘、注释，谈何容易。其间，许多工作如四处借书，随时向人请教（遍及台州各地，以至杭州、浙大等处）。炎暑之时数易其稿孜孜不倦，为了一些乡土性的典故，翻遍了各种古志书。正是注中一句话，染白半头发。此中艰苦，我是目睹的，不料这么快已经完稿，可喜可贺。

这种发掘、整理、出版、传承的工作，如台州市政协文史委一样，应该是政府行为，文化部门应当主持、组织、支持、参与的，凭着个人的精力、物力、财力都十分有限，而他却"明知山有虎，偏向虎山行"，这种拼命三郎的精神，为乡土文化作出了很大贡献，我想，子孙后代是不会忘记的。如果多几个这样的热心人，继承传统文化、建设文化大市的工作，当会是明媚的春天。

在此书出版之际，说几句想说的话，聊以为序。

2005年10月11日

于黄岩永宁江治理工程指挥部

（池太宁先生系原台州师专中文系主任、副教授）

序《郑钦南〈台州市区历代诗词选注〉》

◇陈子敬

　　台州市区历史悠久，文明昌盛，历代诗人辈出，文化积淀深厚。千百年的历史给我们留下了无数优秀的传统文化遗产，古诗词便是其中一朵光芒四射的奇葩。但市区古诗词大都散落在民间，藏于深闺，束之高阁，光辉被岁月湮没。挖掘和整理文化遗产，让先贤的清风高节与他们的诗词重放光彩，为传承和弘扬台州精神提供历史文本和民间解读路径，对推动台州文化的大发展大繁荣具有重要意义。

　　文化传承需要文化自觉和文化担当。黄岩老教师郑钦南先生是一位挚爱市区乡土文化的热心人。五年多来，他怀着对家乡的一片赤忱，于工作之余，踏遍市区的山山水水，进村访户，广搜博征，积百万言之资料。与台州职业技术学院郑苍钧老师一起，发隐钩沉，去粗取精，去伪存真，潜心点校选注，三易其稿，方成四十万字之专著。以"台州式硬气"和坚毅不拔的精神，完成了一项规模巨大的社会文化工程。其间艰辛备尝，精神可嘉，殊为难得。

　　此书精选了市区历代作者600多人的1140多首诗词，可谓集大成者。书中杜范的《闻喜宴和御诗》、方国珍的《无题》和任重的《日本投降志庆》等诗，反映了台州重大历史事件，堪称史诗；陈耆卿的《闻湖寇》、王弼的《永丰谣》和朱国权的《田家叹》等诗，深刻揭露了封建社会的黑暗，无限同情劳动人民的苦难生活，闪耀着人民性的光辉；

谢灵运的《游赤石进帆海》、范成大的《春游九峰》和牟濚《答人问葭沚风景》等诗，诗中有画，描绘出了市区如画的江山……这些古诗词用语简练却音韵优美且内涵丰富，无愧为台州市区历史文化最经典的传承载体。

本书的编撰出版，填补了台州市区没有古诗词选注的空白，不仅具有存史、资治、教化之功能，还弘扬了台州市区的历史文化，激发人们的乡土自豪感，而且对于促进台州三区的融合以及市区旅游事业的发展，亦大有裨益。

是为序。

2009年11月

（陈子敬先生系台州市政协主席）

让诗歌留下历史的印迹

◇王　寒

历史是什么？是回忆？是经验？是细节？是实物？什么都是，又什么都不完全是。

我们的后人要了解我们的生活，可以有多种途径：报纸、电视、个人回忆录、官修的历史、各类书籍、档案资料，等等。然而，我们要了解我们的过去，就没那么容易了。因为我们的古人留下的文字资料本来就少，加上岁月的漫长，许多东西已经湮灭在历史的长河中。

不错，我们是一个喜好历史的民族，我们有全世界最完整最不间断的历史纪录，有二十五史，有最多的历史资料，而所有王朝的宫廷，总有史官在记录。只是这种历史叙事太宏大，都是大官大老爷们的权力争斗，同老百姓的日常生活不大相干，同时，官方的记录，是真假难辨，黑白不分，很难说就是事实。那么，如何一睹我们先人的生活，了解他们的喜怒哀乐？

有。这就是古代的诗词。

古人写诗，就如我们现在的时尚人士写博客一样，基本上是个人行为，受的束缚也相对较小。凡是发过蒙的、念过三五年书的人，十之八九，都会从对对子向写诗词发展。因为写的人多，虽说水平参差不齐，却也由此留下了许多真情实感的文字，这让我们能从古人的诗词中，可以窥见他们的生活细节。读了《诗经》，我们知道，那长在自然里的飞蓬，看上去不过是不起眼的植物，但里面有爱的坚贞，还有人心的涩苦；那参差的荇菜，左右流之，但里面有最甜蜜也最煎熬的等待；读了唐诗，我们知道那些挂怀天下寒士的襟怀里，也有相思成灰的儿女情长；读了宋词，我们知道宋人除了有杜蔾跋屐、击节高歌、挑灯看剑的豪迈，人约黄昏、把酒东篱的浪漫，还有为荼蘼开樽的雅致，这是何等的风流潇洒。

郑钦南先生从浩如烟海的古代文字中，编撰出这一本《台州市区历代诗词选注》，这本书为我们全面了解台州古人的生活，提供了一个很好的范本。编入这本书的，有四百多位作者，其中既有谢灵运、顾况、欧阳修、苏轼、陆游这些文学史上的大家，也有台州历史上的贤达、名流甚至还有江湖中名不见经传的草根诗人，这一千多首诗歌，好比在台州古代文学的铜香炉上，点燃的一炉沉香屑。幽幽芬芳，透过历史的薄纱，穿空而来，缕缕不绝。

郑钦南先生曾是一位乡村教师，也是一位儿童文学作家。他已退休多年，但仍然笔耕不辍。郑老先生执拗、好认死理、钝于人际，他身上旧式文人的气息很浓，这样的性格难免会让他在生活中吃些苦头，实际上，他也的确吃过不少苦头，他的经历堪称坎坷，老一代知识分子经历的磨难，他几乎都经历过了。但人到古稀，他依然保留着年轻时的血气，而没有被生活磨掉锐气，挫成钝角。

郑老先生的物质生活并不富裕，但他安于这种生活，"一箪食，一瓢饮，在陋巷"，他始终不变他对文字的热爱，多年来，他站在自己的精神高地上，做着被别人视为"苦烦""无趣"的事。这本书的编撰花了他四五年的时间，可谓是心血的结晶。书成后，郑老先生嘱我作序，我十分为难，推托多次，仍未成。不愿作序，主要是因为，郑先生比我年长近三十年，为郑先生这样的长者写，我资格不够，有唐突冒犯之嫌。但感动他的执着，我还是提笔写下此序。

但这本书，却是值得推荐，值得我们台州人和有志于地方文化研究的学者阅读。因为郑先生向我们展示了丰富多彩的古代台州人的生活画卷，而这一切，恰恰是那些宏大叙事的历史书中所没有的。

而郑老先生的坚持，亦让我感动。我想，一个人，无论多大年龄，都不能丢失自己的精神世界。只有内心足够强大的人，才能不管不顾，沿着自己认定的路，义无反顾地走下去。

（王寒女士系作家、报人，台州晚报常务副总编辑）

序《郑钦南〈《脚气集》点校注释〉》

◇曾传智

　　我的手头已有郑钦南先生与其子郑苍钧老师选编和注释的三本书：《宁溪历代山水诗选注》《台州市区西部历代诗词校注》《台州市区历代诗词选注》。这三本书充分体现了郑钦南先生父子对乡土文化的挚爱之情和深厚的文化功底。最近郑先生又送来了也是他们父子俩合作的一部即将由中国言实出版社出版的点校注释本《脚气集》打印稿。为古籍作点校注释，是学术性很强的工作，需要扎实的古汉语基本功和深厚的文化知识，还需要有充沛的精力和坚韧的毅力。郑钦南先生一个年逾古稀的老人，完成这样一项艰巨的社会文化工程，难能可贵，令人肃然起敬！

　　《脚气集》是南宋著名理学家车若水在晚年患脚气病不能行走时，在病榻上写成的一本语录体文集。该书汇集了车若水几十年治学过程中的所见、所闻、所思、所感，内容十分丰富，释经评史，榷古商今，自成一家。纪晓岚把《脚气集》编入《四库全书》子部杂集，并为其写了760字的"提要"。

　　古书难读，往往不得句读，即不能通其文义。要使古代文化得到传承和发扬，首先必须对古籍作点校注释，以方便人们的阅读。《脚气集》至今没有点校本和注释本，因此也影响了该书的传播，黄岩作为车若水的家乡，现在知道车若水这位先贤和《脚气集》这本获得纪晓岚赞誉的书的价值的依然寥寥。郑钦南先生点校注释的《脚气集》的出版，填补了这一空白。该书的出版无疑是为乡土历史文化的传承作出了杰出的贡献。同时，对中华民族的文化传承也是有贡献的。

郑钦南先生自1995年开始为《脚气集》作点校，2008年完成点校工作，2010年开始全身心投入注释工作，于2015年夏完成该书的点校注释。书中每个标点、每条注释都是郑老先生心血的结晶。他在点校注释过程中，不迷信权威，勇于质疑，小心求证，订正了纪晓岚、夏敬观等名家的疏误，其严谨之风，值得后学者学习和发扬。

车若水一生布衣蔬食，生活清贫，专心从事考据和讲学；郑钦南先生安于清贫，耐得寂寞，一盏孤灯，三尺书桌，几十年如一日，从事乡土历史文化的搜集、整理、出版、传承工作，两者的精神是一脉相承的。文化遗产是前人留我们的宝贵的精神财富，要使这些精神财富得到传承和发扬，就需要有许多像郑钦南先生这样的"乡土文化愚公"。

略读郑先生点校注释的《脚气集》，遂有上述感想，聊为序。

序《郑钦南〈戚继光诗歌校注〉》

◇林汝志

郑老先生，是台州市戚继光研究会年龄最大的会员。初识郑老，源于三年前台州市椒江区政协组织的文史特聘专员至宁波舟山考察之行。郑老先生耄耋之年，孜孜不倦，耕笔不辍，已有近十本台州本土大作出版。基于对民族英雄戚继光的崇敬，2015年上半年郑老拜托黄岩在北京工作的同乡、山东大学毕业的朱幼棣为其找来光绪十四年山东书局木刻板印刷的复印件，开始研究戚继光诗词。郑老对每一细节都作详细注解。并不耻下问，多次来电商讨。

台州，对于戚继光来说，套用现代人的一句话就是挖了人生的"第一桶金"。在这之前，无论是增援蓟州御虏还是龙山抗倭，都是有上级将领指挥进行战斗的。嘉靖三十八年（1559），台州的桃渚所（今属临海市）城被倭寇围困七天七夜，身为宁绍台参将的戚继光奉命率军增援台州解救。戚继光独立指挥作战，取得肯埠之战（今属临海市）、章安之战（今属台州市椒江区）和菖埠之战（今属台州市三门县）的胜利，消灭了倭寇，解救了桃渚。之后戚继光改任台金严参将，驻扎在海门卫城（今属台州市椒江区）指挥抗倭。台州地理环境十分特别，三面环山，东面是汹涌的东海，西面是高耸的台州第一高峰括苍山，南面是风景优美的雁荡山，北面是佛宗道源天台山，与外界交通十分不便，因此作为参将的戚继光也不可能靠外援来剿倭，他的上级将领也不能具体指挥他在台州的战斗，也就是说台州必然是戚继光第一个独立指挥抗倭的地方。在这里，他充分发挥了自己的聪明才智。首先是招募义乌兵，组建戚家军，改变了"四籍一丁"的机械的招兵模式。这种招兵模式自戚继光改革以来，一直延续至现在的体能测试和政治审查。其次是在台州著写《纪效新书》。为了训练戚家军，戚继光殚精竭虑，把练兵的方法，行军的模式和作战的精髓等编成《纪效新书》。《纪效新书》是我国古代十大兵书之一。清代张廷玉所编的二十大兵书，戚继光的《纪效新书》和《练兵实纪》都被收入其中。再次是九战九捷，取得了台州大捷。嘉靖四十年四月（1561），戚继光用自己的兵法训练亲自从义乌募招的新兵，在台州大地上血拼倭寇，取得了赫赫有名的台州大捷。台州大捷在我国古代军事史上留下辉煌的一页。这场战役是明代抗倭从被动转向主动的转折性战斗，彻底扭转了抗倭战争的被动局面，戚继光也被倭寇叫成"戚老虎"。自此以后，戚家军所向披靡，最后终结为患大明一朝的倭寇。

戚继光在台州抗倭期间也留下了很多脍炙人口的诗歌，且听郑老先生逐一解读。我辈才疏学浅，不敢班门弄斧。有幸同为台州市戚继光研究会副会长的孙君平华，乐为郑老出版赞助，可喜可贺！孙君祖传中医，誉溢四乡。医术治身，戚诗强心！扬我中华民族精神，展示民族自信，为本书之目的。是为序。

　　　　　2021年11月记于台州市戚继光研究会成立之际

　　（林汝志先生系台州市戚继光研究会副会长兼秘书长）

文学评论

借你一双慧眼

——漫步在郑钦南的童话世界

◇俞益莉

我的心跳荡，每当我目睹

彩虹横贯天宇

我生命开始时，是这样

我长大成人了，是这样

否则不如死去

婴孩本是成年人的父亲

因而今后的岁月，我可以希望

贯穿着对自然虔敬

在华兹华斯那首著名的诗歌《虹》里，儿童时代就像自然界横贯天宇的彩虹一样，是一个巨大的灵魂，是人性的根本。无可否认，儿童正是人类原初的感受性和想象力的象征和代表。时至今日，当工业文明遮住了民众审视内心的一双眼睛，当关照人类灵魂的文学艺术渐渐遭到了城市的轻视，郑钦南，一位潜心于童话几十年的台州作家，试图以天马行空的儿童世界为切入点，来反抗想用无机的物质主义涂改人性的成人社会的潮流。

一、当幻想照进现实

宋代大理学家朱熹曾经写过一首小诗《观书有感》：半亩方塘一鉴开，天光云影共徘徊。问渠那得清如许？为有源头活水来！如果不是对现实有着情有独钟的把握，如果不是对生活散发出无微不至的关怀，那么郑钦南的童话——这面"水镜"，怕是不能那么清澈地映照天上徘徊的云影吧。而这"水面"本身，又是怎么做到静谧可爱的呢？

郑钦南写了不计其数的童话，《大灰狼申诉》《老鼠嫁囡》《咪咪救母》等。只要他愿意，鸡鸭鼠兔，花草虫鱼，统统可以上天入地，天马行空，宇宙任我遨游。

但是，就像我们看到《皇帝的新装》就会想到安徒生，读到《大林和小林》就会想到张天翼一样。不可避免地，郑老的童话之所以那么色彩斑斓而又独树一帜，或者说静谧可爱，盖在于他的作品贴上了他只此一家的标签。

我只能说郑老是一个孜孜不倦的现实的深度挖掘者。他的童话，绝不是娱乐大众，一笑而过的快餐文化，而是有他独特的深度灵魂的。纵观他的每一篇童话，无不托物言志或者寄寓身世。他出生在黄岩一个普通的农村。由于家境贫寒，从小就养成了勤劳俭朴、勤奋好学的习惯。但是，大山的坚强和山里石头的坚硬，使他从小就养成了天生傲骨，不肯媚俗和随俗，敢于说真话和实话的性格。也因为这样，致使他人生道路坎坷曲折。

在他的作品《青蛙老师与狼校长》中我分明看到了他自己的影子。大青山植物病虫害防治学校的"捕虫大奖赛"上，青蛙老师一举夺魁，获得了"捕虫能手"的光荣称号，谁料狼校长却给他小鞋穿，原因是青蛙老师没有知趣地送一份厚礼。这简直就是郑老师身世的一个翻版，他在自己的小传里曾经说过，由于当时没有给教育局人事科长送礼，结果定不了级。直到1998年退休，直到现在工资都没有定级。他还笑侃："真是衙门八字朝南开，有理无钱莫进来。"再看看我们的可怜的青蛙老师吧：明明是破了学校的捕虫记录，本该轰轰烈烈地记上一功，谁知却被故意找茬的狼校长指派到条件艰苦的果园去除虫。岂不可怜哉。真是"好事多磨"啊，事情哪有那么简单就完的。老实巴交的青蛙老师因为果树太高，跌得遍体鳞伤，于是招致恶狠狠的狼校长的一顿训斥："你这个捕虫能手怎么搞的？老半天了，你究竟捕到多少虫？捕虫难道是坐着捕的吗？别以为评上了'能手'就目中无人，尾巴翘到天天去了。"这不是感同身受是什么呢？更富浪漫情调的是他在这篇文章中还戏剧性地设计了一只石蟹。懂得了"人善被人欺，马善被人骑"的青蛙老师终于反抗了，它指着石蟹对狼校长说：常将冷眼观螃蟹，看你横行得几时。最后美好的结局出现了，大灰狼跌入潭中，成了石蛙——青蛙的堂兄弟（俗称山鸡，动物学上叫棘胸蛙）们的美餐。

　　这倒不免让人想起了歌德曾经说过的一句话："每一种艺术的最高任务，即在于通过幻觉产生的一个更真实的假象。"在童话创作中，这更真实的假象是怎样来表现的呢？最常见的是借物喻人，运用鸟言兽语等演示出人生的道路。借青蛙之口而喊出的"善恶到头终有报，无非是早或是迟"、"天作孽犹可活，人作孽不可活也"显然让人忍俊不禁。但是童话之所以为童话，不像小说那样"真中求真"，童话则要求"假中求真"，即通过幻想、夸张、拟人、象征等方式，使读者从作品看到生活的真实，它应当像一面神奇"宝镜"，使读者通过那光怪陆离的"镜面"内容，看到现实生活的折光，并产生对现实生活的有益的联想。

　　这种把幻想照进现实的方法在《"千里蝇"的故事》里描述得再明

白不过了。"我现在公务繁忙,我是爱卫会名誉主席,兼着十几个委员的职务。作报告、听汇报、看文件、奠基、剪彩、出席宴会,忙得不可开交。""我要告你,公安局局长是我的小舅子。"这哪是渺小的苍蝇所能驾驭的思想啊。诚如郑振铎在《稻草人》初版《序》中所说:"在成人的灰色烟雾里,想重现儿童的天真,写儿童的超越一切的心理,似乎是一个不可能的企图。"郑老在注意用美好的"童心"去塑造儿童美好心灵的同时,把自己的笔触,不可避免的,更多地指向"成人的灰色云雾"。

二、当审美遭遇儿童

在艺术作品审美的世界里,儿童无疑是一个极为特殊的群体。为了迎合他们特殊的口味,写作童话者除了用幻想照耀现实,何尝不需要一种洞若观火的对儿童世界的揣摩和领悟呢?尽管这一切在我们成人看来,常常显得匪夷所思,幼稚可笑。"儿童在雪地上撒尿,他会用尿浇出一个怪异耸起的小雪堆,然后想象成自己建造出的一个城堡;如果在山坡上撒尿,他又会想象成自己的河流,将蚂蚁、枯叶溃决而下,势不可当。在这种行为表现中,儿童会感到生命的创造性快乐。儿童的思维是文学性(审美)思维。看到大人用刀切菜,他会说"刀在走路";看到夜雨中手电筒发出的光束,他会说"光被雨淋湿了";看到上蹿摆动的火苗,他会惊叹"多么好看的手啊!"这不免有点像我们常说的"陌生化",儿童是极具创造力的吧。他们的世界是直接与文学的世界,审美的世界相同的啊。

郑老的童话无疑是契合了孩童古灵精怪、新奇幻想的天性。生动之余也玩转了儿童的眼球。试看《常胜将军西番莲》一例。"兵来将挡,水来土掩,西番莲为了对付潜在的敌人,早已做好两手准备。她一边让体内的一些腺体枕戈待旦，进入临战状态，在大蝴蝶的幼虫们即将破壳而出时，立即分泌'花外蜜露'，及时招引天兵地将——金蝇和蚂蚁前来助战，捕食大蝴蝶的幼虫，一边在叶面上长出许多成排的细小钩状表皮毛刺，使叶面长成了长满刀山的阵地。过了几天，大蝴蝶的幼虫纷纷破壳而出，当他们在刀山剑树丛中爬行时，由于皮肉太嫩，绝大部分被钩刺刺伤甚至刺死，侥幸未伤的小毛虫也被困在钩刺阵中出不去。这时，闻到'花外蜜露'香甜味的金蝇成群结队飞来，仿佛神兵从天而降；而闻到'花外蜜露'香甜味的蚂蚁则倾巢出动，从地下涌上来……"

好一场虫虫大战啊！现在的小孩已不是当年的我们，《黑猫警长》《葫芦娃》《奥特曼》早已流逝成最遥远、最老掉牙的故事。当《蜘蛛侠》《哈利波特》《海底总动员》这些大片大量充斥着儿童的心灵，他们对郑老笔下这些虾兵蟹将的表演，花鸟虫鱼的纷争司空见惯，不再陌生。也正是这个原因，所以郑老的童话想必更容易抢占儿童读物的市场。可见郑老对儿童审美观有着精湛的把握。

雨果说诗人有翅膀，能飞翔，能突然消失在幽暗中，这是好的，这是应该的，可是诗人必须再现。他走了，他必须回来。诗人可以有翅膀飞上天空，可是他要有一双脚留在地上。在这里，在童话中展开想象，我觉得这双脚就是注意符合少年儿童的思维规律和认识规律。它是从现实到想象的合乎情节的坡度，或者说是一条像飞机飞向天空一样的"跑道"。

首先，作为构成童话的"材料"，常常看似信手拈来，其实离不开眼前的生活中的普通事物，青蛙、狼、苍蝇、蝴蝶……它们都广为儿童所熟悉。但是那普通的"材料"，却能寄寓深邃的思想，闪耀出睿智的哲理，以帮助小读者去探求人生的真谛。而作者也借此生发联想，为孩子的心灵注入"爱"的琼浆。

其次，作品中小动物的外形特征和生活习性，都符合儿童的审美功利。比如蝇的无耻，狼的凶残，青蛙的勤劳，老牛的朴实。因为在小孩的童话观里，凶残的狼总比善良的狼要有说服力，而他们的观念世界里，《狼和小羊》中那个"你弄脏了我的水"在灰狼已经被打上了龇牙咧嘴的烙印。

第三，他的童话也无时不在体现一种客观规律，比如邪不胜正的道理。而这些原本就被心智未开的儿童所认同。比如狼的下场是成为石蛙们的美餐，千里蝇的遭遇是沦落为实验室的宠儿，而恩将仇报的大蝴蝶最后没能留个全尸等。联想到莎士比亚写的一首四十行："啊，美如果有真来点缀，它看起来就要更美多少倍！玫瑰是美的，不过我们认为，使它更美的是它包含的香味。"莎士比亚在这里所说的玫瑰的"香味"，指的就是事物本身所蕴含的"真"。一个童话作家可以将自己的作品打扮得绚丽多彩，或者千奇百怪，但如果作品没有内在的"香味"——不能告诉人们"真的事情"和"真的道理"，那充其量也只能是纸糊的鲜花。

三、当艺术拥抱讽刺

在这里，童话显然不是一件读过就算，可以一笑而过的事情。不然就像巴尔扎克说的："教育他的时代，是每一个作家应该向自己提出的任务，否则他只是一个逗乐的人罢了。"

可幸的是，郑老的童话，他们不啻对孩子们进行教育的形象化教材，这是一份多么珍贵的精神食粮啊！他用辛辣的讽刺，传授了力透纸背的知识，但没有简单地图解政治。

一提讽刺，我脑海首先浮现的便是那个享誉中外的安徒生的童话

《皇帝的新装》。他对皇帝和整个统治集团进行了辛辣的讽刺和深刻的揭露，虚伪和自私结合在一起，便驱使皇帝，大臣以及全城百姓指无为有，颠倒是非，上演了一场再滑稽不过的人间丑剧。最后，正是一个小孩子叫了出来："可是他什么衣服也没有穿啊！"在显而易见的真理面前，世俗的利害，胆怯的自私成了成年人难以逾越的高山，而纯洁天真的孩子却能不假思索，脱口而出，这本身便已是一种极大的讽刺。

而郑老呢？他的讽刺也确是一针见血。童话诗《猫头鹰之歌》："几千年来你蒙受枭鸟的恶名……以貌取鸟实在荒唐透顶。"听过"枭雄""以貌取人"，却没听过"枭鸟""以貌取鸟"的。又如《青蛙老师与狼校长》，青蛙满口人语："常将冷眼观螃蟹，看你横行得几时"。"善恶到头终有报，无非是早或是迟"。《"千里蝇"的故事》中盛气凌人的苍蝇叫嚣着："你还狡辩。我要告你，警察局长是我小舅子。"一张密不透风的关系网俨然笔下。

在讽刺的过程中，充分运用对比的手法，是郑老的一贯作风。俗话说："不怕不识货，只怕货比货。"没有比较，就难以鉴别，而作为文学作品中的对比，又总得借助形象来完成。

典型的如老实巴交、任劳任怨的青蛙老师与见利忘义、凶残刁钻的狼（《青蛙老师与狼校长》）；比如义正词严、奉公守法的老黄牛和坑蒙拐骗、得意忘形的千里蝇（《"千里蝇"的故事》）；又如谦虚热情、善良友好的西番莲和伪善虚情、忘恩负义的大蝴蝶（《常胜将军西番莲》）。

另外，不同动物的结局也是浸润了对比的思想。仗势欺人的狼校长的最终结局是沦落为石蛙的美餐，千里蝇被悲惨地提进了实验室，大蝴蝶也是没能留个全尸；而正义的一方呢，青蛙老师惩治了十恶不赦的狼校长，老黄牛用农药送给苍蝇致命一击，西番莲被封为常胜将军。而这一切艺术的手法再现了情理之中的内容。

　　这就是郑钦南笔下独特的童话世界，而他给予我们的感受，可能就像当代女作家张洁在散文《梦》中表达的那样："只有它，才能使我的心里永远装满了诚挚和热爱！只有它，使我过去从一次又一次的失望里，不止一次地得到重生。"因为，在童话的国度里，俨然一个新的世界。

（原载台州文学评论集《编织在时空中的生命审美》

作家出版社2009年1月版）

郑钦南：乡土文化愚公

◇ 张广信

　　下午，郑钦南老人来，送我他新出版的一本书：《台州市区历代诗词选注》。老人过去曾选注过另外两本书：《宁溪历代山水诗选注》和《台州市区西部历代诗词校注》。从这三本书的选编工作来看，确实算得上是步步推进的三部曲。宁溪地处黄岩的西部，是黄岩西部的重镇，也是历史悠久的古镇。因为大山的阻隔，宁溪形成了富有山乡特色的文化民俗。郑钦南老人生于斯，长于斯，不仅耳濡目染，熟悉当地风土人情，采集了很多生动的民间传说，在《黄岩民间故事集成》一书中，就有很多他所采集的成果，而《宁溪山水诗选注》也是他回馈给乡土的一份情意。而他的第二部作品，号称《台州市区西部》，其实，说白了，就是黄岩。台州市三个区黄岩居西。而后是这部《台州市区历代诗词选注》，选诗范围就从黄岩区扩展至台州市的所有三个区。但说起来，从历史的界域来看，台州市的三个区，基本上就是原先黄岩县的版图。我把这个话挑明，不是因为不懂忌讳，其实，历史就是历史，现实就是现实，本就没有好顾忌的。不要说郑钦南老人，就是像我这样年纪的人，对原先黄岩县版图上的人和事都有一种牵挂。无论是出于怀旧，还是出于目前台州市区的一体化的文化意识认同，郑钦南先生的这本书出版都是有意义的。或许，正是出于对一体化文化认同的肯定，台州市政协主席陈子敬先生才给这本书亲自写了序言。

记得在多年之前，郑钦南先生送书给我时，我曾写了一篇小文，因为郑先生写书编书出书实在太不容易了，作为一名山村的退休教师，他的收入极为有限，但他无怨无悔地将晚年的所有心血、微薄收入都奉献给了乡土文化事业。这之后我跟他起码五年不见，但在一直寄赠给我的当地杂志上，我知道郑先生在这家杂志当编辑，卷尾往往有他的地方文史小品。我没有想到，这位年已古稀的老人一边在编刊，一边还在苦心孤诣地继续着他的乡土文化事业。本来，这项工程有些浩繁的事业，应该是政府做的事，而且一个人也是很难承受的。且不说注释，先说诗歌的搜集。必须搜集到历代大量的诗歌，才可以从中筛选，然后进行注释。郑先生不仅从方志以及存世的前人文集中寻觅，还遍访各地的宗谱，从宗谱中发现了很多为方志所不载的古人诗词。本书共收台州历代诗人400多位，收诗1000多首。这400多位诗人中，既有像戴复古、陶宗仪这样的著名诗人，也有不少是"江湖中名不见经传的草根诗人"（王寒序言）。举一人之力，而且是一位患严重高血压的古稀老人，在近五年中，心无旁骛，终于成就一项伟业，不能不称为壮举。

但今天最感动我的还不是老人的有志者事竟成。相比以前所出的两本书，新版篇幅要大得多，有40多万字，但费用之增，不光是篇幅，还因为书号费和印刷费以及编审费之类的出版费用都涨了。以前老人出书，手头没那么多钱，后来狠心将家里的一间祖传老屋卖了（郑按：由于买方知我急用，乘机将1.5万压到1万以下，并要分期付款。因此，未卖成。全靠朋友小翁帮忙，筹得现金1万）才凑足了出版费。这次再出书，老伴事先有言，不准再动用家里那一点点养老的积蓄。老人以前也向政府机关申请过，虽然各机关接待他的人对他都很客气，但没有一家接受过他的手稿。后来他再写出书来，就决心不打政府或企业家的主意了。王寒在序言中称郑先生"执拗、好认死理、钝于人际，他身上旧式文人的气息很浓。"我以为这是对郑老先生性格最准确的概括。人穷志不穷，他从一开始就打定了主意：再也不求人了，就自己想办法掏钱出书。但一个老人，能想出什么样的筹钱办法来呢？老人说：我去打工嘛。原来我看到他的在某杂志帮忙，其实就是在打工。我惊讶于老人这么直率地称自己发挥余热叫"打工"，一般旧式文人爱面子，会找出更合适的词汇来，比如说被某单位"返聘"或"聘用"。我发现老人在说起自己的打工时，突然就声调激越，脖子挣红，双目圆睁，口中竟然骂了起来："×××真像狼一样凶！"至于老人为什么会这么愤怒，在老人走后，我翻阅他的赠书时才理解。老人自撰的《后记》里有这么一段话：

为了积攒本书的出版费用，我一边打工，一边修改书稿。但打工难打。2006年，我在某杂志打工，杂志承包商要我在编杂志之外，给他编一本书，亲口许我编书月工资3500无。这本40万字的书，从七八十万字的材料中整理而成，最快也要两个月。书编好后，他只付我加班费800元，工资一分不付，活活赖去7000元。编书过程中，由于夜以继日，连续加班半个月，血压升高至100/200，身体几乎被拖垮。又如近年在某报打工（当校对），奥运会和残奥会期间，连续熬夜二十多天，夜夜都到下半夜二三点钟，有时甚至通宵达旦，却没有一分钱的加班补贴，致使神损阴耗，虚火上升，牙痛，下肢浮肿，左耳能清晰地听到心脏跳动的声音。

我之所以不惜篇幅抄上这么一段，是因为我们关于"打工者的生活何等艰辛"的转述，远不如当事者的叙述来得切实。原来，在杂志社做编辑，也像很多做苦力的工人一样受盘剥，也有着同样的屈辱，这是我所没有想到的。但老人忍受了这一切，都是为了出版他的书稿。

但打工所得，毕竟还是有限。老人说，在打工之余，他就卖书。卖他以前出版的书。我想起来了，我也帮他销过十本呢。那还是在老大楼办公的时候，有一次他来找我，进来的时候发现他手中提着一个很旧的黑包，原来就装着捆扎好的十本书。记得原先书的定价只有20元，十本也只有200元。老人还显出麻烦了别人、很不好意思的样子，末了还一个劲地说谢谢，倒让我心中很不是滋味。老人今天才告诉我，他已经将那本《台州市区西部历代诗词校注》卖光了。我想象着，老人提着装在黑包里的、捆扎好的十本书，从这栋楼里进去，又从那栋楼里出来；进去时赔着笑脸，说了多少感谢的话，如果碰到不领情的，就提着那捆书退出，在回来的路上，这捆书的分量似乎特别地重……

今天老人终于一副大功告成的口吻，说："我就是用前面这本书卖掉的钱，加上打工积攒起来的钱，出了这本书。"

说这话的时候，老人的脸上绽开了，眼睛闪闪发亮。刚才我还沉浸在他辛酸的打工故事里，但老人的打工不能光有悲酸，或者说，不能是悲酸，应该是悲壮、豪壮。毫无疑问，老人是一位英雄，为了理想而不折不挠。王寒说他有些愚，我也感到他很愚。但他的愚不是"愚蠢"或"愚笨"，而是"愚公"之"愚"。但我认为，郑老先生比古代的愚公更加了不起，因为最后是天神帮助，才使愚公能够有一条通向山外的路，但郑老先生却完全依靠自己的力量，实现了他的宏伟目标。

（原载《黄岩文学》2012年第一期《随笔五则》）

后　记

　　我从小受父母影响，喜欢读书。在家中父亲教我读《三字经》《千字文》《神童诗》《百家姓》《唐诗三百首》《论语》《孟子》和《古文观止》等。书读得多一些，心中就有了想写的冲动。在校读书期间，受到上郑小学王普法老师、灵石中学袁乃昭老师、黄岩农校郭世镛老师和温州师院黄嘉浩老师等的启发和鼓励，对写好作文产生了浓厚的兴趣，并打下了一定的基础。出校门后，得到黄岩文化馆夏矛先生、黄岩报卢秀灿先生、台州日报马雪、赵宏钧先生、省作协倪树根先生、沈虎根先生、省少年儿童出版社王雯雯女士、朱为先女士、田地先生和全国各地报刊编辑等的指导、鼓励，加上自己的努力、拼搏，持之以恒，才有了一些小小的成果。

　　退休后，致力于台州历史文化的发掘和整理。台州在《四库全书》中的作品有五十部，这些作品许多人看不懂。经过我们的点校注释和汉字简化等辛勤劳动，已出版许多人能看懂的《脚气集》《天台集》《东山诗选》三部。这项工作被临海龚泽华先生誉为"功德无量"。在整理过程中，得到台州文献丛书编委会徐三见生生等的鼓励和指导。今后，只要不生大病，还打算再搞几本。

　　写文章不容易，文稿保管也难。不管是纸质文稿，还是电子文档，都容易丢失。我退休后在椒江打工二十年，租人家的房子住，经常搬家。搬家后，许多稿子或已发表的作品找不到，丢了。存在电脑里的文章，有时误删，有时清理垃圾时被不明不白地清理掉，有时误按键盘上的某个地方，文稿就消失了。为了防止损坏流失，最好的办法就是结集出版。

经亲朋好友和子女们的多次催促，现将找到的文稿编为一册。在本书即将出版之际，特向教过我的各位老师，帮助过我的亲朋好友和我的家人表示诚挚的感谢！衷心感谢曾传智先生为本书作序，使本书大为生色。由于水平有限，不足之处，敬请广大读者批评指正。

郑钦南于东海之滨，时年八十有五

2023.02.19